成为

周洁茹 著

作家

天津出版传媒集团
百花文艺出版社

图书在版编目（ＣＩＰ）数据

成为作家 / 周洁茹著. -- 天津：百花文艺出版社，
2024.2（2024.9 重印）
ISBN 978-7-5306-8731-4

Ⅰ.①成… Ⅱ.①周… Ⅲ.①散文集–中国–当代
Ⅳ.①I267

中国国家版本馆 CIP 数据核字(2023)第 257364 号

成为作家
CHENGWEI ZUOJIA

周洁茹 著

出 版 人：薛印胜
责任编辑：张　雪　装帧设计：任　彦
出版发行：百花文艺出版社
地址：天津市和平区西康路 35 号　　邮编：300051
电话传真：+86-22-23332651（发行部）
　　　　　+86-22-23332656（总编室）
　　　　　+86-22-23332478（邮购部）
网址：http://www.baihuawenyi.com
印刷：山东临沂新华印刷物流集团有限责任公司
开本：880 毫米×1230 毫米　　1/32
字数：200 千字
印张：9.375
版次：2024 年 2 月第 1 版
印次：2024 年 9 月第 2 次印刷
定价：48.00元

如有印装质量问题,请与山东临沂新华印刷物流集团有限
责任公司联系调换
地址：山东省临沂市高新技术产业开发区新华路 1 号
电话：(0539)2925886　邮编：276017

目录

...

第一辑　创作谈

文学观:写作更像是心的图像学 ………………………… 003

自己的对话 ………………………………………………… 006

对于写作我还能做点什么 ………………………………… 009

岛上 ………………………………………………………… 013

《岛上蔷薇》:蔷薇是什么花 ……………………………… 016

有时会写超短篇 …………………………………………… 018

一个人的朋友圈 …………………………………………… 020

我们只写我们想写的 ……………………………………… 025

我们的香港 ………………………………………………… 030

我和我的时空比赛 ………………………………………… 032

野心与慈悲 ………………………………………………… 041

现在的状态 ………………………………………………… 045

失败小说 ……………………………………………… 048

《中国娃娃》：大人童话书 ……………………… 051

花与岛 ……………………………………………… 057

写与不写 …………………………………………… 060

回忆做一个练习生的时代 ……………………… 064

一个小说家的自我修养 ………………………… 070

这篇不是创作谈 …………………………………… 072

第二辑　发言

写作课 ……………………………………………… 077

在香港阅读 ………………………………………… 083

在香港写小说 ……………………………………… 085

我当我是去流浪 …………………………………… 088

在香港 ……………………………………………… 091

岛屿写作 …………………………………………… 093

我们为什么写散文 ………………………………… 099

过去现在未来：世纪末的网络创想与在地写作 …………… 101

向南方 ·· 103

读书会 ·· 105

第三辑　刊物、编辑与作家

《大家》与我 ·· 115

《山花》与我 ·· 118

一个文学编辑在香港 ································· 124

编与写的双重视野 ································· 127

给作家于晓威：报朋友书 ························· 130

给作家棉棉：我们为什么写作 ················ 139

第四辑　对话

女性 ·· 145

城市 ·· 154

写作之道 ·· 166

诗酒趁年华 ··· 185

身体 ·· 190

第五辑 对谈

与王小王对谈:它本来就是一艘飞船 …………………… 197

与杨晓帆对谈:我们当然是我们生活的参与者 …………… 206

答伍岭问:我们都是来地球飘泊的 ………………………… 219

答张莉问:性别观与文学创作 ……………………………… 224

与邵栋对谈:最真切的悲悯应该在最深处 ……………… 228

与沙丽对谈:我判断优秀只有一个标准 …………………… 233

与吴娱对谈:爱情是一场粒子运动 ……………………… 241

与戴瑶琴对谈:每一代人都会有自己时代的作家 …………… 246

与魏煜格对谈:玻璃城中的原生态写作 …………………… 266

与李昌鹏对谈:未来每个城市都在地球自由漂移 ………… 281

附:周洁茹小说年表(2013—2023 年) …………………… 288

第一辑
创 作 谈
...

我们活在故事里面，
我们是我们的故事。

我确实需要一次停下，
漫长又温暖，
用来看自己。

我做一切减法，
不写多余的字。

文学观：写作更像是心的图像学

伊卡洛斯用蜂蜡和羽毛做成翅膀逃离迷宫，他的父亲告诫他，"走不高不低的中间路线，在极高和极低中间飞行。"然而好奇心令他冲向太阳，蜂蜡熔化、翅膀掉落，伊卡洛斯跌进海里淹死了。如果要解释一下伊卡洛斯的这个行为，"强烈渴望自由和逃离无法忍受的状况的冲动，会让你对限制条件的忍耐度变低"，简直就是不能够被原谅。我时常想到这个故事，我也时常会去想，伊卡洛斯是真的不能控制好自己吗？如此好奇，好奇到为看一眼太阳就甘愿赴死？死于冲动？死于忍耐度低？但这又何尝不是一种英雄主义，死于对自由的太过渴望。对自由的渴望，就是我的文学观。即使跌落海底。

我在二十四岁到三十九岁之间没有写作，一个字都没写，现在让我来讲那十五年，心里面是苦的，不写作的苦，不知道未来会怎样的苦。

晚年会好起来，有个朋友跟我说。我对我的明天就抱有了希望。我们的晚年都会好起来，我就是这么想的，我们，每一个人，大家。

有个年轻读者问我：看了您近期的小说，都带有一点命理的思考，我产生了一个疑问，一个多少已经注定了的命运，不觉得它可怕吗？

为什么会觉得可怕呢？这让我不能理解。人对于未知的一切，就是会害怕的吧。我的回答是，安然地接受，并且对所有人生与命运的安排都怀有敬重之心。年轻人听不听得到，理不理解得了，随缘吧。

我也曾经不能理解这个世界，我甚至不能理解我自己。我想起来自己做过的一个"身心灵"的探索，由呈现的图像来解读自己现实与心灵的问题，也是一种向内思考的方式。我也曾经用过"高塔"这个图像来解读我自己的个性：一座摇摇欲坠的高塔，上面两个人从这座快要崩解的高塔上面掉落下来。这个图像给人的第一感觉是"暴躁"，一言不合就打了起来的那种暴躁，但对应到现实，在很多人的眼里又相当温柔，行事也讲缓急，不是那么容易起冲突。只是我自己内心相当叹服，这图像太精确了，我自己知道的"暴躁"，也许对外表现出来的翩翩风度、温和的形象，是用超强的意志力来控制的，天性却并非如此。这种对自己的管制，其实相当辛苦。那么作家的个性对作品的影响会很大吗？如果天性急躁，有专注力的障碍，体现在作品中就会有散的问题，能量的不集中，也就是现实意义上讲的"不厚重"。有些写作者会有意识地做一些专注力的训练，比如番茄钟，写作 25 分钟，休息 5 分钟，然后再回来，做这个循环。我没有尝试过这种训练，因为也有一些写作者并不需要，比如门罗，进入一个写作的状态就是秒入，这是由门罗的现实环境决定的。门罗的现实就是需要带孩子、做饭、洗衣服，而且是好几个孩子，忙完这个忙那个。我的理解里，门罗的专注力就是这么训练出来了。短篇就短篇吧，短篇也能拿奖。所以这种专心的能力，有一种说法是现在人世间最强大的一个能力，可能也不是说训练就训练得出来的，也要讲一点儿缘分。

我又回想起当时解读"高塔"这个图像时写的笔记:"高塔上空的闪电",令我感觉到"突如其来";我注意到"从高塔跌落的两人"落下的方向并不相同,我记下了当时的"矛盾与冲突",甚至一些细节,如"掉落的王冠",我的理解就是"权威的失落"。然后由整个图像解读自己的个性:你雷厉风行,说一不二,你总是冲在最前线,就像一团烈火。你会被打压,承受突如其来的刀光剑影,你遇到挫折,不免有些自暴自弃。要来讲个性的,却讲了讲处境。

苏东坡贬居惠州时写过一篇小品文《记游松风亭》,讲的有一天苏轼登山,临近松风亭下时,感到疲惫,就想到亭子处休息一下,可是抬眼望去,那个亭子还在高处,心里想,这可有点爬不上去了,到底是突破极限登上去呢? 还是就这么算了? 这么想了一会儿,忽然觉得"此间有甚歇不得处?"于是"如挂钩之鱼,忽得解脱"。在一个前后都很困难的处境,往前,声声战鼓催促,杀敌,或被敌杀,向后,必受军法处置。不如就放下所有意绪,在这里好好休息一下吧。这么一想,一身轻松,"忽得解脱"。写到了一个不能再写的地步,硬写,在绝境中强写? 或是先放下,这一放,是十年? 二十年? 不知道的,没有人知道,但这个放,能够放,有这个放的意识,"此间有甚歇不得处?"已经相当高明。

年轻人给我回了个短信:看了您的答复,我想到人类学对命运有一个定义是"malleable fixity(有延展性的)",这跟理解文学有些关联,文字看上去是不动的,但可以有万千种解读。写作更像是心的图像学。

我回过去一个赞扬。年轻人肯定是看到了,并且理解到了。这也是命运的奇妙之处。

原载于《时代文学》2023 年第 5 期

自己的对话

当我能够回来写作的时候，我突然觉得，我的时间不够用了。之前的十年都可以晃来晃去地晃掉，如今的一分钟，只能用来洗个碗，我竟然悲愤地哭了。

我原以为只有我是因为写作上有了问题才不能写了，可最近才意识到，人人都有这个问题。有的人好命，一年两年，解决了问题（他们自己说的）。我可以理解为，那些问题其实并没有真正存在过。

有的人用了十年还没有找到办法，就像我这样。我只愿意去想那些二十年三十年的，他们更难，而且身体更差。但我都不会觉得他们是永远不回来了。也许有一天，终于七十岁了，平静坐下来，写啊，写啊，写回来了。

实际上每隔五年，我就要喊一下，我回来啦。我就会十天写十万字，拿来和以前的我比较一下，我会对我自己说，没长进啊，以前写少年，如今写中年；以前写成长痛，如今写衰老痛。小自我没有蜕变为大世界，小故事没能写出大悲伤。你看，我看得还算清楚，只是够不到。这样，我都会觉得我挺好的，因为我还是会说话，没有因为没有人跟我说话，我就不会说话了。我的状况也就是这样，没有一个人跟我说话，我又不是情节型的,我完全用语言来支持我的写作,但是,没有人跟我说话,我还是可以自己和自己说话。

有一些混沌的日子里,我写了两篇混沌的小说,还好只写了两篇。第一个五年,我大改了其中的一篇,小说变成散文,另一个中篇,终于在十二年以后,删去所有无用的话,成为极短的短篇。

这口气才咽了下去。

我在微博上说改十二年前的小说比写一个全新的困难多了,但仍然要改,不改对不起我自己。诗人庞培点了个赞,唯一的一个赞。他说一天里写得最顺手时要停下笔,以留待明天,他说这不是他说的,是海明威说的。我说不如停十年。

修改自己的小说,甚至是十二年前的,不是执着、不放弃、爱惜羽毛,实际上我从不执着,我也经常放弃一些什么,人或者事情,我只是对我自己狠。我还要什么羽毛。

我若是这么狠,我就会停十年,不读,不写,也不跟人说话。

有人哧哧地笑,你不能写了,不要这么暴躁嘛。

我说的不能写,只是我不能够像年轻时候那么写了。一天一个短篇,十四天一个长篇,无穷无尽的句子,反正年轻的时候也不要睡觉,年轻就是有体力。我不能够那么写了,因为我足够年长了,年长的智慧就是能够让你停下来。不停下来,怎么检查你自己呢,不停下来,也看不到你走过的路。

年轻的时候,我写完一部小说不会再看第二遍,连夜发走,是因为到了早晨我就会后悔。

我不看同时代的作家,是担心他们会令我停下来。

我去改我十二年前的小说,是我找到了我的问题,有人解决问题的方法是抛弃它们，从头开始。我的方法是停下，修改我和我的问题，即使只剩下一个字。因为每一个故事都是珍贵的，如果当时要记录它，使其成为一个故事。一个故事能够成为一个故事，多不容易。

我停下来，我才看得到我语言的速度。以前都是我的朋友们在说，独特、透明、轻盈又尖锐。实际上我曾经太匆忙，看不到这些话，也看不到我自己。

没有人说话的十年，连我都不跟自己说话的十年。也许是因为我确实需要一次停下，漫长又温暖，用来看自己。我才开始爱我自己的语言，没有任何别人可以跟住的速度。

即使所有的人都沉默，我还有巫昂，她说若是有人侮辱我的语言，她是会拼命的。我一直后悔那个时刻我没有去拼命，如果再来一次，如果还有那一次，我一定一定一定要拼那一回命。瘦死的骆驼就是比马大，我就是这么暴躁。

原载于《香港文学》2014 年第 9 期

对于写作我还能做点什么

37岁的第一个夜晚，我写了第一部与香港有关的小说《到香港去》。仅仅只是因为我收到的一个生日礼物——一句评论:你的语言不行,你过时了。我一定是为了证明我行才写那个小说的。

在这部小说之前,我的创作又是长达五年的空白,我说的没写,就是真的,一个字不写。加州搬去香港来来往往的间隙,我写了几篇短篇小说,它们全部悄悄地发表了,没有人注意到,就像我最后悄悄地停在了香港。

这些小说中只有《四个》(《鲤·孤独》)得到了一句评论:她的孤独是平静的,是自己可以观望甚至欣赏的,是潮水退去后安宁的瞬间。如果我要反对所有的评语,我就真的太忙了,我只好接受我的潮水退去后的安宁。这个时期我最有突破的小说是《你们》(《钟山》2008年第6期),我第一部可能也是唯一一个用"你"做主角的小说。但是我自己最喜欢的还是一部叫作《幸福》(《山花》2008年第5期)的小说,小说里的女人们反复地寻找幸福,就如同我二十岁时候的那部小说《花》,女孩子们反复地追问,你疼吗。

我努力了。

一个八年不写一个字的女人，在美国往返中国的缝隙里，努力写了一点儿小说，本身就是一部小说。

然后又是五年的沉默，我自己都不知道我在香港。

同在香港的葛亮请我喝了学校的下午茶，带我逛了学校的走廊，我走得都要晕过去了。我们讨论的全是九龙塘的房子乌溪沙的房子西贡的房子，我们没有讲一个字的写作，我也完全没有记得住他带我走过的那些路。那个其实有点冷的下午，又一城滑冰场的栏杆旁边，我不知道我要说什么才能真正表达得出来我对自己的写作的绝望，所以我什么都没有说。

我连微博都没有。

已经是我住在香港的第四年，好像与我以前在异域他乡的日子也没有什么差别。然后我终于去了微博，然后我就得到了那个句子，然后我就写了第一篇香港小说，小说在《上海文学》发表，仍然悄悄的。我也不知道为什么是《上海文学》，连夜写完最后一个字，就这么连夜发送了出去。若说是我和《上海文学》还有什么联系，就是我二十岁的时候给他们自由投稿了一部小说《点灯说话》，还是手写的方格纸，可是小说发表了，我自己都想不到，两年以后，我才发表了在他们那儿的第二篇小说《乱》(《上海文学》1998 年第 6 期)，然后我就彻底消失了，算起来整整十五年。神奇的出现和神奇的消失，像一部太真实的小说。我制造了第二次神奇的出现，在这个十五年之后，确切的十五年，不是五年不是十年而是十五年，婴儿都可以成长为少年的十五年。他们给了我第二次神奇的发表。

写完《到香港去》(《上海文学》2013 年第 9 期)的第二个和第三个夜晚，我重写了我离开中国回去中国又离开中国时期的两个小说《逃逸》和《回家》,用了更大的力气重写到全部崭新,为了让自己的一口气终于咽下去。这三件事情做完,我回到生活里去,比写作重要的生活。

一个朋友突然邀请我去她的派对,我去了,涂了口红,电梯下降,我给自己拍了一张照,拍完我就想,我还挺好看的啊,我就回来写作呗。我就回来写作了,那是2014年的最后一个月。

可是我仍然没有写确切的香港,我写了《结婚》(《北京文学》2014年第2期)又写了《离婚》(《上海文学》2015年第5期),直到一个水瓶星座的编辑来问我约小说,而且用了最直接的方式,完全不绕的,实际上我从来没有在国内见到不绕来绕去的人,我连夜写完了小说,给了另一位相对稳定的天秤星座编辑,可是我后悔了。我只好重新再写一部小说,给那位跟我一样完全不绕的水瓶星座。那篇小说就是后来发表在《大家》2015年第2期的《旺角》。

然后我去查找了一下我与《大家》的关系,我发现我只在他们那儿发表过一篇小说,而且是告别之作《我们》(《大家》2001年第2期),那个时候我的编辑还是李巍,我们最后的联络全部发生在云南到加州的电话线里,他一定要让我把那篇小说写完,我一定就是只写那么多而且以后都不会再写一个字。然后我搬了家,彻底中断了和所有人的联络,之后发生的一切,我就都不知道了。

夏天,我在《大家》的青年会议上作为最老的"老青年"说《旺角》表达了我真正的回来,然后我意识到我回来的地方,也是我当年告别的地方,所以这也是一部小说。生活不就是小说,我们不就是生活在小说里吗?

开完会之后的半年,我再次回到一个字不写的生活,对于直接跳入不写作的状态,我真的是太熟练了。我反复检查了我在三月写的三十五篇短篇小说，是的我做了一次写作习惯的练习，每天一个超短篇，练习的结果是我可以，但是我烦了。所以我也只写了那三十五个短小说。

在我忙于为我的随笔书做各种各样无法言说的见面会的同时，《山花》发表了我的一组短小说，我与《山花》是另外的一个故事，一定也是很动人的那种，很好看可是很艰难的《南方文学》用了另外一组，于是我发现这个世界还是没有变化，漂亮姑娘就是会得到最坏的待遇，因为你太漂亮了。

然后就是这一个十二月月尾，我再次确认了我在 2015 年的后半年的确又是一个字没有写，即使你会看到什么，也是我在六月之前完成的，包括一些散文，是的我真的去写了一些散文，给了真的《散文》，呼吸慢下来的瞬间，最好写散文。

所以对于写作，我没有做什么，没有了我的写作的地球，也不会转慢一秒。可是写作为我做了太多，很多时候完全是写作挑选了你，而不是你挑选了写作。我可能要重新开始一个小长篇，从那个没有写完的小说《我们》开始，尽管我是说过你要一个座位你就得有一个长篇小说这样的话，但是请相信我，我的写作绝对不是为了一个座位，我会站着把它写完。

原载于《文学报》2015 年 12 月 31 日

岛　上

　　我的女儿家安说的，这个岛没有希望。家安说了好多次。家安还说过女人的房间是女人的城堡这种话。家安每天都说太多话，没有办法都记录下来。

　　但是我真的去想了一下，香港，是不是一个没有希望的岛？电影《念念》里面李心洁说的那一句：要不是你们这两个小孩，我早就离开这小岛。我一直记得。导演张艾嘉选择李心洁，因为她是1976年出生的水瓶星座？水瓶座全是不漂亮但是好气质的，或者只是因为她来自马来西亚？我可以马上想起来很多她们，梁静茹、孙燕姿、陈绮贞，她们有天生的岛屿气息。马来西亚半岛，台湾岛和香港岛，岛和岛，很多很多岛。

　　这些岛，在我这里都是一样的，要么热一点儿，或者再热一点儿。

　　为了看一下快要绝迹的萤火虫，我到了距离吉隆坡两个小时车程的一片红树林，搭最后一班夜船，这里已经河水满涨，鳄鱼出没。头昏脑涨的热，也不知道为着什么。只知道这一次打扰，天天夜夜地打扰，萤火虫必定是要绝迹的。船靠近了河岸，船夫熄了火，灭了灯，一片漆黑，树丛中有星星点点。我不知道我为什么哀伤。动画电影《萤火虫之墓》看一遍哭一遍，不敢再看第四遍。作者野坂连自己的原作《火垂之墓》都没有重读过，只是年老时在一个访问里说："想把大豆渣嚼软一点儿给妹妹吃，但不知不觉却自己吞下了。当时如果给妹妹吃了大豆渣，或许妹妹不会被饿死。如果能像小说一样，我当时对妹妹好一点儿的话，就好了。"这样反复地说，反复地说。"萤"与"火垂"日文发音一样，可是他更愿意使用"火垂"这个字眼，书里一句"烧夷弹落下，向着正燃烧的家，只能呼叫父母的名字，然后转身往六甲山逃。"我也觉得《火垂之墓》似乎更痛切一些。

我们成长的历程，似乎就是在与各种各样的创伤和解。战争创伤、童年创伤，创伤与创伤，没有什么创伤会比另一种创伤更严重，张艾嘉在谈到电影《念念》时说：我们要懂得怎么去跟过去，去跟别人和解，但是先要懂得怎么跟自己和解。

我二十岁时写过太多以鱼为题的创作谈，我不知道自己为什么总要写鱼，我出生和度过童年的地方没有海，我也从来没有见过海。可是我二十岁时，可以为了自由去死。如今我四十岁了，我还活着，我也笑着说，要不是你们两个小孩。我也可以每天讲一个人鱼的故事，每天都会有一点儿不一样，可是故事的结局都应该是：小美人鱼逃出了龙宫，向着一道光游去。

我童年的时候根本就没有想过我将来会去什么岛，纽约岛，或者香港岛。我后来写了那么多鱼，也不过是想去往大海，不应该是岛。

岛没有希望。

二十一岁的时候，我写了《头朝下游泳的鱼》——所有的人都以为我幸福或者给了我幸福，我却痛苦。要么离开给我饭吃的地方，饿死，要么不离开给我饭吃的地方，烂死。我已经不太在乎怎么死了，死总归是难看的。长此以往,我无法写作。身体不自由,连心也是不自由的,写的东西就充满了自由。

二十二岁的时候,我写了《一天到晚散步的鱼》——我写作是因为我不自由。

二十三岁的时候,我写了《活在沼泽里的鱼》——我谈论鱼,因为我相信鱼是厌倦了做人的人。活在沼泽里的鱼,尾部都是残破的,死了一样浮游在水里。可是每一条活在沼泽里的鱼,一定都梦想着舞动完整的尾,去海里。

二十四岁的时候,我写了《海里的鱼》——我以前以为我是一条鱼,可以游到海里去,后来我才知道我只是一条淡水鱼,我比谁都要软弱,如果他们笼络我,我就被笼络,如果他们招安我,我就被招安,总之,再在水里活几天总比跳来跳去跳了一身血死了的好。我是这么想的。

然后我终于在这一年离开了,到太平洋的那一边。我从来都没有真正的自由过。可是自己与自己的和解,不就是爱的和解?岛有没有希望我不知道,我只知道我还有寻找的希望。

原载于《作家》2016 年第 8 期

《岛上蔷薇》：蔷薇是什么花

我小时候拥有过一个秘密花园，这个小花园就在我上学的路上。因为家里需要翻新老宅，一年级时，我被送去一个很奇怪的小学上了一个多月。那个小学，和那个小学里面的同学，我已经在一些写儿童的小说里写过，都是非常奇异的故事。

我拥有过的那个秘密花园，四面被篱笆包围，篱笆上爬满了蔷薇，玫瑰红色的蔷薇。我当然也知道蔷薇和玫瑰相似，我是看《随风而来的玛丽波平斯》长大的小孩，二十世纪八十年代的中国也没有旋转木马和姜汁饼干，但是我也知道将来一定是会有的。

我被密密丛丛玫瑰红色的蔷薇吸引，于是放下书包，从篱笆的缝隙挤了进去，很小的缝隙，只足够六岁女孩的身量。篱笆的后面是一块大草地，草地上有一棵树，我想不起来那是一棵什么树，没有花也没有果子，就是一棵树。但是草地上满是蒲公英的黄花还有白色绒球，多到数不过来。

对我来说，就是一个大宝藏。

整个下午，我就坐那个草地上吹蒲公英球，吹掉一颗，再吹下一颗，吹到再也吹不动，太阳的颜色都变了。后来当然是迟到了，但是也没有受到责罚。那个学校，还有那些时间，现在想起来，都像是没有存在过一样。我再也没有办法回到那个时刻——无穷无尽的蒲公英球，白色小伞飞舞的下午，再也没有过。

因为那个秘密花园就那么，消失了。

上学放学的路，我还会再看一眼篱笆墙和野蔷薇，但是我再也没有找到入口，篱笆墙后面的草地，树和蒲公英花，白色绒球的种子，真的只能让风带走了。

然后我就离开了那个地方，那所学校，再也没有回去过。

我在离开中国的那一年完全停止了写作。《我们》是最后一部小说，如同我之前的小说《花》，我写了所有被疼痛折磨只能从疼痛中找快乐的女孩们，《我们》是我最后一次描述那些花。

过了一年，我回家过春节，写了儿童小说《中国娃娃》：一个被蜂鸟带领，周游世界的中国娃娃。七天来不及写完书，所以那个流浪的小孩，最后留在时间的缝隙，找不到回家的方向。

可是我不知道《中国娃娃》的最后一章为什么会是"后记或下一个故事的开始"，我有点忘记了。记录梦境是为了寻找答案。所有出走的故事，也是回家的故事。我们活在故事里面，我们是我们的故事。

是的，我把《我们》写下去了，尽管间隔了十五年，女孩成为女人，花都谢了花又开了，我写了很多女人，每一个寻找自己想要的生活的女人，就像野蔷薇一样。

原载于《作家》2016 年第 8 期

有时会写超短篇

我有时候写短故事,也就是小小说,很多人觉得"小小说"这三个字档次太低,快要和故事会差不多了,他们就用了一些别的名字,微小说、闪小说、超短篇什么的,"超短篇"这个名字还真不错,能让人想起夏天和冰激凌,转瞬即逝的爱情。

其实《故事会》也挺不错的,我还看到它出现在纽约地铁里,我就没有在纽约的地铁里看到过任何一本《收获》和《人民文学》,肯定也是因为我搭地铁搭得不够多,而且我要看它们我就去东亚图书馆好了,整个下午,我会是那儿唯一的读者。

当然纽约的地铁里也看不到《纽约客》,现在想起来纽约的那些日子,暗的灰的,漫长到没有尽头的隧道,我都没有去想纽约的地铁是什么样子的,也许纽约的地铁只是那样的,如果一个男人的书包带子从肩上滑落,落到邻座,邻座的男人不会挪动他的身体,邻座的男人直接地告诉那个书包男人,坚定的眼神,你的带子碰到了我。香港的地铁不是那样的,香港地铁里的男人快要睡着,头倒到邻座的肩上,邻座的男人叫道,你做乜嘢?睡着的男人惊醒,你做乜嘢!邻座的男人又喊,你做乜嘢?睡着的男人再回过去那句,你做乜嘢!这么来回了十遍,他们各自戴上耳机,回到自己的世界。

中国也没有《纽约客》,好像二十年前的《作家》杂志说过我们要成为中国的《纽约客》,可是中国不是美国,《作家》后来有没有《纽约客》的样子我也不知道了,我离开了中国,来到地铁里没有《纽约客》的纽约,后来我终于又从纽约搬到了香港,在没有《纽约客》的中国,我还是用了一个春天来写短故事,我写了三十五个故事,每个故事不超过一千字。我把它当作一个训练,既然我在叙事上弱一点儿,那么看好语言是否撑得起一个好故事。

二十年前我已经写过一次短故事,那个年代没有微博和朋友圈,让我可以展现它们,那个年代,很多人连电脑都没有。最后河南的《百花园》发表了那些短故事,他们还请我去了他们的分享会,我在那个会看到很多很有趣的人,他们在那个时候都被称为小小说作者,相对于"小说家"这三个字,小小说作者,听起来一点儿都不酷,可是我反而觉得他们更好玩,每一个人都好生动。实际上能够在最短的篇章里讲完一个最完整的故事,我是觉得他们都太酷了。

实际上我也一直偏心写短小说,我没有回避我在长篇小说上的耐力不够,这当然与我的专注力缺失有关,诚实地说,写长篇简直会杀了我。有时候我会这么想,大家已经不看长篇小说了,每个人都要谋自己的生,所有看长篇小说的只有写长篇小说的,文学作品到了一个不能给人以精神力量的地步。可是如果你没有一个长篇小说,你就没有一个座儿。可是站着也没有什么不好的。维基百科说的,只有最优秀的短小说作家才写得出意境深远且清晰动人,给人接近长小说感觉的作品。

原载于《红豆》2016 年第 9 期

一个人的朋友圈

我有一个朋友问我,所以今年你只写了一部小说?我说不是吧,那部小说是去年写的,只不过是今年发了。我说不好意思啊,没被转载,所以你也不要提到了。我的朋友就很生气地说,他是从来不相信转载这种东西的。我觉得他肯定是想安慰我,因为他的职业就是看转载的小说,但我还挺高兴的,因为很多时候我也会去这么想一下,真正的好小说是不会被转载的。

那我这一年到底干了什么呢?我写了一本散文啊。但是很奇怪的一件事情就是,我前几天跟另外一个写小说的朋友一起吃饭,我说你好像出了本新书啊?他说是啊,但是不高兴的样子。我就马上恍然大悟了,我说散文集吧?他说是啊。我们两个人就同时叹了口气,说,不说了不说了,喝酒喝酒。

喝完酒,我觉得我俩挺对不起散文的,散文又怎么了嘛,散文不是一笔一画写出来的?散文就是后妈生的?这个心态,很微妙,我觉得主要是因为我和他主要还是写小说,而我俩写起小说来都是非常严肃的,我看了一下他的脸,他肯定是比我更严肃一点儿。

当然我们写散文的心态也很严肃。只要你还在写,这个时间,以及这个地球,你就肯定是一个严肃的人。

所以我就很开心地说了,我今年写了一本散文啊,而且写得还挺好的。

跟编辑的交流也挺好的。我说我不出照片的,他说好,我说我的简介只有一句,出生地和居住地,他说好,我说我不关心字数印数,要不要凑新年新月的新书会,我不关心,我只要收入《一个人的朋友圈》,他说好。

书从交稿到上架,这个编辑只出现了三次,一次是说稿收到了,一次是说好,最后一次是问收件地址。我觉得也够了。如果中间能让我看看封面就好了,不过那样我就会少掉一个"surprise",我还是要一个惊喜好了,既然我们人生的惊喜只会越来越少。

其实我要说的是,我终于可以出版我的朋友圈了,那些我写在朋友圈的字,实际上它们比我的小说集还要难出,而我又很认真地写了它们。虽然确实也没有多少人看到,因为我会把我的联系人数量强迫症般地维持在三百六十五个,如果有一个人必须加一下,我就得删去另一个。这三百六十五个联系人中的三百个人是不看朋友圈的,他们只是联系人,就好像西部世界里面的接待员也不知道自己是个机器人,他们只是接待员。另外的六十五个,好吧他们其实都是我的亲友团,如果我要去参加香港厨神大赛,他们肯定都能够出现。可是我现在在写的朋友圈让我丢失了很多"他们",数量还不少,因为我反映出来的阴暗以及我沉醉于阴暗的态度令人们厌恶,他们只好删除我。"如果我已经很抑郁了,"其中的一个朋友跟我说,"为什么我还要看你的抑郁来让我的抑郁更抑郁呢?"她是这么说的。她的话肯定是没有道理的,因为她可以选择不看,但是她继续地看,又把她自己的朋友圈屏蔽起来不给我看,这个行为肯定是太抑郁了。我突然意识到写作的朋友并不是生活里的朋友,也许写作的朋友可以成为生活的朋友,但是生活的朋友是绝对成为不了写作的朋友的, 如果我在小说里杀了一个人,有的人是真的会去举报我的。我说的都是真的。

我把亲友团移去了一个专门为他们设立的亲情号,我还是我,只是不得不分成生活的我和非生活的我,我只是遗憾我的动作慢了一点儿,要不就不会失去那么多真正生活的好人了。至于分组以及屏蔽朋友圈,我反正是做不出来的,别人当然有别人的理由,还很合理,我想的是,装吧就。所以水瓶星座想问题都是很神经的,也不要去跟水瓶星座讲道理,因为她根本就看不起地球人。

我当然还得继续我的朋友圈的写作,我把它当作一个实验,写作的实验,也是生活的实验,既然我就是在一个虚拟的圈,我当然有表达内心的权利,我的内心是真实的。

我当然也会怀疑,我又不是神。我写完一部小说都会觉得自己太棒了,然后又觉我也没有那么棒吧。别的写小说的人就说这是幼稚、不成熟、不自信,我倒是挺佩服那些总把"我太棒了我就是这么棒到永远的"挂嘴边的人。

我这么怀疑着就去问了一下一个"90后",好吧"90后"更好玩一点儿,我也不是没问过"70后""80后",他们都太精了,很多问题就得不到答案。

我说朋友圈到底是个人的还是公众的呢?

他说你的是个人的。

我说别人的呢?

他说别人的就是成就展啊,谈文学谈文学谈文学,展示展示展示。

"90后"的问题就是重要的事情要说三遍,希望这只是他个人的问题。

我说你不讨厌我太个人吗?

他说朋友圈不就应该是个人的?

我说所以我写朋友圈写得真开心,两年写两万字,我写小说都写不了这么多。

他说要是没有朋友圈你肯定能写更多。

这倒也是。

但我还是要写我的朋友圈,写作上面,我没有什么可失去的。写不写,写不写得好,我又不是靠写作活着的。不知哪位老师说的,靠写小说养活自己,对不起自己,也对不起小说。

《莽原》的静宜老师说她要发表我在朋友圈写的文字,我重复地问了她好几遍,她重复地回答说是的,包括我在2000年写的。我就想了一下我那个时候为什么要那么写,肯定是因为我已经建构了一个虚拟的圈,小的、友善的、真正的朋友的。我当然不是一个坐时间机器旅行的人,但是我确实也在1999年出版的《小妖的网》里说了:到了明天,每个人都会有自己的电脑,每个人都可以无线上网,世界是网络的。如果你也在1999年生活过,你当然就会知道那段话有多么不可思议,跟现在比起来,那时候的人类都是原始人。

我还是连夜写了一个短小说来配合我的朋友圈的发表,以及一篇创作谈《我们为什么写作》,这是我对棉棉夏天时候在《青春》发表的《我们为什么写作》的回应。我也在《青春》发表过一篇我自己很喜欢的小说《到南京去》,那是1997年的事情了,那一年有个人跟我说,这么好的小说为什么要给《青春》呢?我说这么好的小说为什么不能给《青春》呢？所以我从来就不是地球人，我也不是多有情感，但我多少还有一点儿。如果你曾经把你喜欢的小说给过一个喜欢的刊物，再给一次又有什么不好呢？喜欢这种东西也是很珍贵的。所以我在《莽原》发表过我最喜欢的小说也是我最疼的小说《你疼吗》，我也就发表了《抱抱》，隔了二十年，也许什么都不同了，但是我仍然没有什么不同的。

《抱抱》四千字，也许不是很撑得起来一部小说，但是这个小说是一个开始，对于一个严肃的、老是要把地球说来说去的人来说，写小说仍然是一件主要的事情。

原载于《文学报》2016 年 12 月 29 日

我们只写我们想写的

《我当我是去流浪》是一本随笔集。所以我没有写跋或者序,我也许写个后记,我也是在长篇小说《岛上蔷薇》出版了以后才写的创作谈《蔷薇是什么花》。

这本随笔集,奇妙地,像一朵蘑菇那样,在十月的某一天出现了,没有火花也没有烟花,我的编辑说的,我和我们出版社,我们都是很安静的。

我突然想起来我两年前在上海的一个活动认识了一个叫作Heather的女孩,她是活动方的实习生,银色的短发,精致的小脸。实际上我见过很多女孩,可是这个女孩很吸引我,我就跟她说,你要不要问我问题?我会回答你所有的问题。她说好啊,她就把她的问题寄给了我。我没有答。过去了的这一年,我对了六场话,在过去的那一年,我去了十场新书发布会。我不想回答任何问题,我都不想说话了。

我在那个十七年前的创作谈里说我喜欢伊能静,因为她在她的书里说,"如果我的欲念更深沉一些更节制一些就好了,但我又想也不过是一次的人生,精精彩彩不更好?"我就去我的朋友圈贴了一张伊能静,马上有很多人表示讨厌她,也有一个人说读过她书。还是可以的,他是这么说的。他也是这么说我的小说的,还是可以的。但是没有用,即使你什么都没有做,还是会有人讨厌你。

我重新看了一遍《一天到晚散步的鱼》,我 1999 年的创作谈,那时刚刚二十三岁。我从二十一岁开始写创作谈,一年一篇,这个习惯肯定与我当时的职业有关,我在一个单位做宣传干事,我得写年终总结,写完工作总结,随便把写作总结也写了。这个行为终于在我二十四岁的时候终止了,我再也不用写创作谈了,我连写作都终止了。三十九岁的时候,我回来写作,我写了创作谈《我们为什么写作》。肯定也是因为棉棉先写了关于我的创作谈《我们为什么写作》(《青春》2015 年第 9 期),我就写了关于她的创作谈《我们为什么写作》(《香港文学》2016 年第 4 期)。

这个为什么,简直纠缠了我的整个人生,二十一岁说我写是因为我孤单,二十二岁说我写是因为我不自由,二十三岁说我写是因为爱,二十四岁二十五岁三十四岁三十五岁,直到三十九岁再回来说,我写是因为爱。

我决定回答 Heather 的问题,现在,也许没有其他更合适的时间了。

Heather 问我你相信一见钟情吗?我说我经常一见钟情,我的厌倦也比其他人来得更快。一见钟情,深深厌倦。

Heather 问我"酷"的定义是什么?我说我觉得棉棉很酷,我想不出来还有谁比她更配得上"酷"那个字。

Heather 问我最喜欢哪个诗人,诗意表达能力这个东西是天生的吗?我说我对诗没有兴趣,我对诗人更没有兴趣。任何表达都需要天分。另外诗是诗,不是句子,句子不可以被截断。

Heather 问我在你心中有哪些会讲故事的作家（story teller）？我说我现在能够想起来的只有王尔德，快乐王子的心破掉，是一个故事。

Heather 说你喜欢《芒果街的小屋》这本书，我也喜欢，我有一种感觉，Esperanza 叙述的生活是平静的、诗化的，而这种诗化来源于，她对生活采取了一种旁观和流浪的态度。看你的文字也有一样的感觉，平静，但底下蕴藏着很深的情感。对于生活你更愿意做一个参与者还是旁观者？我说我们当然是我们的生活的参与者。Esperanza 也是，她的诗的平静，都是因为她真正地生活在生活里面。我们决定不了我们的愿意或者不愿意。所有能够旁观自己生活的，不是精神分裂吗？当然我相信艺术家都是分裂的，看别人看不到的，听别人听不见的，分裂的心能够创造艺术。真正的意识从身体的脱离，这样的情形我只遇到过一次。一个很正常的晚饭以后，我从客厅的一边走到另一边，速度也不是很快，但是我的意识脱离了出来，提前了半步的距离，我的身体没有跟得上，是距离，不是时间，我就往后看了一眼，是的我是在我的意识里面，我的身体在外面，所以我是往后看了一眼，都不是语言可以描述的，身体按照惯性继续往前，我和我的意识停留住，让身体追上来，重新缝合到一起，一切就是这样发生了，我扶住桌子，让自己真正地稳定下来。我不想再遇到第二次，我害怕第二次我的身体没有能够赶上来，或者我的一些部分飘离掉，再也回不来。尽管我有时候也会想，意识的残缺也许能够让你写得更疯一点儿呢？我只是想想的。好在这个世界上的多数艺术家都在控制自己的分裂，要不然整个世界就是疯子们的了。

Heather 问写作这件事有个人极限吗？你有没有过在写作中探索到极限的感觉。我说任何事情都没有极限，就是死亡也不是一个终止。可是人的身体是一个局限，人会死，而且很容易死，不睡觉和缺水都是身体的极限。我不愿意往极限的方向去，会回不来。

Heather 说那你最爽的一次写作经历是什么？我说年轻时候的每一次写作都太爽了。体力好，无穷无尽地写，这种错觉。我嫉妒那些可以抽烟喝酒的创作者，我都不会，我只是在每个早晨来一杯红茶让自己醒过来。所以我就是在拼我自己，我也知道。

Heather 说不听点音乐吗？音乐对你的写作有影响吗？我说音乐不影响我。音乐对于我来说就是一个热水澡，我太累的时候会冲个热水澡（是冲不是泡，我没有时间），然后继续工作，或者听点什么，随便什么，一点点就好，然后继续工作。

Heather 说我有时候有种错觉，读你的文字像在读英文。我说我当这是一个赞扬，谢谢，谢谢。

Heather 说你在访谈《十九个问题》中说你读英文的问题会很快乐，因为它们的意思很宽泛，这一点会不会投射到你自己的写作中？我说任何访谈都要配合到上下文来看，我会谈到英文的问题是因为那个访问的主题是双语写作，阅读与个体经验，而且提问者用英文，问题也大都是这种，英文写作的经验？英文写作的困难？用作品和英文读者交流是必要的吗？你喜欢英文吗？于是我答了我读英文的问题很快乐。我是这么说的，它们比中文问题的意思更宽泛，我的回答可以往无穷无尽的方向去，甚至可以飘掉，像一个红气球。中文问题永远都像是一个风筝，无论你飞得多高，总有一根线攥在提问者的手里，而且他一直在努力地把你扯回来。所以我的回答是不同在于在提问者而不是语言。所有谈论英文写作的话题都是要特别小心的，现在这个时间，以及目前我看到的这个区域，没有人会真正对英文写作的问题感兴趣。

Heather 说写不出东西的时候做什么？我说看电影啊，谈恋爱啊，吃啊。Heather 说那我去谈恋爱了。我说去吧。Heather 说你觉得我问你的这些问题能被发表吗？我说不能。Heather 说我们太时髦了是吧？我说我看看是不是能够写个创作谈，问答体的，写不出来也没关系，我们只写我们想写的。Heather 说你这一句都让我哭了。

原载于《南方文学》2017 年第 1 期

我们的香港

　　我其实已经写过了关于散文的文字，我说我写起散文来也是很严肃的。但是我一年没有写小说，我明年得写一点儿小说了。然后我就得到了一个任务，我还是要来谈一谈我写过的散文。

　　我在去年的这个时候写过一篇《对于写作我还能做点什么》，我说我真的去写了一些散文，给了真的《散文》，呼吸慢下来的瞬间，最好写散文。

　　呼吸慢了真的就没有那么难过了，我写小说的时候一定呼吸得太快了。

　　我是这么想的，好一点儿的小说是会让人痛苦的，好一点儿的散文是会让人舒服的，我经常写倒过来，把小说写舒服了，散文写痛苦了。在小说和散文之间游荡的语言，不知道我是幸福还是不幸福，我经常这么想。

　　《利安》绝对是不让人舒服的那种散文，我的一个朋友说的，文字已通透，然后呢？他不说了。我在他那里发过无数无法被归类的文字，创作谈《十年不创作谈》以及童话《反童话》。有一种编辑是可以让你自由发挥的，他只在乎文字，好文字肯定是让人舒服，或者痛苦的。我也不在乎是哪一种了。

评论家蔡益怀先生说的,周洁茹的作品是以随笔式的、感悟式的方式叙述香港,完全没有夸张、变形、幻想式的书写,而是如实写进去。她写出了普通香港人仓皇无措的真状况。

我觉得他们说得都比我好,我就不说什么了。

我也有一些生活中的朋友说我的这组散文写得好看多了,要不是他们说,我还不知道我之前的那本散文集有多不好看。说这些话的人都是真正生活在香港的人,散文里出现的字,九龙湾、马铁和利安,都是他们每天都要过的生活,真正的生活。

原载于《红豆》2017 年第 2 期

我和我的时空比赛

我想给我的新书《到香港去》写点什么，补充点什么也解释点什么，好像我就是在出版了《岛上蔷薇》以后才写的《蔷薇是什么花》。可是我发现我与这本书要说的话已经在 2015 年的最后一天说完了，早一年或者晚一年，好像也没有分别。过了二十四岁，时间就飞起来了，更何况过了四十岁。

当作后记的《对于写作我还能做点什么》，谈及了我回来写作以后的所有小说，包括作为练习的那三十五个超短篇，虽然所有的短小说都没有收录到小说集《到香港去》，但它们对我来说仍然是很重要的。我所有的小说在我心中都是一样重要的。但是很可能我再写点什么都无法超越已经写过的那篇《对于写作我还能做点什么》了。

我也经常怀疑自己无法再超越年轻时候的写作，我当然一直在与自己竞争，我不看别人，我与所有的别人都不是一个时空的。

后记的第一句就是，我一定是为了证明我行才写那篇小说(《到香港去》)的。这一句导致傅小平在提问的时候就盯着这一点——你证明自己的行，是要向外界证明吗？向你已经告别了很久的文坛证明吗？你的证明本身，是不是已经包含了被动的成分呢？要说为内心写作，那是无须向外界证明的。那你最初写作是出于什么样的原因，多年不写后，回来再写是什么原因？有可能支持你以后源源不断写下去的，又会是什么原因？

我当然被那么多为什么又为什么绕晕了，我就答了一点儿别的，而且答着答着就跑远了。可是隔了两个问题后，他又绕回来问，你到底要证明什么呢？

我只好说太久了我要想一下，我到底有没有谈过这个行的问题。有一点儿是肯定的，酒喝多了肯定是不行的。我注意到很多写作者都有酒的问题，喝了酒会不会写得更舒服一点儿，或者没有酒喝会不会死掉，如果要去考虑这些问题，酒就真的成了一个问题。

我的行或者不行，如果真的要去考虑，那它也真的成了一个问题。事实上我也没有考虑过，我就是张口就来，因为有人说我不行，我才说的我行。以后我一定不这么说了，我直接说，你试试？

我在访谈的最后一节还是面对了一下，我说所有选择了写作的写作，就已经是一个证明。我从前往后都没有可能说出为内心写作这种话，如果一定要有一个写作的理由，肯定是爱。

我也开始怀疑我以后的访谈都无法超越这一个了。

自己与自己的比较，并不是你想得那么孤独，就好像不写才是孤独的。

我可能还是要把每一部小说的来由整理一下，要不我也会忘掉，什么都忘掉，我现在看年轻时候的小说都像是看最熟悉的陌生人。

《四个》应该是最早的小说，张悦然在 2008 年主编《鲤》时向我约的稿，主题是孤独。我已经忘了它写了什么，我又不想再回看一遍，实际上我不想看所有超过一万字的小说。我宁愿去看别人说什么，胡趄赵说:"周洁茹选择了一个乏味的成长故事来考验自己的叙事能力在多大程度上能让读者卷入进来,事实上她成功地向读者传递出来了四个女孩子的处世经验,她们在成长的时候,就是那样想的,她们所指认的世界与这个世界本身,并无多大干系。"好吧,所以《四个》是写了四个女孩子的成长。谢有顺说:"虽然周洁茹的笔法很接近二十世纪八十年代女作家的那种华丽与幽暗,但在骨子里,她的孤独是平静的,是自己可以观望甚至欣赏的,是潮水退去后安宁的瞬间。因此,青山七惠和周洁茹的加入,只是《鲤·孤独》的调味品,她们并不能改变《鲤·孤独》那种强烈的为'80后'的心灵立传的欲望与冲动。"好吧我仍然是"70后",我并没有因为出现在了《鲤·孤独》,就成为"80后"。

《201》发表在《人民文学》2008年第8期,好像还被收入某个选本,专业人士的短评是这么说的:"平淡无味地抖出一位公交车女司机的乏味生活和烦躁心理而已,别无深意。"有两件事情我是完全不相信的,一是被转载,一是专业人士好评。如果这是一个《纽约时报》的书评就好了,平淡无味?还别无深意。我肯定会保留那期报纸,而且贴在我的电脑前面。所以我写底层还是太冷静了,我要是痛哭流涕着写会不会更好一点儿?

《火车头》肯定是一篇好小说,但我是这么想的,《雨花》是我的恩刊,我发第一个小说专辑就是在《雨花》,所以我回来写作,当然也得给《雨花》一篇好小说。这种情形我在《青春》发表《到南京去》的时候已经遇到过了,有人会跟你讲,这么好的小说,为什么要给《青春》?我在那些年说的是,这么好的小说,为什么不给?小说这种东西,熬个夜就行,好小说这种东西,也就是多熬三个夜,感情这种东西,你熬多少个夜都没有啊。隔了这么多年我还是这么说的,爱是顶重要的,没有就是没有,有了就要珍惜,你也不是能够爱每一个人并且被每一个人爱的。而且如果你已经上过了两次《收获》,你就这么想上第三次?你就这么想证明你自己?

《你们》从专业人士的角度来看是这样的:"通篇用第二人称'你',邀请读者进入人物的角色、行动在故事里,用人物的眼睛看世界,用人物的心灵感受世界。一个没钱没学历的男青年,先是被传销欺骗,后来当了月薪低廉的城管协管员,最后又做了保安。当已怀孕的女友被打以致流产,他追踪并杀死了逃跑的凶犯。小说笔法冷静、克制、细腻,表现了当前社会底层青年艰难的生存状态,寄予了对他们的同情,有社会义愤寓于其中。可惜现实深广度不够,显得单薄狭窄。"好吧,现实深广度不够,还单薄狭窄。可是我根本就不会写那种题材,我也义愤不起来,我的小说一滴血都没有。

我自己是这么说的,这个时期我最突破的小说是《你们》(《钟山》2008年第6期),我第一个可能也是唯一一个"你"是主角的小说。但是我自己最喜欢的还是一个《幸福》(《山花》2008年第5期)的小说,小说里的女人反复地寻找幸福,就如同我二十岁时的小说《花》,女孩子们反复地追问,你疼吗。

当然在专业人士的叙述里,"《幸福》结构简单,女人傻子男人骗子的结论也不高明,但本篇确实在正面处理当代男女的某种真实乱象,并给出了自圆其说的解释。"

看这些评论真的气死我了。

《生病》(《小说界》2014年第6期)是对小说《回家》的重写,不是修改是重写。我也解说过了,写完《到香港去》(《上海文学》2013年第9期)的第二个和第三个夜晚,我重写了我离开中国回去中国又离开中国时期的两个小说《逃逸》和《回家》，用了更大的力气重写到全部崭新，为了让自己的一口气终于咽下去。这三件事情做完，我回到生活里去，生活比写作重要的生活。

所以我的时间列表应该是这样的。

2000年我出国，最后一部小说是没有写完的《我们》（《大家》2001年第2期）。2001年我回了一下国，办理我的自动离职手续，同时写了长篇小说《中国娃娃》（辽宁教育出版社2002年3月版），短篇小说《逃逸》（《作家》2002年第2期）和《回家》（《山花》2002年第3期）。然后就是2008年和2009年了，我在美国经历的事情应该会写一下，但不是现在。而且我在那个期间也没有写作，所以跟我这篇习作的关系也不大。

我开始考虑回国，但我知道我是回不去了，我甚至考虑了新加坡。最后是中国香港，没有更对的地方了，离开家乡两个小时的飞机。往中国香港搬家的间隙，我在常州住了半年，写完了小说《我们》（《青年文学》2008年第5期），并且在与编辑吵了架以后，一怒之下把它又写下去了，写着写着写成一个小长篇《从这里到那里》，刊载在《作家》2009年长篇小说夏季号。我也与编辑和好了，三里屯的某个酒吧，半夜十二点半，在兴安老师的注视下，我们拥抱了一下，他的身体真的太僵硬了。短篇小说我就是写了《四个》《201》《火车头》《你们》《幸福》和《结婚》（《北京文学》2014年第2期）。六个月，六篇小说。我觉得至少我去做了，我也不要对自己太狠了，我又不是职业写小说的。

如果这是我的第一次尝试回来，那么这一次是彻底失败了的。

2009年年尾，我彻底搬到了中国香港，再也没有离开过。我的写作再次停顿，三年，四年，五年。2013年我进取了一下，到香港作联的

《香港作家》做编辑。我一年写一个创作谈给《香港文学》,不创作还要谈,2013年是《写作的愿望》、2014年是《自己的对话》,2015年才是《在香港写小说》。

编辑我只做了一年,《香港作家》的现任总编辑蔡益怀先生讲:"编辑是最要有忍耐心的,而她是受不得气的,不光受不得气还会反弹。"如果他要这么说,我也没有办法,做编辑不仅仅要有容忍的心,还要有不怕看坏的眼睛。

2013年的第一个月,有个大刊的编辑在新浪微博说我不行了,我连夜写了《到香港去》,第二个晚上和第三个晚上又重写了两个旧小说,悲愤燃烧了三天三夜。可是我好像再这么写下去也证明不了我行,而且我也有点无所谓了。我就又停了下来。

2014年的最后一个月,我突然在每天都要搭的电梯的镜子里看到了自己的脸,我就回来写了。我知道怎么说都算是神奇,但这个世界就是这样的。

我写了一些散文,其中一篇写了深圳的少年宫。我就想了一下,深圳都有什么刊物。这个时候我已经没有一个自己的编辑了,我的编辑们大部分都退休了。我找到一本《特区文学》,QQ上加了一个编辑,编辑说我们不要散文的,我很疑惑,编辑说如果你有小说可以投来试试。吴君知道了以后笑到昏过去,笑完以后她帮我把散文《少年宫》投给了广州的《作品》。我不想笑,我突然意识到,重新开始写作的新人的路真的是太艰难了。

我开始的第一篇小说是《离婚》(《上海文学》2015年第5期)。我用了常州话来写这个小说,住在香港的第五年,我已经忘掉英文了,同时也没学会广东话,我只去过一次香港书展,买了一本《繁花》,一夜读完。然后我用我的家乡话写了一部小说，我想我要向《繁花》致个敬。我真是太爱它了。

整个夏天我都在宣传我的随笔《请把我留在这时光里》，十场见面会，见各种人，答各种问题，我都要累疯了。我跟编辑说我不要出随笔集我要出小说集，他说没有人会要你的小说集，要不是我从小喜欢你的文字，这本随笔集都出不来。要不你等等吧。他说，有了这个第一本，你就会有第二本。

万圣节的时候《大家》的总编辑陈鹏不知道从谁那里得到我的电话，是的电话，他给我打了一通电话，问我有没有小说给他。我说没有。他说没有你去写啊。接下来的故事很多人都知道了，我连夜写了小说《邻居》，但是给了《长江文艺》，因为编辑是天秤星座，我觉得他待我肯定会更公平一些，但他还是删了小说的最后一段，他肯定是问过我愿不愿意，我说我愿意，但是接下来的一年，我都没有再跟他说过话。我写了《旺角》给陈鹏，既然他也是一个水瓶星座，他肯定能够接受在天上飞的小说。

因为写了《旺角》，我就又写了《佐敦》和《尖东以东》，并且非常不甘心地把《邻居》被删掉的部分加入了一个新的故事，写成《旺角东》，这个小说发表在《芙蓉》，我一直梦想去那里工作。我离开的时候《芙蓉》还在重塑"70后"，但隔着空仍然感觉到他们不喜欢我。隔了十五年，喜不喜欢对我来说都不是那么重要了。《芙蓉》把《旺角东》排在短篇小说的第一位置，仍然没有被转载，《芙蓉》的转载情况是这样的，一、三、四、五、六期的头条短篇都被转载了，除了第二期，因为那期是我。尽管《旺角东》没有什么特别不好的，但我决定不再在《芙蓉》出现了，也许编辑的心都被我伤透了。

这些写作全部发生在 2015 年的上半年,超短篇的训练是三月,因为那一个月有 31 天,要不我不可能在一个月内写出 35 篇短小说。

2015 年的夏天一直到 2016 年的夏天,我一个字的小说都没有写。

冬天的时候我还因为没有写好《佐敦》哭了,虽然香港的冬天也不是冬天,我仍然哭得手脚冰凉上不来气。我觉得我已经很努力了,可是我还是写不好。有位老师就用微信跟我说,真没见过什么人不读书还像你这么理直气壮的。我说我读了也不吸收。他说你这是狡辩。我说我又不要看别人,我也许可以承认不看别人的后果就是我可能真的很退步了,但我还是这么想的,我只要比我自己更好一点儿就好了。他说如果你真的那么好你就不会被埋没。所以,他说,你真的就是没有那么好。我马上就不哭了,他真有办法。

春天,长篇小说《从这里到那里》令人震惊地在江苏文艺出版社出版了,我说的震惊是,我自己都没有想到,它能够出版,只能感谢命运。加入香港的章节成为《岛上蔷薇》以后,它肯定变得更好一点儿了。于是整个 2016 年,我没有写小说,我完成了六篇创作谈和六篇对谈。所有的谈话都是与完全不同的人谈完全不同的书及写作,我的头肯定爆炸了不止一回。

到了秋天,我出版了第二本随笔书《我当我是去流浪》,我拒绝再出去见任何人或者被任何人见到。我要表达自己就写朋友圈,我在 2015 年写了一万两千字的朋友圈,然后又写了一个两千字的长文来解释为什么要写这个朋友圈。

《莽原》的静宜老师找到了我,说要发表我在朋友圈写的文字,我重复地问了她好几遍,她重复地回答说是的。我就连夜写了小说《抱抱》来配合我的朋友圈的发表。二十年前我就是在《莽原》发表的我最喜欢的小说也是我最疼的小说《你疼吗》(收入《花》中)。隔了二十年,也许什么都不同了,但是我仍然没有什么不同的。

秋天快要结束的十月,我把《抱抱》当作一个新的开始,写作了十篇小说,每一部小说都没有超过一万字,而且这个阶段的写作已经结束在十一月。

接下来我要出去玩了,假期又到了。

这篇文中提及的所有小说都收入在 2017 年 1 月太白文艺出版社出版的小说集《到香港去》,是的我好不容易要出小说集了,我说我要开香槟的。我在 2016 年写了一万一千字的朋友圈。我在《香港文学》的创作谈是《我们为什么写作》。

原载于《莽原》2017 年第 5 期

野心与慈悲

　　有点野心也没有什么不好的。要不是年轻时候的那点野心，我也不会留下那两百万字。是什么样的野心呢？我那时写作真的是可以不睡觉的。一写写到凌晨四五点，直接洗脸刷牙换衣服去上班，早六点上班，晚六点下班，不能迟到，不能早退，那样的勤奋。单位班车上休息的半个小时，就算是补一个觉。完全不睡会死的，我也知道。下班路上的半个小时也可以用来睡觉，真的够了，我们真的不需要睡那么多觉的。后来要出国，下班的半个小时也就不睡了，用来背英文字典。那样的野心。

　　有个记者就写了一篇访问《一个写作到黎明的女孩》，文章内容我是全忘了，一句没想起来，这个题目却记得清晰，因为我突然意识到，写作到黎明的女孩。就三个字，有病啊？

　　成为一个专业作家的时候二十三岁，1999年，送出祝贺的人很多，但是我后来想想，要一个二十三岁只知道写写写的女孩，每天去过那种不坐班但是开会开来开去的生活，真是太残忍了。

　　所以我就出国了，背过的字典刚好也用到了，那是2000年，我二十四岁。如果你没有在二十四岁之前读完你应该读完的书，写出你最好的作品,可能只能等到四十二岁了,至于这个四十二岁,你还在不在? 你还写不写? 就真的不能够确定了。我说的是真的。

2009 年从美国搬到中国香港,三十三岁,五年哪儿都不去只在香港生活,到了三十八岁,又开始写作,也就是说,我还有足足四年恢复和适应的时间,让我在四十二岁的时候,写出一部好作品。

这四年调整期,已经过去了一半,我出版了一部长篇、一本小说集、两本随笔集。可是我还是感觉到,我四十二岁的巨作,有点写不出来了。我的直觉往往是对的。

《莽原》突然发给我一个奖,给我的小说《没有人爱我》,我上一次拿奖还是二十年前,《萌芽》小说奖。从二十岁到四十岁,从《萌芽》到《莽原》,生活真的比小说有趣多了。

我写我不写,我写什么我不写什么的自由。

我也从来不规划。写作要规划的? 七年写一个长篇,十七年写一个伟大的长篇? 当然也不要忘了一点点中短篇,不出现就证明不了你还活着。

我只关心我有没有在二十四岁前喷发了一下,以及四十二岁以后,写不写得出来好作品的中年,是不是还要写下去? 答案当然是肯定的。

拖累你的绝不是体力,所有的安排都是对的。奔跑的青少年或者呼吸慢下来的中老年,身体会让你知道,你还能够做什么,以及你做不了什么了。就好像如果你真的被爱了,你自己会知道。

我知道我要写一打这样的小说,日常生活、荒谬、笑出眼泪,然后我再也不这么写了,因为我肯定再也无法超越这个时期的写作了,谁都不能回到过去。

九月开始,因为六月七月八月都在玩,夏天就应该玩,我说过的,准确的生活。我先把《没有人爱我》又看了一遍,准确地说,这个小说还是前一年的,写的似乎是海归妇女刘芸的一场《失城记》,回家与寻找,思念与怀念,他城仍是他城,我城已不是我城,无地彷徨,迷失加迷茫,你不爱我,我不爱我,没有人爱我,我的家都不爱我。然后我就写了《南瓜对我笑》,没有人爱我?可是有一只南瓜对我笑。然后我发现我四十岁了,我就写了《四十》,然后我想我写个食色性系列吧,我就写了《吃相》和《相信》,性写成信,色,我写不下去了。九月,我就写了这四篇小说。

十月写了《读书会》和《野餐会》,十一月写了《到深圳去》和《吕贝卡与葛蕾丝》,十二月写了《来回》和《星期天到九龙公园去散步是正经事》。这些小说里面,我自己最喜欢的是写独生子女与父母关系的小说《来回》和《到深圳去》,尤其是《到深圳去》,我有多爱它?我舍不得把它给任何一个刊物,任何一个刊物都不能真正理解它甚至会轻视它,这是我猜想的,我宁愿和它一起沉到水底。

当然我的感觉经常出错,就好像有一年冬天我因为没有写好《佐敦》痛哭了一夜,有一位老师就雪上加霜地说,你看你,你真的就是没有那么好。幸好我还有别的老师,别的老师说的,还好吧,这个小说,至少我看得到爱惜与慈悲。

为了不再让人看得出慈悲,我决定不再写《佐敦》那样的小说,至少在我的四十二岁之前,我绝不会,再去写,《佐敦》那样的,小说。

野心与慈悲,听着太像美女与野兽了,完全不搭,竟然又是相衬的,互相选择,共同成长,艰难地学习爱与被爱的路。总好过那个沉睡公主,谁吻的她醒过来她就得爱谁,完全没有道理的,认都不认识,吻下去就真爱,什么世界。

十篇小说写完,就是圣诞节新年春节元宵节和情人节,所有的节都应该去玩,我说过的,所有的夏天和所有的冬天,所有的周末和公众假期,就应该玩,准确的生活。然后我想到我是要写一打的,我就赶紧在过完了情人节的第二天和第三天写完了《记有意义的一天》和《记没有意义的一天》。好了,完整的一打,十二个。

我应该把每一部小说的由来概要意义主题结构主线表现手段都整理出来的,但是确实又没有这个必要,既然是后记,你肯定是已经看完了整本小说,如果你有先看后记再看小说的习惯,那么真是太抱歉了,要不,您还是再翻回前面? 谢谢。

原载于《作家通讯》2017 年第 7 期

现在的状态

我现在的状态是做减法。别说是写作，就是生活，我也在做减法，减去完全无用的物品和人。这样我到死的时候就会连行军床和纸箱都没有，我还会计算着把一次性拖鞋用到最后一双，决不多出一双。我最后的岁月肯定也不会再写小说了。

我做一切减法，不写多余的字。有人跟我讲再长一些，可不可以再长一些，我要跟他分手。写作信念的背道而驰是一切信念的背道而驰。

我只好把卡佛顶在我的头上，卡佛说的，别磨蹭。我只有卡佛，我读过的大师著作实在不够多，也许可能应该只有一个卡佛的一个短篇集。

我头顶上的卡佛说的，他读长篇都不行了。但他说着说着就说远了，他说完野心又去说才华，他说人人都有才华，简直不像他说出来的话。

如果卡佛也有一个朋友圈的话，他是不是怕被拉黑？

我反正已经被很多人拉黑了。我会说这样的话，一个个写得跟万圣节似的。我是说完了再加多一句的，我也是。当然很多人并不是这么服气的，我们怎么跟万圣节似的？我们都是最棒的，跟圣诞节似的。

卡佛说他有一些三厘米乘五厘米大小的卡片，写了"每天都写一点儿，既不抱希望也不绝望"或者"任何铁器都不如一个放置恰当的句号更有锥心之力"这样的句子。他肯定也是喜欢说得出这些句子的作家们。他们有自己的世界，他是这么说的。这样的卡片，我没有。我能够想起来的句子只有"文字打败时间"和"人民与美"，一句是冯唐的，一句是李修文的。这两个人在我看来也都是有他们自己的世界，区别于任何别的作家。

我在1997年的状态就是做梦，菲茨杰拉德说的每个人的青春都是一场梦，都是一种化学的发疯形式，青春也是我二十年前最大的障碍。内心太强大的女士，青春期或者更年期，都没有任何人会想要保护她。

我做了一个梦，拥有了最多最多的时间，我就在梦里笑出声来了。

然后我真的有了很多时间，可是我没有很好地使用它们，我也没有对我的身体更好一点儿。我说过的话，"我不是一个有写作天分的人，但是我相信我的努力，因为对写作的看若生命的注重，我会努力写下去，一直到我老，站在大厅里坦然地说我已经老了这句话的时候。"

隔了二十年，再看这样快乐又悲伤的话，是不是要放声大笑才好，可是年纪大了就不能大笑了，一笑，下巴都脱臼了。

快乐又悲伤是什么？就是青春啊。经历过对的青春的人才会去看对的青春电影，好像《唱通街》，那个女孩是笑着说的，爸爸死了，妈妈在医院里疯了。我们年轻的时候都是这样的吧，因为太疼了所以要大声笑。我喜欢的《芒果街的小屋》也是这样，用最欢乐的样子讲最悲伤的话。

中年应该是什么样子。有人在网上说发现一个叫周洁茹的人挺有意思,四十岁的年纪,说二十岁的话。那四十岁应该说什么样的话? 温暖的话? 充满爱的话? 慈祥的面容,脸颊耷拉下来? 我不知道。

　　我只知道往前走,不回头,如果写作也有一个十字路口的话。

　　　　　　　　　　　　原载于《文学报》2017 年 7 月 6 日

失败小说

有个编辑在朋友圈说,创作谈就是这种东西,小说写失败了,赶紧写个探索写个思考让自己下得来台。

点赞的人还不少。我也点了。但我是这么想的,写多了创作谈,创作肯定也会有一点儿进展。能够思考就是对的。

"00后"的纪录片导演肖恩给我发了一条微信,他出去散步,在路边的垃圾桶看见一只死掉了的小狗。他不明白人的残忍,把小狗扔掉,而且是扔到人少的街道,一点儿生存的机会都不给。小狗死的时候一定很痛苦。他问,狗主人有没有尊重过这个生命?

我说这个世界就是这样的。你有思考就对了。

他说没思考为什么写下来?

我觉得他说得对。所以创作谈或者小说,写坏了的、失败了的、可以更好但是没能更好的,只要是所有写下来的字,都算是思考。

而且我现在的状态有点往外了,我也会去看一下别人的,比如某个朋友的近作,然后思考一下,他们写的是什么,为什么要写?至于他们怎么写,我一直不太关心。

我没看懂。

我就直接跟他说了,我不懂,你的小说表达的这种中年男人的现状。

是我自己的问题。我补了一句,是我对整个中国中年人的生活状态,已经感到很陌生了。

他说这当然是你自己的问题,中国人都懂的。

我说我是中国人,但对我来说是两种状况。

他说我国外的朋友都懂,我翻译成外文的小说外国人也懂,比你年龄小的,比你住国外久的,都懂。他说,就是你这个个体的问题。

我说那我大概知道目前是一个什么样的创作环境了。

他说所以你写的没有人要看。

我就有点笑不出来了。我想我确实要来想一想这个问题,懂还是不懂。我意识到我的不懂是对写什么的不懂,他的每一个字,我还是懂的。

我没有兴趣,失败者的失意人生,琐碎、荒谬,我完全没有兴趣。

当然失败者小说和失败小说还是两回事,很多失败者电影就很成功,比如《海边的曼彻斯特》和《比海还要深》,我个人很喜欢的《青少年》和《阳光小姐》,评价就很不高,丧到不能再丧的人生,到最后居然升出了希望,还笑出眼泪,低俗。

我理解意义上的失败者。对我来说,不争取创造自己生活的权利,这个人生就是假的。

我最近看的每一个电影都是失败者电影,就好像我有一阵子总是会看到流浪者电影。我说过这样的话,你在某一个时期遇到的电影,都是你自己人生的寓言。我看了一部《神奇队长》,我可以看完一部完整的电影,而不是任何一部小说。电影是我的阅读,在这个时期。它绝对绝对不是一个公路电影，就如同我的朋友的小说，绝对绝对不是所有人的情况。

一个父亲带着孩子们从森林进入人类社会，终于。神奇乌托邦的建立及消逝，或者只是一个转化。结局父亲平静的眼睛，什么都没有的眼睛，让我看完了还迷茫了半夜，难怪他被提名了最佳男主角，剃了胡子的他还挺帅的。

都没有什么对和不对的。上个月我去开会，跟两个男人讨论了一下微信，在找一家书店的路上。其中一个说他太太是经常检查他的手机的，说着这样的话，脸上的表情还很对。如果这能让她放心。他说，我就让她查。另外一个说是啊，下了班手机就交给太太，以示自己的清白。

我说这不是一种家庭暴力吗？他们看着我。

冷暴力，我又说。

不就是这样的吗？他们说，不都是这样的吗？

这可真是太残忍了，在那个瞬间。我才突然察觉了我的格格不入。我当然不会选择这种题材，我这个个体的问题是，你有什么样的生活，你就会去选择写什么。

原载于《南方文学》2018 年第 1 期

《中国娃娃》：大人童话书

《中国娃娃》隔了十五年再版，我删掉了最后一节《后记或者下一个故事的开始》。因为这个故事，真的结束了。

还没有回来写作的 2014 年年尾，杨克突然邀请我去一个论坛，同场的嘉宾是邓一光和台湾的郭强生，我完全忘记了那个论坛的主题，后来翻看当时的图片，背景板上写着"文学与阅读"，论坛的公号发预告的时候还错配了张悦然的照片。

那是我停笔的十四年后第一次出去见人，听到有人说哪有人穿着帽衫去开会的。

我当然是不说话，几乎什么都不说，整场会头都低到地底。直到邓一光说，你有过一部《中国娃娃》。我不知道说什么好，我忘了我还写过《中国娃娃》，我的头一直没有抬起来。邓一光说，我当然记得它，它很重要。

我后来写信给邓一光，没有说一个字关于我自己的写作，倒是提及李修文，他说哪怕他今后一个字也不再写，我仍然认为他属于文学。就这一句话，也让我哭了出来。

我尝试再版《中国娃娃》，找了中国所有的少儿社，甚至《中国娃娃》的原出版社,辽宁教育出版社的社长俞晓群。俞晓群的记性超级好,好到马上就能说出来《中国娃娃》的出版年月、总印数、首发会在北京、责任编辑是周琳。可是仍然没有一家出版社愿意再版它,它真的过时了吧。

豆瓣上还有一些《中国娃娃》的长短评,我看了很多遍。

有人说,这书根本不合适小孩读的;有人说,这根本就不是一个童话;有人说,很可爱啊;有人说,真的就是一个小孩的旅行,是成长的故事啊。

有一位叫作豆立方的读者给了它全五分。"豆立方"这个名字当然不是真名,但是他的句子都是真的:"小学四年级时看完这本书,还埋怨作者写的是什么结局啊,后来长大了才有点明白。最近看到井上雄彦说青春就是不完美时,才更懂得长大的代价。虽然有点不太符合,不过过程都是消逝,时间消逝了许多东西,损耗了初心。因为今天看完了《小王子》所以又想起这本《中国娃娃》,好像总是有某件东西的丢失才意味着与童年告别一样,是这样的吧。"

第二年我重新开始写作。写新书的同时,我一直没有把它放下,再版《中国娃娃》成为我长久的盼望。可是编辑们的冷淡也超出了我的想象,世界不同了。

我也一直在找周琳,当然是找不到了。她送过一个手绣的包包给我,她请我吃了谭家菜,她还给我讲了那个故事《到巴拿马去》,那个故事让我在十年以后写出来了《后来的房子》。我在朋友圈贴过我们唯一的一张合影。我还说那年圣诞节,举办《中国娃娃》新书会的那天,也是我爸爸的生日,我们在一家韩国店吃晚饭,她问店家可不可以做一份中国的长寿面,店里做了,好大一碗,还有蛋糕,所有的服务员都跑过来唱生日歌,我爸爸说那是他吃过的最好吃的面条。真的好感谢她,美好的姑娘。想起来都感受到很多爱与喜悦。

我没有说出来的是,后来我们去逛北京的大马路了。她问我在美国过得好吧,我说还好吧。她说我们去三里屯喝酒吧,我说好吧。然后我们一起坐在马路牙子上,半夜三更,我俩翻遍了我们的手机,一个朋友都叫不出来。然后我们打了一辆车,司机不知道为什么说起东北人的坏话,她终于发了火,比我们体积还大三倍的司机立即闭了嘴。

我没有找到她。可是找到了《中国娃娃》的插画作者,一切就是一个童话。

《后来的房子》收入王芫主编的英文短篇合集《陌生人》的时候,我们完成了一个关于英文写作的对话,我当然谈及了我为什么要写《后来的房子》。

那是 2001 年的冬天,我回国过春节、探望父母,这对我的家庭来说很重要,我是我父母唯一的孩子。作为中国的第一代独生子女,我回一下家,会是我父母最大的幸福。我的故乡冬天很冷,我几乎不能够从床上爬起来。我无法想象曾经在这个地方连续居住了二十四年,那些天还是黑的冬天的早晨我是怎么爬起来去上学、上班的,我已经完全不能够去回忆了。迄今为止,我都是这么认为的:江南地区的人,拥有了全世界最顽强的意志力。我躺在床上,等待去加州的飞机,然后接到了一个电话,一位来自北方的编辑,有甜美的声音,她希望我能够为她们的出版社创作一部长篇小说。我说我只有七天假期,之后就要去美国了,而我在美国是一个字都写不出来的。她说那么我们还有七天。然后我就坐在床上开始写那部长篇小说,每天早晨我们会关于这本书通一次电话,我会谈一些我在美国的生活,那些生活在那个时候完全毁坏了我的写作。她仍然希望我是亮晶晶的，我的书也是亮晶晶的，一切都往最好的方向发展。尽管时间太紧迫了，都没有回过去看一眼自己写的字的时间。最后我终于交出了那部七万字的长篇小说《中国娃娃》，在我上飞机的前一天。那位编辑为《中国娃娃》找了一位非常可爱的插画师，那些画都棒极了，真的就是画了一个流浪的中国的娃娃。在2002年书出版的时候，我又回了一次北京，去配合《中国娃娃》的首发会，他们为书制作了一个小动画，并且做了一些网络的推广和尝试。这时，我才见到了我的编辑，一位娇小但是内心强大的女孩。她给我讲了乔纳希的故事。我记得这个场景是因为她讲完了故事以后哭了。接下来的十三年，我再也没有写作。在我重新开始写作《后来的房子》的时候，我突然想起了她和那个故事，我就把这一段写了下来，写完了以后，我终于也哭了。我想我到了那个时候，才真正理解了乔纳希的故事。流浪的意义，艰难地寻找，以及最终的回归。我一直没有《中国娃娃》的编辑的消息，我找过她，但找不到。夏天，我为了新书的首发会去北京，因为与第二场的会相隔了三天，我尝试与北京一个美术村庄里面的书店合作，在这个空档多做一场分享会。书店的店主说，嘿，我知道你，你十四五年前出过一本书《中国娃娃》。我太惊讶了，几乎没有人再记得这本书，我自己都要把它忘记了。店主说，我太太就是《中国娃娃》的插画作者。我几乎哭出来。我从来没有见过《中国娃娃》的插画作者，我只有她的一个名字，但我终于得到了一个信息，这个女孩最后嫁给了一个书店的店主，得到了她想要的生活。我仍然没有《中国娃娃》的编辑的消息，但是我相信她也得到了她想要的生活，在这个世界的某一个角落。

真实的情况是，2001年的冬天，我回国也是为了办理离职手续。

有没有人会因为要办一个手续来回飞几十个小时？我就是这样的，那个时代就是那样的。

所以《中国娃娃》初版的最后第二节有这么一段，"众神来到一个名字叫作混沌的地方，他们哀叹混沌的迷茫。一个善良的女神就劈开天地，制造了一个有天有地的世界，可这个世界仍然是黑暗的，什么都没有。最低贱的一个神，就跳进了火焰，变成太阳，照亮了整个世界，世界变得美妙起来。可是另一个邪恶的神，嫉妒这个世界的美好，就制造出一种聪明的动物来，这种动物，慢慢地就成为这个世界的主人，他们消灭了其他生物，还有植物，最后什么都没有了，他们开始互相残杀，那就是人类。"

我当然把整个段落都删除了，回美国的途中，我重新启动了我的内心，人类当然还有希望，不是还有爱吗？那是战无不胜的情感。

刻在陨石上的那个妖精故事作了新版的最后一节，我不会再把我真的写了什么告诉你，尽管我制造了一个续集的布景，一个梦境。

因为不会再出现在新版，放在这里。

——我常常做一个古怪的梦，梦里，我站在一个名字叫作幸福源头的地方，我的左手手心里有一粒种子，我的右手，是一把剑，是的，那很奇怪，我握着一把剑，剑锋指着什么人，我看不到他的脸，可是我的手在颤抖。

我很热，好像心里着了火一样。

只有羽毛没有翅膀的鸟，飞来飞去。

你一直在追赶我，可是你找不到我，也看不到我，因为我住在你的身体里面，后来，你爱上了我。剑的那端，他大笑了起来，不要憎恨我的名字，恶与欲望，只要你存在，它们就存在。

火,只是火,熊熊烈火。

你想回家?你害怕长大?你害怕面对长大了的自己?

我发抖,可是剑,怎么都刺不下去……

我不知道为什么会有这样的梦,梦境里的故事,重演了一遍又一遍,都没有结局。我戴着一枚忘记了来历的戒指,戒指的内环刻着橄榄枝,我也不知道那是什么意思。

为了找到真相,我开始记录梦境,这个《中国娃娃》的故事,就是那些梦境的碎片。所有的梦,都不会结束。

原载于《作家》2018 年第 1 期

花与岛

花

我在四十岁的时候出过一部长篇小说《岛上蔷薇》，我从这部长篇小说开始写香港。那是我住在香港的第七年。

这部长篇小说原来的名字叫作《花》，写的四个女人从二十岁到四十岁的人生境遇，完全不同的命运。出版社编辑婉转地提醒我"花"做书名并不好，因为这本书会放在文学类别而不是大百科类别。我说那就《花，与岛》？因为小说里的女人最后来到了香港，生活在岛上的女人，努力活着的女人们，"像旷野的玫瑰，骄傲的花蕊，摆脱四季的支配。"

实际上我写过《花》了，二十岁时候的短篇小说，写的也是这四个女人，不停地追问，你疼吗？所以它原来的名字就是《你疼吗》，只是刊发的时候被改成了《花》，当然后来收入小说集的时候我又把它改回了《你疼吗》。无论《你疼吗》或者《花》，我都当它是我最重要的小说。

最后出版社决定用《岛上蔷薇》做书名，读起来也有《铿锵玫瑰》的音韵。我也去查了一下蔷薇到底是什么花——"耐寒，可药用，密集丛生,满枝灿烂。"听起来也确实比玫瑰顽强多了,但是如果这个长篇小说能够重版,我一定会把它改回《花》,坚决地与《蔷薇岛屿》《岛屿蔷薇》之流区别开来。

我想说的是,名字改来改去,玫瑰到蔷薇,或者别的什么。女孩到女人,微妙人生。岛都不会变。

发生在岛上的故事,就会有海,有台风,潮湿回忆。

岛

"一○二号巴士进入海底隧道时,淳于白想起二十几年前的事。"

每天下班以后站在巴士站牌下面等 682 的时候,往往会先看到 102,然后就会想起刘以鬯小说《对倒》中的这一句。

102 往往是红色的,682 往往是黄色的,102 和 682 的间隙是大段的空白,望着对面旧楼上空半暗的天,我会去想,如果不搭 682,如果搭 102,走红隧到红磡,东铁到大围转马铁也是可以到家的。可是 102 进入海底隧道的时候,我会不会想起二十几年前的事。

二十几年前,我还在常州。夜以继日地写小说,把每一天都过成了最后一天。怎么就会觉得没有明天呢?人生这么漫长,写作只是生活的一小片啊,这一句可真要上了年纪再来讲。二十几年前,一个把写作当作了全部的姑娘,夜以继日地写,写得好像没有明天。就是这么绝望。

我也不能忘记第一次来到香港的情景,"这地方的冬天是不大冷的"。真的好像加州一样。是的常州和香港的中间是加州,加州再到纽约,在美国的十年,没有写一个字的十年,十年空白。我也不知道发生了什么。写作是有期限的吧,二十岁就把四十岁的都写完了。只好等待,等时间追上来,只能这么想。

682 也会进入海底隧道,东隧,然后是大老山隧道,每次进入隧道,都会是半个小时以上的等待,有时候是一个小时,我从来没有想起以前的事。

我坐在 682 上层第一排,如果第一排坐满了,那是经常的事,就坐下层最后一排,中间有一个位置,左边两个人,右边也是两个人,如果急刹车(那不经常),就会从座位上弹出来,所以那是一个很不稳定的位置。但是也没有别的选择。

682 上的一个半小时,不阅读,也不写作,多数时候发呆,我也不知道为什么。有个女的会讲一个半小时的电话,从太古坊讲到利安邨,如果塞车,就讲两个小时,从太古坊讲到利安邨。没有更多的人讲电话,讲电话也是需要精力的。有个男的一上车就能睡着,一到富安花园就能自动醒来,不会早一站,也不会晚一站,真的很神奇。

我重新开始写作,是从香港开始的,这也是很神奇的一件事情。香港就是一个神奇的地方。

原载于《北京晚报》2020 年 8 月 18 日

写与不写

写

有人说创作谈这种东西是作家为了给自己没写好的作品一个台阶下，好像也对。但我也很感激创作谈，我写过的一切，小说或者散文，其实我都有点忘了。还好我写了创作谈，创作谈是我对自己每一个时期写作的一个记录。

我写了快要三十年，暴露年龄了，暴露年龄是对的，年龄这种东西也压不住，都在脸上，我做过的事，说过的话，在我身上发生过的一切，也都在我的脸上写着。是的我写了三十年，但是中间中断了十五年，二十四岁到三十九岁的这十五年，花样年华。但是花样年华，并不一定要用来写作，我们的花样年华，也是应该用来好好生活的。

有评论家说我的创作谈就是不断地重复和重复写与不写的纠结。这也是我尊重评论家的地方，我看不到的地方，他们看到了，我自己要是能够看到我自己的纠结，我就不纠结了。我纠结，写，与不写。

不　写

正在跟一个选刊的编辑讲,这篇很好,请看一下,那篇也非常不错,请务必看一下……对方突然问,你自己为什么不写?

我停了一下,反问:你为什么不写?

他说我忙死了。

我说那我空啊?

我这么说好像是在为所有的不写找理由。不写能有什么理由?不就是不想写嘛。

忙是什么?忙是错觉。老子说的,一个人产生的错觉,使他认为现实并非一种幻觉。也许老子没这么说,我不确定。就好像我也不确定有个谁说的,只有你认为的真的才是真的。

所以我认为的不写就是不想写,这是真的。再有相似的提问我就会这样。

——你最近怎么不写作啊?

——我不想写。

再进一步:

——听说你有十五年不写作,忙生活吧?

——生活不忙。我就是不想写。

如果经受过写作的训练,就不会存在这个想不想的问题,不写也得写,一到点就去写了,身体反应,好像门罗就是这样,做饭洗碗带孩子写作。一天,又一天。哪天要是做饭洗碗带孩子没写作,肯定是横竖不自在的,或者做饭洗碗写作没带孩子……总觉得哪里不对嘛?哦,孩子终于大了,不用带了。

我没有被训练过,而且由于注意力缺失,也从未保持过一个习惯长达六个月以上,不写对我来讲太容易了,我经常不写了,别说是十五年,也有很大的可能是五十年,不写了。

但是经常不安。有时候还会遭受巨大的痛苦,还是老子说的,痛苦是因为拥有一个身体,如果没有了身体还能遭受什么?当一个人在意自己的身体超越了自己的精神的时候,就会变成一个身体。老子可能不是这么说的,但我是这么理解的。

我总是提到老子,可能是受了那位时常叫我不要写了有那写的工夫不如去洗碗的超老师的影响,他是这么讲的:"老子骑青牛出函谷关,本无意留下那些玄虚的文字给肤浅者引为知己沾沾自喜。令尹喜,强留之。只是一段因缘。"

老子找到了路,老子想起了自己是谁,从哪里来的,要到哪里去,老子就离开地球了。而且我觉得他不会再回来了。各人有各人的路,老子的路就是老子的路,你还是得找自己的路。当然是找不到,毕竟老子只有一个,但是还要不要找,我觉得要。电影《指环王》里的灰袍巫师在往白袍提升的阶段说过:你没有办法选择你所处的时代,但是你可以选择你在这个时代要做的事情。也许他并没有说过这么一句,但我是这么记得的。我认为的真的可以是真的。如何找?也许只能是这样,不挑选时代(你也没得挑),正面应对这个时代所有的苦难,做一切对的(至少是你认为的对的)来提升自己的精神阶层,也许,只是一个也许,路就好找一些了。

我有几个朋友一与我产生矛盾就叫我回自己的星球去,也不知道我怎么会交到这么几个人,但是我也没有办法,我又想不起来我是从哪里来的。即使能够想起来,我也没有办法叫他们想起来他们自己的。

我突然想到我在二十多岁的时候写过一部长篇童话《中国娃娃》，书里有这么一段：

> 我出生之前是什么？
>
> 是水、空气和阳光。
>
> 那么我的将来呢？
>
> 是水、空气和阳光。
>
> 那么我为什么还要来到这个世间呢？

很多人觉得这一段真不错，应该放在封底，而且都很愿意为最后一个问题加上一个好答案，为了爱啊为了爱，我们为了爱来这世间！但我自己不是这么认为的。我只是说不上来为什么。

我只是突然意识到，很多人就只能想起来这么多，水、空气和阳光，水空气阳光之前再之前呢？实在是想不起来啊。

邓一光老师有过一本书叫作《我是我的神》，我没有读过，不知道写的什么，但是这个书名我一直记得，也不知道是为什么，一个永远都不会忘掉的书名。

就好像李修文说他心乱了，他不想写。我认为这是真的。

原载于《文学报》2020 年 7 月 17 日

回忆做一个练习生的时代

青春是什么，就是不管不顾地写吧，从早到晚地写，写了又写。后来我看到王小波的书里说他在镜子上写，写了又写，把一面圆镜子都写蓝了。就是那种写。

前些天看一部关于 Black Pink 的纪录片，很打动我，我连《成为》都看不下去，可是这一部《闪亮》，我看完了。片尾四个女孩结束巡演，在练习生时代去过的餐馆聚餐，一边说，二十年以后，那时我们四十多岁啦，也许会回归吧，也许已经跳不动了，只能站在那里。

可是闪亮过啊。我想说的是，即使很快就会被取代。

闪亮过啊。也是我想对自己的青春说的话，我对我青春时期的写作说的话。

有人跟我说，你可真是撞上了一个好时代！我说我真是五味杂陈百口莫辩。现在想想，不如应这一句，那你来撞撞看。

如果一个好时代是人人都能撞的，那怎么不出一个地球的好作家？所以 1% 的才华真得再加 99% 的勤奋，要不那 1% 的才华，也浪费了。这是真话。

第一篇小说处女作发表的时候，1993 年，我十七岁，闪闪发光的十七岁吗？可是之前已写了三年，涂掉再写写了再涂掉的三年，初二到高二的三年，我不知道别的女孩都在做什么，我只知道我在写，坚持写，前路茫茫，很大的可能是，我写不过二十岁，二十岁之前，我就被淘汰了。

我现在回忆一下1990年，都有点回忆不起来了，三十年，光是从一数到三十都要一分钟，何况是实实在在的，三十年。

任何一个人的三十年，都够拍一个纪录片了吧。

2020年，我看到了《闪亮》，已经是三十年以后了。这个时代，十四岁，已是可以去做练习生的年纪了。练习生几时出道？有人是三年，有人是十年，三年还是最快的，那得是天才。更多的人，出道的机会都没有。

纪录片里她们的制作人说了一句话，练习生制度的产生，是因为年纪越小，越能够尽快学会所有的技巧，而这些东西，在未来十年是非常需要的。

写作行业并没有这个制度，在我的1990年，每一个写作人都是单打独斗，也没有人来训练你，自己训练自己，你是你自己的练习生。

不知道要读什么书啊，那就什么都读，不知道写什么啊，那就什么都写。

如果不是那一分天生的热爱，连一个开始都没有，我就是这么想的。

有多热爱，一过了十六岁，我就去找了一份文学刊物的暑假工，因为法律不允许雇佣十六岁以下的童工。我的家乡也只有一份文学刊物，叫作《翠苑》。

我在写一个朋友的印象记里叙述了一些那时的日子，写完我自己都忘了。前些天跟人提到我可是很早就在编辑部待过的,对方笑着说,那时候还要打开水是吧?我一愣,坦然地承认,是啊,主编要打三瓶,副主编两瓶。

我没有写出来的是,有时候老师们也会差我去办点杂事,楼下买包烟,跑趟印厂把蓝纸送过去。

隔了二十多年,有一次回家乡参加一个什么会,与一位当年的老师坐在一起,他犹犹豫豫地说,有件事,一直想要跟你说。

我说什么事?

他说当年真是不好意思。

我说当年怎么了?

他说那时候也是无心,叫你出去买点东西什么的,请你一定不要放在心上。

这一句出来,我都惶恐了,连忙说没有没有,我应该做的。

您永远是我的老师,我又补了一句。

难道不应该做这些事情吗?我现在想想,都是应该做的,十六七岁的我,做什么也都是很快乐的。这都是真话。

如果不打这份编辑部的暑假工,就不会那么早知道写作的规矩。我现在收到一些投稿,上来就是,我投个稿,过了三天就来问,用不用?过了三天又来问,到底用不用?

十六岁的那一个夏天,学习到的第一点就是尊重。对编辑尊重,也对作者尊重,对一切尊重。如果投稿,手写一封信是基本的礼貌,稿子用不用,都不要紧,编辑看你的稿就是用了时间,要心怀感谢。第二点是信用,说交稿就会交稿,说几时交就是几时交,那个时代,人人有信用。黄金时代啊,所有写作人的黄金时代。

打包也是那个时候学会的,用白绳绑出一个标准的井字,样书包裹一拎就起,非常熟练。

我是想要成为一个职业作家,但从来没有觉得自己是白白蹉跎了两个夏天,在编辑部的每一分钟,都是训练。将来的十年没有用到,二十年没有用到,第二十五年,四十一岁的时候,我成了一个职业编辑。我想,这世上所有的事情,大概都是被安排好的吧。

十七岁的夏天,仍是回编辑部打暑期工,老师们升我做"采编",有了看稿和校对的机会,有位老师让我试着为一部报告文学写些文字,虽然也在后来的文章中如实记叙了"写那种东西想死"的心情,但现在想想,全是训练。

练习生全部都是放弃了学业的,童年、青少年生活、学校生活。看到有人这么分析:作为一个人的培养,没有一个机构会教你。

想要成长的话全靠自己,那个人说。他就是这么说的。

有一个下午,我干完了所有的活儿,开水打过了,"报告文学"也交稿了,我就坐在一张桌子前面开始写起来,手写。

我家里是有电脑的,从286到486,换了好几台,还有个东芝笔记本,我爸爸给我的生日礼物,像《追忆似水年华》那么厚。但我坐在一张桌子前面,用一支圆珠笔、几页稿纸,写起来。

写到天黑,写了一个短篇小说,《独居生活》,七千字。

写完交给一位老师,请他批评,我就回家了。

第二天,老师说写得好,准备刊发。

我很高兴,但又有点犹豫,因为是自家杂志,有点走后门的嫌疑。

老师说若是写得不够好,这个后门你想走也走不了。

那期的封面是指挥家陈燮阳正在指挥的照片,陈燮阳的父亲陈蝶衣是常州人,所以陈燮阳也是常州的骄傲。那个封面我记了快三十年,永远都不会忘掉。

也是前一阵了,有朋友在一个会上见到那位老师,合影发在朋友圈,我留了评论说,问那位老师好,好久不见。过了一会儿,朋友跟我说,又听到你的消息,老师很高兴,还在会上发言说,你当年的小说处女作,可是他责编的,你也是他的骄傲。

我听了很高兴,又很惭愧。高兴老师一直记得我,以我为骄傲,也很惭愧,因为一直未有感谢过《翠苑》编辑部的老师们,借这篇回忆处女作的文章,在这里,深深感谢,感恩。

其中有位老师,自己是写小说的,后来也不再写小说了,也不做编辑了,去特区做生意了,再也没有回来过。我写出了第一部小说以后,又写了一些小说,但是不知投哪里,就去问他。

他说他只在《春风》和《雨花》发过,然后慷慨地把他两个编辑的名字和地址都给了我。我后来也替很多人转过稿,给过编辑的联络方式。如果有一些作家,在这个方面很小气,从不替人转稿,自己的编辑也不肯告诉别人,我想的是,那他或者她肯定是最开始写的时候太难了,没有人帮过他们。

现在的时代太友好了,编辑们的联络通过一个微信群就可以了,但微信也有缺点,一加号就是,我投稿,过三天就来问,你用不用?审稿意见发去的时候才发现,竟然已把你删了?这多让人着急。

我开始写的时候,我和我的时代都是慢慢的。十四岁开始写,十五岁发表第一首诗,写更多的诗,每天写,上课也写。两年以后,十七岁,发表第一篇短篇小说,写更多的小说,更多的小说。又写了两年,十九岁,发表第一篇中篇小说,在《春风》。继续每天写,夜以继日地写,不顾一切地写,二十岁,《雨花》给了我第一部小说专辑,《萌芽》给了我小说新人奖。二十一岁,我开始在《作家》和《上海文学》发表小说,然后是《人民文学》和《收获》……

什么时候快起来的? 是二十岁,二十一岁以后,我就飞起来了,我自己都停不下来。

任何一个经历这种制度而存活下来的人,会比社会上的大多数人,尤其是象牙塔里的大学生,更早经历了生活的艰辛,见识了生活的本质。《闪亮》里是这么说的,可是即使出了道,成了名,也不可以休息,还是需要不停地工作,不停地工作,这条线不会因为个人意志而停下。

二十四岁出版了第一部长篇小说《小妖的网》以后,我停了下来。我想我要去好好生活了,而且我也遇到了新的写作的问题,不如就先停下吧。

二十年以后了,我四十多岁了,看到了一部网飞纪录片《闪亮》,片尾是四个女孩想象二十年以后,四十多岁时的生活,也许会回归,也许已经跳不动了,只能站在那里。

我也回归写作了,那是另外一个回归的故事了,但我有时候会去想,我的青春和我青春时期的写作也是闪亮过的啊。那可真是太亮了,我就是这么想的。

原载于《满族文学》2021 年第 2 期

一个小说家的自我修养

　　《星星》讲的是两个女性的婚姻状况。"我"和戴西,两个在美国留学时期结识的闺密,一同回到香港生活,一个结了婚又离婚,一个盼婚盼到几近绝望。两条线,一条讲"我",一条讲戴西,时有交集,时有冲突,有没有对相互的婚恋观产生影响?小说中好像没有呈现。

　　该是评论家说的话,由作家来说,不免有些不自然。很多时候作家都是不说什么了,想要表达和表现的都在文本里,自己看。一千人看同一个文本,都会有一千种不同的滋味。这就是作家的意思。

　　评论家来看更好,从写作手法到创作意图,现实主义极端现代主义,五千字的小说,专业的文学评论家能够剖析出来五万字,也不是不可能的事。

　　没有评论家看我的小说的时候,我就会放出话来,说我自己来,我自己给自己写评论!说说而已,评论这个事情也不是人人都能做的,那满大街不都是评论家了?客观一点儿讲,我的理论储备一直未能完成,怕是这一生都成为不了一位评论家了。

　　从纯粹写作人的角度来分析一个作品,我也欠缺一些,我经常做的是叙述一种情绪,写作那个作品时候的情绪,而且很多时候叙着述着就远了,差一点儿绕不回来。

这一点随心随性,对于长篇小说的写作是非常致命的,但对于短篇小说,刚刚好。

我在另一个创作谈里已经谈过长短的问题,如果小说也能用秤来称,有的长篇小说威风凛凛,体量十足,一上秤,轻到飞起,这就又牵涉一个更宽泛的体脂比的议题,普通人体的水分比也有 70%嘛,也不要去对一个普通长篇小说太苛刻。但也说明一个问题,很多长篇小说,确实是禁不起秤的。我对我的短篇小说只有一个期待——一字千金,没有一个句号是白费的,每空一个格,都得对得起我自己。如果此处可以上张图片,请允许我放出一本书的封面——《一个小说家的自我修养》。

还可以说一点的,又觉得说多了错就更多,还是直接跳去写小说吧,自己看。

原载于《清明》公号 2021 年 7 月 16 日

这篇不是创作谈

《美丽阁》的封底印的是责编江汀写的一段话：

用自由简练的文字，抹去诗意的泡沫，还原都市女性的琐碎日常。

无论身处哪座城市，扮演何种角色，她们共享同一份无奈与伤痛。

生活的脚步不会停留，她们还是要出发，给自己挣一个明天。

听起来很像诗是吧，江汀是个诗人，我总觉得诗人就应该去写诗，不应该做桥做隧道，做图书编辑，任何其他的，如果诗人有选择，诗人只写诗。

《美丽阁》中的十六个短篇都是在我做编辑的四年中写的，某种意义上，一边做编辑，一边做作家，会给人一种编不好也写不好的感觉。我的朋友伊可就是这么说的，如果你想别人真的看重你的能力，你不能太美，你不能让你的美盖过你的能力。但这个世界上就是会有那种又美又有能力的人，我想我就是，又编得好，又写得好。而且我还要照顾家庭,下班回家天是黑了,仍然能在十五分钟内煮出一盘番茄意面,我还会小炒香干,我也会把我炒的小炒香干写进书里,每一个字都是发自内心的创作。

缤纷与光鲜,孤独与伤痛,坚韧与自足。

说的不仅仅是这本《美丽阁》里的新移民女性、新城市景观,而是我们全部,包括女作家周洁茹在内的所有女性,真实的人生与体验,缤纷与光鲜,孤独与伤痛,坚韧与自足。

我至今未为《美丽阁》写过一个字的创作谈。按照我之前的逻辑,作家就不应该写创作谈,创作就创作,谈什么谈,有的作家只会谈,而且谈得比创作还好,心思全放在谈上面了。我更倾向于这一种,先搞创作,字数一千万以上,才具备谈的资格,年轻人一篇两篇就出了头,这里谈那里谈,是目前的风气,但不会是永远的风气。有了谈的资格,可是我也不太想谈,我想要表达和表现的都在文本里了,我之前也说过,一千人看同一本书,都会有一千种不同的滋味,所以,自己看,自己体会。读者挑作家,作家也挑读者,就是个双向选择。被读者抛弃的作家,多会谈也是无用的。

当然作家有时候也会与其他作家谈几句,对我来说很少,因为一直都有专注力的问题,也就是说,一直在飞,而多数其他作家都是一个集中的状态,永远脚踏实地。而且耐力和专注力也是写作的基本,如果天生缺乏,此位写作人将要付出多于他人三倍的努力,以及克制。我说的都是真的。

"那种在生活正面迎击中已经竭尽全力的感觉,蛮致郁。"这一句是与我同期在十月文艺出版社出书的凌岚说的。她说的的确是致郁不是治愈。我一时不知道说什么才好。只好说我应该更好一点儿的,可是也没有。

也不比别人差,她说。她就是这么说的。

我说我只要比我自己好。

她说好与不好,谁来评判?

要在以前,我会说评论家,但清醒一点儿的话,得这么认为,好与不好,读者最会判断。

《生日会》开头第二句就点出男女的矛盾,这是特别有才华的写法,她说。她就是这么说的,你写纽约,写出了纽约的冷、酷、作、高度人造……别人千锤百炼的句子,你下笔就有。

我很快地回旋了一个《生日会》,如果四年就是写了两百万,一个七千字的短篇你从你自己的头脑数据库里很快地提出来再过一遍,好像是还行。

《51区》,珍妮花,那几篇我也很爱,轻小说色彩,又有点双女出行,公路文学的小暧昧感。她又说,结构上都是第一人称,双女主,对话推进故事、展现矛盾、凸显人物性格。这种叙述方法感觉是你的独创。

我说其实我自己都不知道我用的什么方法,我乱写的。

我乱写的,我经常这么说,我也真这么想,但往往一说出来,对方都会觉得我真不严肃。

于是我又说了一句别的,要写成爱丽丝·门罗,得先活到她那么老吧。

原载于《深圳特区报》2022 年 5 月 7 日

第二辑
发 言
…

阅读没有开始也没有结束，
阅读没有时间的限制。

阅读是你走进森林里手里握着的那根线，
即使你迷路了，
你也找得回来。

不安于安稳，
对于我个人的写作，
其实是好的。

写作课

同学们好!

很高兴来到英基沙田学院,跟同学们一起,谈一谈写作。

我当然是认同写作的训练的,因为运动员也是要训练的,不训练就得不到好成绩,运动员的职业生命也是短暂的。但是写作训练的方法是什么,我有点想象不到,我能够想象的是日复一日年复一年地大量阅读和重复写作,如果没有一个教练的话,这样的训练是不是能够坚持?所以写作者肯定是比运动员自觉的,因为写作者往往都请不起教练,却都能够坚持自己的训练。那么我可不可以这么理解,写作课就是一个集训形式,教练也许不是最重要的部分,运动员们的互相激励才是重点。

在我这里,童年阅读是最重要的。我小时候读过一些伊朗童话:吊死的胡狼、用穷人血洗手的富翁,还有那个每天被杀的公主。这个故事讲的是一个魔王抢来一个公主,并向她求婚,可是公主不爱他,她的眼泪流啊流啊全部变成珍珠,魔王就杀了她,砍下她的头装在箱子里,公主的鲜血变成红玫瑰,逆流而上。第二天魔王用药水涂抹公主的头和脖子,公主复活,眼泪变成珍珠,魔王再求一次婚,公主再拒绝,魔王再一次杀了她,血变成玫瑰,就这样过了好多年。一个每天被杀,又每天复活的公主。

我的整个童年也一直以为一个土豆就是一个宇宙,土豆煮熟了,宇宙也熟了。后来我从一支印度舞蹈里读到一个印度童话:有一个总是逃跑的孩子,大人们把他追回来,可是他还是要逃,原来他的口中有一个宇宙。我就觉得这个世界上再也没有比阅读更酷的事了。所以童年时候的阅读,确实会改变人的一生,所以所谓写作课,如果非要有这么一种课的话,写作课,应该是教阅读的课。

我上中学时没有写作课,当然也没有阅读课,我只好为我自己挑选阅读的内容,实际上因为完全没得选,我只好阅读了所有我能够找到的书。我的七年级,只有《红与黑》《基督山伯爵》《茶花女》,甚至《静静的顿河》,全是我父母书架上的书,有些书不得不被阅读了十几遍,比如《西游记》,其中一些段落,我永远都不会忘掉。

后来他们讲我的作品中有小女孩的残酷,我自己觉得其实是悲壮,我童年时候读的全是悲壮的故事,这导致了即使我到了老年,死也是要站着死的。

这是我那个时代的局限,也是我的幸福,如果你父母的书架上一本书都没有,你也得度过你的童年。我们的童年总是无边无际的,有用不完的时间。

我收到过一封迟了十五年的读者来信,那位预科生说他是在他父亲的书柜里找到我那本《小妖的网》,然后他用了应该用于温习的时间读完我的书,我当然很感动,又很悲伤,是的我的书,十五年前我当然也是用了心血来写那本书的,但它绝对不是一本最棒的书,如果阅读的时间有限,为什么不给更棒的书呢,当然我以后是一定会写出那么一本真正棒的书的。

我升中学那年的生日礼物是一套人民文学出版社的《一千零一夜》，六册，每一册都是蓝绿色的封面，这真是最棒的礼物，我记得是因为那个时候的书真的不是那么多的，也不是那么容易得到的。所以我记得我小时候所有的书，所有的故事，比如这一个：

老人院买了一台削土豆皮的机器，可是土豆机老是坏掉，今天在里面发现一只手套，明天又发现一顶毛线帽子。院长就说，大家要小心一点儿啊，土豆机再坏，又要回到从前手工削土豆的日子了。可是一转眼，土豆机又坏了，这次啊，在坏掉的土豆机里发现了一个老太太的假发套。院长注意到，老人院的老太太们对于土豆机的坏掉，反倒很高兴呢，她们又围坐在一起，一边削土豆皮，一边聊天，还笑得很大声呢。院长就在心里面想，嗯，就让削土豆机这么坏掉吧。

上个月我也去了一间学校，孙方中小学，去那里谈写作。孙方中小学是香港第一所以普通话为全科教学语言的小学，孙方中女士是推广普通话教学的先驱，令人敬佩的女士，尤其在那个年代，也是这个时代的先驱。所以能给孙方中的同学们讲一下写作，我还是很高兴的。

第一节课的一开始，我问了一下同学们，为什么要来上我的写作课？一个同学说他是被挑选来的，以后要参加作文比赛，他自己是不想来的，因为还要写功课。第二个同学说，他是想他自己的作文好起来，作文好了分数才会好，分数好了才考得上好中学，考上了好中学才考得上好大学，要不以后他会去睡天桥底。

我告诉他们，上我的写作课，肯定提高不了呈分试的分数，也不会在作文比赛拿到名次，只要考试制度还存在，只要评委还是那些人，只要每年仍然有无数上海、北京的小孩来香港跟你们比赛写作文。

至于睡天桥底，我只能说，这四个字真是太有力量了。

我的写作课，只是教阅读的课，而且是教阅读课外书的课，但是我自己是不阅读的，在我的二十四岁以后，我所有的阅读都在那一年结束了，我以后会来谈这个问题。所以我特别希望他们去阅读，就像是我最好的朋友搬新家了，我很高兴，高兴得好像我也搬新家了。

第二节以后的课，负责老师因为自己有课，不能旁听，这也很好，如果听了，必定是要疑惑，希望帮助到学业的写作课，怎么可以只讲阅读。

但是在我看来，阅读是一生的事情，再也没有比这更重要的事情了。

所以我跟同学们讲了这样的话：你们自己也知道阅读重要，可是你们不去执行，一是没有耐心，二是不专心，三是没有方法，还有更多的原因。说到底就是没有耐心，加上不专心。

我知道大人们让你们参加各种各样的写作班、呈分试班。但是我这个大人是不同意写作被当作一个班来上的，写作的班没有意义，写作也没有技巧可以教。你们写作上面的问题，完全只是阅读的问题，没有阅读的兴趣，当然也没有写作的兴趣。

我知道大人们寄希望于你们自己长大，自动自觉地去阅读，这是美好又疯狂的幻想，没有什么是从天而降的，我就没有遇到过一个神童，我也没有中过一次大乐透，神童和大乐透彩金是神话中的神话。

这期《亲子王》有个访问讲一个作家妈妈苦心栽培，终于把儿女都培养成为小作家，写访问的人说，这就是遗传。

可以这么说，这是一篇不负责任的报道，因为遗传这种东西太神秘,我就没有见过一个遗传到父母才能的小孩。我有很多艺术家朋友,他们的小孩很多都很不艺术。也不要寄希望于栽培,专家们讲的,教认字教写字,睡前阅读。很多父母的方式是直接上床,话都没有,很多小朋友的婴儿时期,住在大房子里,父母和孩子都是没有话的,有些很懒的父母,实在是连话都懒得讲。

我注意到学校很鼓励阅读,每天有阅读课,学生们读够一定数量的书,就能拿到嘉许奖。可是这个办法是没有办法的办法,我是这么想的,一定有那种只抄书名来交报告的小孩,他们也拿得到嘉许奖。

数量不应该是一个标准。有些时候对一本书的反复阅读,更有用。

如果阅读没有成为美好的兴趣,阅读课的阅读就只是功课,很多功课都是被迫的,即使坚持六个月也成为不了习惯。

刚才站在校门口的时候,我与一位一年班的家长交谈了一下,她说她不许小朋友看电视,只许看书,可以提高作文。我说是吗?她说班里的同学都只看书不看电视,而且他们都很高兴。我说那很奇怪啊,我理解的小一生,都应该是喜欢看电视多于喜欢看书的。

如果我是一个小一生,我父母禁止我看电视,我也许会对阅读厌恶,并且心生更强烈地对电视的向往。当然我说的只是我自己,我只代表我那个时代以及我这个人。我父母不禁止我看电视,我是在看了整整一个暑假的电视以后自己觉察到看电视的空虚的,我什么都没有得到,时间都浪费了。我也许会沉迷越来越空的空虚,让电视以及其他与电视相似的东西成为我的精神依赖,但我最终选择了书籍,也许阅读的过程艰辛,你要跟住它,真正地思考,并因此痛苦,但它给你一个无限的世界,无边无际的想象,甚至一个你自己的结局,甚至一个完全没有结局的结局,就像一颗星星划过无尽的天空。

所以我想说的是，你当然可以看电视，当作休息，但是谁都不能一天到晚休息，只有阅读才能让你觉得你是活着的。

我认识一个只阅读大百科全书的小一生，他早晨和傍晚都在阅读，只不过不读大百科之外的任何书。他对于大百科的阅读，在我看来，跟使用电脑的谷歌网页并没有什么差别。我强调的是文学的阅读，当然也有必不可少的一部分科学的阅读。这个小一生还跟我讲，他不看任何童话，他只看《昆虫记》，因为他长大了要去做法布尔不是去做银行家的。我就说，看童话也不是为了做银行家，看童话唯一的用处就是令你变成很丰富的人，世界的丰富，不仅仅是虫世界的丰富。现在那个小孩已经在一年班时读了三遍张天翼的《大林和小林》，并且在六年班的第一个学期读了两遍赫尔曼·黑塞的《乡愁》，因为他觉得那本书很酷。

对于你们，我还是建议从所有的童话开始。童话适合所有的人，从儿童到老人，伟大的作家们已经为我们创造了太多伟大的童话。你们现在没有时间阅读的话，也可以在以后阅读，阅读没有期限，我也是在我二十岁的时候才第一次见到《小王子》，我一点儿也不觉得我的整个童年都错过了，它就应该在我二十岁的时候到来，没有早一年，也没有晚一年，我真的对它说了一句，嘿，原来你也在这里。

所以，你可能没有得到阅读的胎儿期的教育，婴儿期的教育，儿童期的教育，你可能一直觉得你已经晚了，什么都晚了，我都快毕业了，作文还写得这么吃力，我是不是没得救了。

那我再说一遍好吧，只要你愿意，现在就开始。阅读没有开始也没有结束，阅读没有时间的限制。

"写作课"，香港英基沙田学院，2013 年 12 月 12 日

在香港阅读

因为今天要讲阅读,我就用电脑查了一下,过去的那些日子,我写了什么,读了什么。实际上我已经很久没有写作了,但是我找到了去年这个时候答过的一份关于阅读的问卷。我忘记了出题的媒体,但是他们提出来的那些关于阅读的问题,我现在再拿来看,觉得很不错。

比如你最常去的书店是哪一家? 你现在包里的书是哪一本? 当然还有这个问题:香港的阅读氛围与内地有什么不同吗?

因为这些好问题,我可以停下来,观察一下我自己的阅读情况。原来我的阅读习惯,是在地铁里,早晨七八点钟的时候,这个时间,是很多人赶上班的时间,我注意到,地铁里的每一个香港人,都在阅读,当然了,有的人在读头条日报,有的人在读手机。

出题的人给了我很多阅读地点供选择:家、书店、咖啡馆、图书馆……我觉得能够在这些好地方阅读,很幸福,很多人都只能像我这样,在摇摇晃晃的上班路上阅读。可是还能够阅读,就是幸福。

我最常去的书店是沙田新城市广场的那间大众书局,这家店后来搬走了,我就去商务印书馆。我对所有的书店都没有特别喜欢的,哪间书店离我最近,我就去哪间。如果去深圳,我去少年宫那里的深圳书城,因为从福田口岸搭地铁过去方便。住在香港,我就没办法在网上买书了,邮费比书贵。我住在乌溪沙,邮费的高昂令我意识到我住得实在偏远。所以我认为有一些电商不会有香港市场的未来,当然了,如果他们的眼睛只需要看到内地,因为内地的图书市场确实最大,他们不需要看香港,我也没什么好说的了。

去年我答问卷的时候还没有 Kindle,所以他们问我怎么看电子书和数字阅读,我说我还是倾向传统纸质书,因为我用 iPad 看书,眼睛很累。今年再来答这个问题,我就倾向电子书了,但是我还是同意这一点,纸质书是不会消亡的。

其实我读的书还是很少,要让我列个近年的书单出来,我是列不出来的,去年我也只读了半本也斯的《岛和大陆》,到今年还没有读完。因为不读书,我也不好意思给大家推荐书,我最后一次荐书好像是十年前,《芒果街的小屋》,美籍墨西哥裔女作家桑德拉·希斯内罗丝的作品,我喜欢她的语言的节奏。

我自己也知道,不阅读,你就是一具行尸走肉。阅读能够改变所有人的生活。下面这一句是我想对所有写作者说的,如果你不能够再写作,请坚持你的阅读。阅读是你走进森林里手里握着的那根线,即使你迷路了,你也找得回来。

"城市与阅读",香港会展中心,2013 年 7 月 18 日

在香港写小说

在香港写小说和写关于香港的小说还是不一样的。我所有关于美国的小说都是离开了美国以后写的，我自己也不知道为什么。那种感觉好像就是，我最美好的时候，我爱的人都不在我的身边，或者我和我老婆离婚了，我才发现我最爱的人是我老婆，那种感觉。

但是我可以在香港写关于香港的小说，我觉得这挺神奇的。

我搬来香港也有七年了，七年，意味着你应该婚变了，七年，也意味着你可以是一个永久的香港居民了。

作为一个香港居民，诚实地说，我对香港仍然没有很热爱。之前的六年，我都没有觉得我和香港有什么关系。

因为不看翡翠台，因为不去街市买菜，因为一个香港朋友都没有，男的女的都没有，所以过去了这么多年，我仍然一句广东话都不会讲。当然我是一个特例，所有除我之外的新来港人士，都是在第一个月就学会广东话了。因为要融入香港社会，而不是像我这样，时刻准备着，要离开香港。

不会广东话，是我的遗憾，要不然我就可以用广东话的模式来写我的香港小说，让它们成为最香港的小说。

但这可能也是我的命运。因为语言其实是我的优势。你们知道的，我在情节和结构上很弱，我也没有办法。谁都有缺点，这个世界上没有十全十美的写作。

所以我的香港小说，全部发生在香港，但是主角说的都是江苏话。

这个世界其实也是这样的，有一些人生活在旧金山很久了，但是他们一句英语都不会说，于是就创造了一个叫作唐人街的地方，这样就不用走出去讲别人的话了。旺角有一些上海人，他们很喜欢到处说上海话，那是他们最后留存的一点儿东西。乐富有一些台湾人，整个好莱坞广场都是他们的，那儿会找到比士林夜市更好吃的胡椒饼。

我在《大家》发表了小说《旺角》（2015 年第 2 期）以后，收到了一些很鼓励我的评论，比如这一句，"即便我与香港之间有地理上的距离，也对这个文本的理解不构成妨碍"。

看来，即使我的主角说江苏话，并不影响我的故事发生在香港。而且读者也理解了我笔下的香港，称它为"颓废色彩浓重的人间风情之地"。

所以在这个已经开始炎热的五月的香港，我可以很坦然地告诉你们，我已经写了三篇关于香港的小说。因为之前的六年我都没有写作，准确地说，之前的十五年我都没有写作，所以就这第七年，居住在香港的第七年，我写了三篇香港小说，而且我还会写下去。我对我自己还挺满意的。

实际上我在两年前有一部小说《到香港去》（《上海文学》2013 年第9 期），那部小说完全是一个意外，因为有人使用微博攻击我的语言过时以及我的衰老，而他还没有看过我的小说，并且他还比我老八岁。那个时候微博还是很热门的，微博上的言论相当于公开的发表。就在那个晚上我没有睡觉,写了那个短篇《到香港去》,用来提醒自己。我现在在香港,我也没有必要回去跟谁争执,因为香港就是香港。而且我确实也比以前老了。

但是这部小说没能让我回来。我开始写作的时间又往后推迟了两年,直到2014年年末。

这是我写作上的习惯。如果我要改换我生活的地方,我会写一个《到哪里去》去提醒我自己的方向。

比如我开始写作的时候写了《到常州去》,因为我在常州。后来我写了《到上海去》,因为那时候我想要到上海去生活,后来我又写了《到南京去》,因为我又想到南京去生活。我只是想想的,所以我没有去上海也没有去南京,我去了美国。

我没有写《到美国去》是因为我一直没有准备好接受这个现实,就是我在美国住了十年,而这十年,在我写作上来说,是完全空白的十年。

我在写作《邻居》(《长江文艺》2015年第3期)的时候才真正回来,当然我完全没有觉得自己是一个香港人,但是我写了香港人的生活状态。就冷漠到残忍的人与人之间的关系来说,这一点确实也是没有地域的界限的。

所以对我来说,香港人也是人,香港小说,其实也就是人的小说。

"新世纪香港小说的趋势",香港九龙,2015年5月10日

我当我是去流浪

　　我在香港已经住了七年了。当然我第一次去香港的时候并不知道我会一直住在那里，而且要住这么久，我也许回加州，也许回常州。是的我是江苏常州人，一直到二十四岁，我都没有离开过家乡，然后一离开家乡，就是十五年。十五年，真的有点回不去了。

　　所以这次的会在南京，我毫不犹豫并且坚定地回复，去！然后我打开了附件，看到了会议的内容：新媒体环境下的文学变革，我就有点犹豫了，我有点理解不了"新媒体环境"这个词的意思，实际上我也不知道旧媒体环境是什么，这十几年，我完全没有环境，连语言环境都没有，还有什么媒体环境，我就往下面翻，看到还有"文学写作与民族记忆"，所以我就坐在这个组里面了。

　　顾彬说，作家写作的时候，他们应该超越他们民族的观点。我曾经很纠结我的小说的故事性，并且相信这是我比较弱的一个部分。所以顾彬出来讲最讨厌某些人给自己讲什么破故事，他不想看，无聊死了。我听后高兴极了。尽管这也是我从写作以来一直在做的：思考问题，思考一个人的灵魂，思考一句话。可是这一切发生在二十年之前，你就被归到私小说里去了。

批评家说的话当然不完全是他们理解的你，批评家大部分的时候都是在理解他们自己。这是一个批评家对我说的，他希望我不要太在意他的批评，我当然是在意他的，但是确实不太在意他的批评了，我终于快要四十岁了，遇到事情不可以再迷惑。

我们不都是在写民族记忆的作品吗？即使我们去了祖国之外的地方，移民或是流浪，我更愿意当我的十五年自我放逐是流浪，我更愿意被称作流浪作家，我只是想想的，想想没关系。

马建在写石黑一雄的文章里说，作家在异国写作，必然与家乡走得更近，记忆会把细微的情节呈现扩展。他强调石黑一雄个人的民族性格、记忆式写作、孤独感，又把他归入移居作家而不是移民作家，移居作家的小说不在意国家意识，没有语言和政治困境，这一点我也是理解不了的，也许是因为我肯定也会被归入某种群体，我已经在尽量地避免这种情况了，尽管我写了一批以香港地名命名的小说。我的朋友对我说，这是一个源头的问题，记忆和状态先行，太深刻了，就不自觉转换成地名，就像符号一样，也许应该忘却，直接就面对处境，毕竟你的小说都是处境，不过也没啥，就怕被归到某种地域小说里就不好办了。我的另一个朋友说，她游牧者的精神属性同香港这座城市是相洽的，香港地名命名的小说，清晰地标志出她对空间的敏感和对空间所表征的政治文化身份的多重指涉意义的敏感。我的朋友们都太好了，所以他们讲的话，我经常是不用听的。我想的是，移居作家或是移民作家，作家的离散、焦虑和创伤意识，当然是在离开家乡的同时就产生了的。至少我是这样的。

我肯定也走过这么一条路，希望成为一个国际作家，然后刻意地去社会化，现在看起来，是我个人的悲剧，离开家乡绝对不是一场悲剧,真正的悲伤是违背一直以来对自己的期望:独立写作,内心自由。

上个星期因为翻译自己的小说,跟一位老师谈到了写作意图这个话题,而且老师也真的理解不到小说中反复出现的"他们",他要求我给出清晰的关于"他们"的解释。是的,移居作家或者移民作家很多时候还要考虑那些用中文写作自己翻译成英文,用英文写作自己翻译成中文,用中文写作别人翻译成英文,用英文写作别人翻译成中文的问题,这些翻来翻去的问题中间,我认为自己翻译自己的英文小说为中文是最为难的,当然什么都是难的,每个写作者都很艰难。我曾经以为所有接受过写作训练的人都会提出手段和意图这个问题,还有所有确切的、精准的、清楚明白的表述。我就又想到了《芒果街的小屋》,我跟所有的人提到这本书肯定不是因为它是一本最棒的书,它只是我在美国读的第一本也是唯一的一本书,可是我告诉所有的人这是我所见过的最优美的英语。这位童年时就居住在美国的墨西哥女作家,我太喜欢她语言的节奏了。我没有读过著名的《米格尔街》,腔调肯定是阴郁的,而《芒果街的小屋》用了最欢乐的样子写最悲痛的事情,这一点太墨西哥了,他们庆祝死亡,用繁花装饰骷髅,不属于任何"他们"的艺术的方式。我也不需要她来给我一个有指向的"他们"的解释,它在十五年前就能够吸引到我,肯定也有一部分是因为,这也是一个真正叙述"他们"民族记忆的作品。

还是回到顾彬,还有他说来说去的那些话,作家应该思考生活是什么? 生命是什么? 偶然是什么? 但是我们不需要人再给我们讲什么故事,因为每天生活,生命给我们讲的故事足够了。

"文学对话",江苏南京,2015 年 11 月 12 日

在香港

夏天的时候,我去了童年好友现在居住的地方,日本的屋岛。

我在屋岛很舒服地住了大半个月,把朋友家门口的每一个馆子都吃了十五六遍,是的因为这里是屋岛,按照她自己的说法,她就是住在了日本乡下的山里面,所以她家门口的餐馆都不是那么多的,唯一的一家拉面店,我们去第三次的时候服务员就认出了我们,还送了棒棒糖。

所以我的这一个夏天,其实哪儿也没去,即使是去了一下屋岛,我也不是去旅游的,我是去住的。"住"这个字,意味着什么都没干,没有海滩,没有游泳衣和太阳眼镜,没有修过的美女照和美食照发朋友圈,住,就是生活。我在加州、柏拉阿图那种安宁的小镇、毫无争议的大城市纽约生活过,我在香港也生活了接近十年,可是我不知道国内的大城市是什么,我没有在国内的大城市居住过,对我来说除了北京和上海,其他任何地方都只是乡下。我出生并且度过前半生的地方,就是对于上海来说的乡下——常州。我年轻的时候很喜欢写常州,写这个小城市和生活在这个小城市里的人和事情,我也没有别的东西可以写,我又没有去过别的地方。所以一位上海的编辑老师就说,你的东西

091

不时髦啊,你得写城市,城市晓得伐。那个时代是这样的,那些压力导致很多跟我一样的江浙女作家,非得说自己其实是在上海出生的,或者她的童年就是在上海度过的。你有个上海亲戚,你的小说就有了上海心了?我很质疑这一点。我后来写作就很注意方向,我写过《到上海去》和《到南京去》,因为现在居住在香港,又写了《到广州去》,这些地方,对于我来说,永远是去,而不是来。如果你看到有谁写过《在南京》或者《在北京》,那么他的现在感真的是很强烈的。

从屋岛到香港,我竟然有一点儿失落,当然也有可能是与童年好友的离别,下一次再见不知是何年,我们的分离曾经是连续的十年,杳无音信的十年。我从美国到中国,我从常州到香港,可是从来不曾失落的。第二天是礼拜六,我穿过一个天桥去汇丰银行,天桥上全是人,左边是人,右边也是人,前边是人,后边也是人,我夹在人和人的中间,不能快一点儿,也不能慢一点儿,我尝试突破了一下左边,又突破了一下右边,但是人和人并排着,走着,说说笑笑,完全不给我一点点机会。大家的手臂都在前后摆动,有的角度到达了一百八十度,那些手臂不断地打到我的肚子,手臂的主人也没有空回头看一眼。真的,太多人太多人了。

我突然意识到,我在香港。

"文本与城市生活",香港九龙,2016 年 9 月 11 日

岛屿写作

　　去年夏天我与两位"80后"有过一次未来主题的对谈。

　　对谈的前夜,"80后"的杨晓帆跟我说,"80后"也没什么特别实在的旧时光,但是未来世界听着有一种科幻感,有趣。

　　我太喜欢他们了,简单的有趣。我们呢? 尤其是靠前一点儿的"70后",严肃,凝重,陷在过往里,反反复复地解释自己,要么推翻一个旧的"70后",制造一个新的"70后"? 为什么不谈谈明天呢? 不是"70后"没有明天,"60后"都有后天呢,不过是大家的路已经走了一半,前半部分的经验就足够撑得起自己的写作,很多人肯定是这样肯定的。

　　说到过去的经验,过去的字我写了不少了,我要说的是我刚才改完的《罗拉的自行车》,这篇小说。实际上我已经不写故事和结构都很复杂的小说了,这篇小说的初稿在 1993 年,是我的第一篇中篇小说,我就写了一个故事,但是用了过去和过去的过去穿插的方法,这么做的后果就是我把它写乱了,我自己也乱了,所以这篇小说没有发表,我把它放到了现在。

　　我的第一篇短篇小说叫作《独居生活》,还是手写的,趴在打暑假工的桌子上手写了一个下午加一个傍晚,写完就发在了我打暑假工的杂志,也是我们杂志对我的恩情。很多年以后了,杂志社的一位老师问我,你第一个发表的作品不是在我们杂志吗？1993年,我记得清楚,怎么你的简历上写着1991年开始发表呢？要不是一个跟我同年的朋友又讲到那个刊物,我还真是不好意思讲出来,广州的,《少男少女》,1991年,我在它家发了一首小小的诗歌。那首诗我是一句都记不得了,大概的意思就是说这世界雾茫茫,我看不到你,你看不到我,不如牵住手,一起冲破那迷雾。我现在想想,互相都看不到,怎么牵到手？牵谁的手？还冲破迷雾。硬伤。我那个时候的写作,就是硬伤加硬伤。但我到底还是遇见了那么一个朋友,会跟我一样买伊能静的磁带《悲伤朱丽叶》,会一起在《少男少女》发了篇小小的东西,新年的时候我们还一起唱了小虎队和忧欢派对的《新年快乐》,我说的是今年的新年,我们都四十岁了的这个新年,而且他说起我的家乡还能给我表演一段"燕舞燕舞一曲歌来一段情。"

1990年,我就是在广州的《少男少女》,开始了写作的道路,那是一部非常超前的杂志,他们甚至办了一个小记者班,六个月函授,每两个月交一个稿件,必须是新闻稿件,老师点评后寄回。派给我的老师是马莉。她的每一封手写的回信我都看了好多遍,而且我肯定在第三次寄了一个不是新闻报道的文学作品,马莉老师也点评了,寄回了。她肯定都忘了。

跟函授教材一起给小记者的,还有一枚小小的徽章,三角形的,画了一个小小的人,他们的信里是这么说的,如果你碰到一个跟你一样戴着这枚徽章的人,那么他或者她,就是跟你一样的人。我们的人。

我真的戴过那枚徽章,羞涩又骄傲地别在胸口,可是我从来没有碰到过我们的人,一个都没有,直到我遇到那个跟我一样记得《少男少女》的朋友,可是他也没有徽章。

可以这么说，《少男少女》真的给了我太多了，他们还派给了我一个笔友，一个住在天河区的广州女孩。我的整个少女时代，就是跟她通信，来来往往的信。我写得更多一点儿，但是她回复给我的信，也装满了两个小小的箱子。她只寄过一次照片，照片上的她穿着裙子，站在花市的前面，而我收到信的时候正冷得发抖呢，江南的冬天，真的可以冻死人的。

我十四岁的时候，觉得广州是一个遥远的美梦，我从来没有想过有一天，能够真的到广州。

直到二十一岁了，我在《南方周末》有了一个专栏，他们请我去玩，我终于去了广州，我也终于见到了我的笔友，通了七年信的笔友，尽管后面的信都很少了，甚至换成了电脑打印出来的信纸，初中到高中到大学，女孩到少女的这七年。第一次见面，她跟她的照片都没有差别，尽管真的是隔了七年，女孩真的长成了少女。

然后是第二次见面，二十三岁，我们都没有结成婚，她没能去香港，我也跟广州的男朋友分了手，最后出了国。

九年以后，我搬到了香港，可是再也找不到她，我也不知道《少男少女》还在不在。自从我开始在《花城》那样的刊物上发表小说以后，我就再也不愿意提起《少男少女》，实际上我也从来没有提到过它。我就是这么虚荣的。

香港和广州真的很近，可是我再也没有去过。直到复出写作的那一年冬天，《广州文艺》"穗港文学期刊"的会，我跟着《香港文学》的老师去了广州，我当然不会去问广州的人《少男少女》还有没有，就像我不会去问当年的男朋友结婚了没有，生了几个孩子了。往事随风。

第二年春天，我又去了广州，参加主题是"本土内外与岛屿写作"

的对谈,香港评论家蔡益怀先生谈了一下本土内外,我就谈了一下岛屿写作。蔡先生说我前几天看到你在朋友圈发了一张电影《进击的巨人》的海报,一个已经破掉的围墙,探进一颗巨人的头颅。《进击的巨人》讲的什么故事?一个人类歼灭计划,人类不断污染地球,极端组织就创造出巨人把人吃掉,残存的人类退守到一座荒废的小岛,筑起高墙,把自己围在里面,可是安宁的生活并不长久,终于有一天,围墙被突破,巨人再次入侵。《进击的巨人》是一部漫画,但是它要表现的,我倒觉得真是全人类的未来世界,污染和人类的毁灭。

所以我的速度是越来越慢的,对未来的想象是越来越坏的。《岛上蔷薇》出版以后,有个记者给我寄了一份普鲁斯特问卷,第一个问题就是,你觉得你的未来是什么样的?一个老太太。我是这么答的,一个孤独的生病的老太太,没有猫。一切都是真的。

《西部世界》和《黑镜》是最近才出现的,我到香港的 2009 年,有一部叫作《代理人》的电影,已经符合了我对未来的想法。真实的不完美的人类躲在家里,意识遥控机器人来代替上班,机器人的样子当然好得多,而且还不会死,大街上走来走去全是模特儿身体的代理人。这个电影造了一个最美的美梦给我这样的宅神,尤其在我听说了我的一个朋友二十年前多少斤现在还是多少斤的事实以后,我已经比二十年前重了二十公斤,根本就不能出去见人了,但是如果我可以购买一个美貌的代理人,她就可以代替我出去见人,又有谁能够说她不是我呢?但是代理人的问题就是,她还是会断线,如果我离开了遥控床,她就一动不动了,而且说到底她的身体也不是我的身体,即使快乐也只是意识的快乐,身体真是一点儿快乐都没有。我可能还是更喜欢自己的身体,老了很多也胖了很多的自己的身体。而且最重要的一点是,如果我死了,她也死了。这个时候就有部电影《查派》出现了,2015 年,我回来写作的那一年,他们已经拍出了《查派》,查派是电影里机器人的名字,这个电影可能还有别的名字,《超人类》那种,说的是机器人有了自我意识,然后帮助了人类,把人类意识上传到机器人身体中,于是人类也终于实现了不死。这部电影完全超越了《机械姬》,机器人和机器人,到底跟人类也没什么联系,机器人觉醒或者战无不胜的人类情感,永远都在平地上等待的那种电影。《查派》的评论可能很差,跟《未来水世界》似的,但是我真的觉得它描绘了一种联系,人类与机器人真正的联系。我知道普通的人类一直会有两个疑问,死亡以后意识的存在和不存在,对我来说,我可能是相信在,但是它最终到哪里我可不知道,这又让我产生了一个不在的动摇,如果我知道它最终会去到一个机器人的身体,而不是随便一个什么地方,浩瀚的宇宙那种,我的信仰肯定就牢固了很多,这就是我喜欢电影《查派》的原因,我就是要一个肯定的、狭窄的,其实并不可笑的答案。

《罗拉的自行车》从中篇改到了短篇,可能的话还得再短。这就是我现在的状态,做减法,每一个字,每一个句子,如果不是必要,连一个句号都不要。我的生活也是这样的,没有一件多余的衣服甚至一张桌子,我的字都是笔记本电脑放在膝盖上写出来的,现在。写新作显然简单得多,多一个字我都会把它吃下去。但是修改旧小说就是一个缓慢又折腾的过程,重写,一个崭新的八百字小说,完全过去时态的一篇小说。然后是写句子,主要的句子和细节的句子,成为一个四千字的小说,完全现在时态的一篇小说。这两篇小说写完,当然不要再去打开,接下来就可以使用脑子里的这点记忆和经验,开始删改旧作,每一个段落,一个字一个字地删,当然大多数的情况是整节整节地删,这种建立结构的方法,就不那么混乱了。也是真正的折腾。但是我愿意,我就喜欢旧作里面的那种气息,孩子气的,不管不顾的气息,我现在可是没有那种气息了。气息对于小说来说有多重要。人的身体是怎么构成的?原子和原子,原子和原子的间隙呢?当然不是水,是气。当然原子们自己并不知道它们是什么,或者它们加在一起叫不叫作人类,原子什么都不知道。我也是真不明白人类的长篇是怎么写出来的。句子,句子和句子,段落,段落和段落。每一个人都说个不停吗?像分裂了四十六种人格,我不能想象,也不是我能够理解的。

我还是要这么说,我只代表我自己,我不代表任何什么时代,我也不要任何别人代表我。就好像谈未来的前夜,我还给一个"70后"作家(靠前一点儿的那种)发了一条短信问他对未来世界的看法。直到现在,他都没有回复我。可是他对未来没有任何想法,不等于说我对未来没有任何想法。

我们和我们世界的未来,也许还是很坏,又不是我能管的事儿。但我可能还是愿意往美好的方向多走一点儿,我们人类不是有战无不胜的情感嘛,爱。

"青年文学作品交流",福建福州,2017 年 7 月 26 日

我们为什么写散文

昨天有人问我在干什么,我说写散文。对方说,你老了。

有一种说法是,老年人才写散文。于是我一直有点避免写散文,我写小说,我用小说挥发我自己。

我这么说,好像我不会成为一个老年人一样。我当然会老,而且老得很快。这跟我写什么,小说或者散文,都没有什么关系。

当我还是一个年轻人的时候,我也在我的小说里写过,写诗是做爱,写小说是生孩子,我可想不出来写散文是什么。年轻人就是很爱表现。我年轻过,你们没有老过,所以不要说你不同意我的说法。年轻人写作的问题就是表现,习惯性表现,越表现越表现。当然在你还是一个年轻人的时候你是看不到这个问题的,你看不到语言的问题,你看不到表现的问题,你看不到所有的问题。

很多年以后了,你有了经历了,你安静了,一切慢下来……好吧直接的说法是,你老了。写散文吧。所以"老年人才写散文"这一句,换个角度,其实是个好句子。

我看到好散文,就好像看到一位智慧的老年人,样貌都不重要了,我只在意呼吸的节奏。我可想象不出来一个智慧的年轻人的模样。年轻人都是活泼的吧,跳来跳去。一个有智慧又活泼的人,那得是机器人。

前些天我参加一场读书会,有个学生问同场的嘉宾陈东东:机器人写作会不会替代人类写作?陈东东答:机器人为什么要写作?

会后我跟陈东东讲,机器人要是觉醒了,消灭人类呗。机器人写什么作嘛。陈东东反问道,人为什么要写作?

这个问题我答过太多回了,基本上是一年答一回,各种花式之下,我的核心没有变化过。我们为什么写作?因为爱。我们为什么写散文?当然也是因为爱。

"青年创作坊(散文)",香港大会堂图书馆,2019 年 8 月 10 日

过去现在未来：世纪末的网络创想与
在地写作

　　我想在这里，以一个文学作家的角度，来怀念一下我们网络文学的黄金时代，谈一谈我在香港时期的创作，以及目前的一个融合创作的情况。

　　二十多年前，2000 年，我参加的一场网络文学的会，会的名字可能是"传统作家与网络作家的对话"，主办单位里可能有个"榕树下"，其他的，时间、地点、参会人员……我都不能够确定，都是可能。我确实也去网上查了，可是什么都没有查到。那场会，那一次传统作家与网络作家的对话，就这么消失了，找不到了，仅存在于每一个到现场的人的记忆里。我现在想起来，我在那里见到的人还挺多的，宁财神、李寻欢……我记得那些名字是因为那时我是这么想的，还真有人用网名来参会的啊？我那个时候的网名叫作"我在常州"，但我是不会把网名用在现实生活里的，而且我也是一个文联的专业作家，所以我的座位是排在了传统作家里面的，我的左边是作家兴安，右边是谁我想不起来了。

　　会后张颐雯老师找我做了一次关于网络文学的对话，《网络就是日常生活》，这个标题放到今天来看，都是很确切的。这次对谈也是又放了二十年，才收到了她自己的一部书里，书名叫作《现在开始回忆》，这个书名也是很奇妙，现在开始回忆。关于《小妖的网》，有太多要讲的了。但是我总是觉得，关于网络文学的研究，要由研究者们来讲，会比作者本人讲要讲得要更有意义，更有价值一些，所以我更期待来听一听研究者们的发言。在这里我想提一下我的另外一篇小说《看我，在看我，还在看我》，这篇小说写于1997年，是一篇向经典网络游戏《沙丘》致敬的小说，因为这篇小说正式地、公开地发表在一个传统文学期刊，戴瑶琴教授做网络文学研究的时候，就打捞到了这部小说，戴教授与我谈及这部小说时认为它还具有网游小说的特点，可以说是游戏《沙丘》的同人文。

我再简短提一提在香港时期的创作。与其他传统作家或网络作家都不太一样的是，参加完"传统作家与网络作家对话"的会议，我就去美国生活了。直到十年之后，我回到中国香港。我在香港重新开始写作，写香港，写在香港的人生与思考。我在《香港文学》做了好几年文学编辑，这一段经历确实蛮丰富的。在香港生活了十二年之后，我又因为两个孩子上学的原因，回到洛杉矶，然后在洛杉矶陪读了一年以后，又因为需要照顾父母，回到了我的家乡江苏常州，然后在离我家乡很近的浙江传媒学院驻校，也是出于能够照顾父母，同时也能够照顾到自己的写作的考虑，也很感谢浙江传媒学院。但我的一些朋友看我就觉得我真是好忙，三地牵挂、三地跑。我是这么觉得的，别人眼里这样三地奔波，不算太安稳的生活状态，但对于我个人的写作，未必是一件坏事。我认为这也是一种融合，超越了时间，也超越了地区。在这一个数字化的时代，网络写作是更为重要的，与网络融合的创作是我未来的计划与安排。

"过去现在未来：世纪末的网络创想与在地写作——周洁茹作品座谈会"，中国社会科学院文学研究所，2023年4月28日

向南方

"周洁茹,1976年出生于江苏常州,1991年开始写作,1999年成为常州市文联专业作家,2000年加入中国作家协会,同年离职,停止写作,赴美。2010年移居中国香港,2015年重新开始写作,2017年任《香港文学》总编辑,2022年离职,赴美生活,2023年回到江苏常州,现为浙江传媒学院文学院驻校作家。"

我自己看这一段,都觉得这个人真是好忙,不累的吗?但也只有自己知道,都是命定,命运的安排。年轻时只知道东奔西走,活得混沌,没有也不必寻找缘由,中年以后了,突然明白了有一种命运就是如此,自己想不想动的都得动,被动迁移,被动动荡。

如果可以画一幅路线图,向南方,在南方,再回南方,再在南方,也不是一条线,而是一个圆,起点又回到起点。

在香港的写作,我已经谈过很多,要记得的是,我是在香港重新开始写作的,写香港,写在香港的人生与思考。在香港居住了十二年之后,又回到洛杉矶,是去陪伴我的孩子们,说起来是要照顾孩子的读书与生活,实际上却是孩子在照顾我,孩子开车带我买菜买东西,孩子放学后做饭,做妈妈喜欢吃的菜。有时候我也会想一想之前在美国的十年,写作上的表现是零,但其实是有了很大的收获,来自我真实的生活,家庭与孩子,这是很大的恩典。再次回到家乡常州,是需要照顾年迈父母,同时在离家近一些的浙江传媒学院文学院驻校,也是又能够照顾到父母,又能够照顾到自己的写作的考虑,也能够做一些事情。

我的写作与生活一直都是关联的,就现在的这个状况,三地牵挂、三地奔波,谁看都觉得太过辛苦。但我是这么想的,不安于安稳,对于我个人的写作,其实是好的。我认为这也是一种融合,真正的融合,超越了时间,也超越了地区。

“今日批评家论坛:新南方写作:地缘、文化与想象”,
广西桂林,2023 年 5 月 14 日

读书会

老师们,同学们,下午好!

很荣幸也很高兴,今天又回到了我的母校,常州市第五中学,来跟大家分享一下我的文学创作之路。

前几天是我们的中考吧?其实我很怕中考的,为什么呢?因为有一个阶段,每到中考那几天,我的微博啊微信啊,都会被信息轰炸掉,原来是又有文章被选作了中考语文的阅读理解题,然后就会有好多人来问我答案。我都没办法回,因为我也不知道正确答案。这就搞得我很怕中考,怕我的文章又被选作考题,我又要出来解释我自己的文章,而且过几天还真的就会出现几套标准答案,下一届的中考学生还要按照那些标准答案来进行模拟考试训练。

可是所谓的标准的正确的答案,诚实地说,我也去特意看了一下那些标准答案,我只能这么描述我的感受,我看不懂,但是我大受震撼。

但在这里,我可能还是要提到一篇被选作中考试题的文章,《拉面》,因为这篇文章写的就是我在五中上学的时候,学校门口的那家拉面店。同学们也许会觉得,一家拉面店有什么好写的?要知道,那是二

105

十世纪九十年代初,那家五中校门口的拉面店,可能是整个常州市的第一家拉面店,就跟常州的第一家快餐店一样,对那个时候的我们来说,是非常新鲜,非常印象深刻的。

《拉面》这篇文章的第一段是这样的:"我开始写作其实就是写拉面,文章肯定改了一百遍,手写的方格纸,但是题目一直没有更改过,《一碗拉面》。学校门口开了一家兰州拉面店,中三的'我'下了晚自习去吃,可能是第一次吃吧,真的太好吃了。然后同学们都升入了高中,只有'我'去了一间专修学校。专修学校很糟糕,'我'的每一天也很糟糕。有一天'我'回旧学校吃拉面,一切已经面目全非,坐在角落,以前的同班同学也进来了拉面店,他们说说笑笑,竟然不认得'我'了,'我'吃着拉面,流着眼泪,都没有人注意到。"

在这里我想说的是,是真的,都是真的,每一个字都是真的,离开五中之后,我只回来过一次,不是回学校,而是回到学校门口的那家拉面店,也是顶着很大的心理压力,我很怕遇到以前初中的同学,又很希望遇到他们,很矛盾的,命运的奇妙之处在于,我还真的碰到了我以前的同学,而且他们真的,不认识我了,然后我还真的,哭了。为什么要哭呢?因为旧同学的轻视和无情吗?因为最后的一点儿同学情谊的幻灭?我现在想一想,他们也许还真的不是轻视你,他们是真的把你忘了,不记得了,因为到底是两个世界的人了嘛。我哭主要还是觉得自己完了,我不能继续念高中,考大学,我的一生都完了,我是为了我自己的前途哭的。然后我就开始拼命地写作了。你要说我就是被这一碗拉面刺激到的,也对。

所以在这里,我想对我们的同学们说一句真心话,中考没考好,去不了自己最想去的那间学校,也不要有太大的心理压力,后面还可以再努力,未来有无限的可能性,我们的每一天,都是千变万化的,永远不放弃自己,永远坚持自己的信念,这是最重要的。

然后文章的最后部分写到的那位好友,她是我生命中最重要的一位朋友,我也在很多文章里写到过她,我们是同班同学,从初中一年级一直到现在,我们一直都是好朋友,我非常珍惜与她的这段感情。

我们是差不多时间离开中国的,我去了美国,她去了日本,我们好多年都没有机会见面。然后我回到香港以后了,有了一个机会去日本看她,她带我去吃拉面,就是那种日本的普通拉面,可是我在文章中说,这是全世界最好吃的拉面。我也很少用那些极端的字,但是我用了"最",但要说到底有多好吃吧?其实也不过是因为是我的好朋友,我最珍惜的好朋友,带我去吃的,这碗拉面,我才会觉得那么好吃,好吃极了。

现在我和同学们分享一下这篇文章,《拉面》:

我很爱吃拉面,兰州拉面。我开始写作其实就是写拉面,文章肯定改了一百遍,手写的方格纸,但是题目一直没有更改过,《一碗拉面》。学校门口开了一家兰州拉面店,中三的"我"下了晚自习去吃,可能是第一次吃吧,真的太好吃了。然后同学们都升入了高中,只有"我"去了一间专修学校。专修学校很糟糕,"我"的每一天也很糟糕。有一天"我"回旧校吃拉面,一切已经面目全非,我坐在角落,以前的同班同学也进了拉面店,他们说说笑笑,竟然不认得"我"了,"我"吃着拉面,流着眼泪,依然没有人注意到。这篇文章的手稿当然是找不到了,十三四岁的时候,我确实写了这么一篇文章,一直记到现在。

我后来还是很爱吃拉面，在美国时，听说隔壁州的中国城开了一家兰州拉面店，味道很正宗，就开了两个小时的车去找。当然是没有找到，于是再开两个小时的车回来，但我一点儿都不后悔。

后来我搬到了香港，香港几乎汇聚了全世界所有好吃的东西，可我就是没看到兰州拉面。于是我坐火车到口岸，过海关，到了深圳，就为了吃一碗街边小店的兰州拉面。不管怎样，比起住在美国的时候，这已经是好太多了。

如果回到我江南的家乡，我一定会去吃一家报社楼下的拉面。我有个朋友在报社工作，我总说要去找她一起吃拉面，她总是笑着说："算了吧，我才不要吃拉面。"后来她出车祸过世了。知道消息的那一天，我坐在去往西贡地质公园的一条船上，阴沉的天，海面波涛汹涌，我没哭。可是后来，我回到家乡，坐在报社楼下的那家拉面店里，对着一碗拉面，我痛哭了起来。算起来，她离开我们，也有十年了。

夏天的时候，我去日本四国看我童年时的好朋友，我跟她也有十年没见了。就是坐在她家的客厅整天看着她，哪儿也不去，我都挺开心的。她家门口有一间拉面店，我们就去吃拉面。那简直是全世界最好吃的拉面，我吃了一碗还想要第二碗，她笑着说："不要了吧，我的分一半给你。"我说："你怎么不吃，我要是住在这儿，天天来吃都不会烦。"她说："我不想吃东西……嗯，要不是你来，我什么都不想吃。"我的好朋友很瘦，小学时她就很瘦，可是这一次，我觉得她有点太瘦了。我也不想吃了，再好吃的拉面，她不吃，我也不要吃了。

我们在香川机场告别的时候我想说 sayonala，我在那里住了一个月,除了这句,别的一句日语都没有学会。她说:"不要说这个词,这个'再见'太严重了,我们以后还会再见。"我们拥抱了一下,我摸得到她背上的骨头,一根一根的,我真想哭。

回到香港以后接到她的电话,她说她看了医生,是癌,所以不想吃东西,但是已经做了手术,会好起来的,叫我不要担心。"不要告诉我的父母啊。"她说,"也不要告诉你的父母。"我说好。

"我们都会好起来的。"她又说。

"我们都会好起来的。"我说。

后来,我看了一个很老的日本纪录片《拉面之神》,我以为会跟《寿司之神》一样,讲一个神一样的人怎么做出了神级的寿司或者神级的拉面,然而不是的,《拉面之神》拍了一个人,胖胖的老爷爷,雪白头发,用他的魔术手,做出了最好吃的拉面,每个客人都可以吃得饱饱的离开。"同学们都说我们很像啊,我们就结了婚,开了这家面店,一起做拉面,直到她患癌病离开。家乡?我只在新婚后和妻子一起回去过一次。"胖胖的老爷爷是这么说的,"之后,我再也没有回过家乡。"(原载于《光明日报》2017年3月31日)

这篇文章为什么会打动一些人,我觉得还是那种很真的,很深的情谊。两个少年时期的好友,因为一些生命的际遇,去异国他乡,自己照顾自己,自己安排好自己的人生。其实都是很孤独的,也很悲凉,只有去过国外的人,才会明白那种感受。遇到生病这种事情,也是自己咽下去,不让父母知道,不让他们担心,也不让好友的父母知道,因为好友的父母也会担心。最多就是告诉自己最要好的好朋友,两个人互相安慰,互相鼓励,我们都会好起来的。因为这两个人的情感是有实实在在的时间积累的,是可以心灵相通的,是可以战胜一切的。从初中一年级相识的那一天开始,一直到现在,经历过的那么多的事情,当然这个漫长的时间过程中,一定也有过争执,有过争吵,一切的悲欢离合。但是这种实实在在的一起经历的事情,好吃的东西,两个人一起分享,巨大的痛苦,也是想要两个人一起背负。这里面涌动的那种深情,我现在再看一遍,还是会被深深地打动。

但要我来做这道中考题,我还是做不出来,作为作者本人,我能讲出来的就只有这些。

所以同学们,关于这篇文章,我最后想说的还是一定要珍惜你从小学进入中学——那时你对未来的一切都有点迷茫与害怕——在第一堂课后课间休息时第一个凑到你面前跟你说"嗨,你好"的那个同学。也许她就是你这一生的好朋友,永远的。

其实我真的写了很多很多关于五中的故事,很多是小说,希望在座的对写作感兴趣的同学,能找得到那些痕迹与线索,然后你一定会笑,也一定会有所思考。散文的部分,我也写了很多,其中有一篇《生煎包》也是写的我们五中的生煎包,为什么要写这么一篇文章呢?因为有一天我搭巴士上班的时候,实在忍受不了旁边座位一位女士浓重的香水味道,中途就下了车。为什么忍不了呢,因为这辆巴士要搭一个小时,我住在新界,我当时上班的《香港文学》在香港岛,我每天上下班,真的就是翻山越岭,还要过海的,就是这么一个情况。而且我是要坐班的,朝九晚五,再加上每天上下班坐巴士的时间就是三个小时,三个小时,我都可以从香港飞到常州了。本身上班就很苦了,上班路上的这点儿时间就希望有一点儿质量。这种其实很自私的、会侵害到别人、给别人造成困扰的事情,其实也不是很多见,但我就是遇到了,我的方式就是自己下车。等下一班车的时候我就在想,为什么我对气味会这么敏感?我会去记得一些气味,我就想起了我在五中的时候,生煎包的气味。

我就写了这么一篇文章,《生煎包》:

中二的时候,学校的小卖部突然开始售卖生煎包,只卖生煎包,而且做得极为地道,皮薄肉多,油滋滋。课间铃打响,生煎包也出了锅。当然是排成长队,挤成人山人海,有时候一个人要了大半锅,下一锅就要再等一节课,排后面的人都想要打死他。要掉半锅的这位同学是我们班的,人高马大,是体育委员兼任劳动委员,老师"再见"未喊完就冲出教室,他是校队田径队的第一名,也是生煎包队列的第一名。他吃得了那么多?不是的,是班里女生们的拜托,你要两个我要两个,几乎所有的女生都拜托了他。抱着热辣辣的生煎包回到教室,女生们围住,嘻嘻哈哈,一个互帮互爱的大集体。

我也很想吃,可是我不敢拜托他,不熟,也怕被拒绝。忍得很辛苦,真的忍出口水。

有一天实在忍不住,拜托了一个女生去拜托他,他爽快地答应。但那一天不知怎么回事,他没跑成第一名,带回生煎包的时候已经响起上课钟。来不及吃的生煎包放入抽屉,袋口扎紧气味仍然弥漫开来,整堂课都是浓郁的生煎包味道,连任课老师都忍不住说了一句,好香啊。

挨到下课,生煎包也冷得彻底,咬一口,白腻冷油,只好扔掉。

直到生煎包小卖部被撤掉,我都没有再买过生煎包。拜托人这样的事情,我总是不大会。

后来我的一个朋友跟我讲她有点怪她爸妈把她培养得太强大了,丧失了被男人保护的能力。

我意识到我爸妈也是这么培养我的,什么都得自己干,什么都能干,我就不需要男人了,我不需要任何人。为什么要抱怨呢?

那个中二时候的生煎包,成为我永远的遗憾。如果我自己去买,肯定也是买得到的,我也是田径队的,一百米短跑项目第一名。我竟然忘了这一点。(原载于《人民日报海外版》2018 年 5 月 19 日)

这篇文章写的是什么呢?就是写一个普通的中二女生的一段生活,她太普通了,太羞涩了,连拜托同班男生的勇气和经验都没有,最后辗转了几道拜托,却是这么一个结局,也让这个内向的、羞涩的女生有了一个觉醒:凡事还是要靠自己。

这个故事我自己是很喜欢的,讲的就是我们女生的女性意识觉醒,只要你有这个觉醒,你就会无所不能。献给在场的所有女生,谢谢大家。

"读书会",江苏常州第五中学,2023 年 6 月 21 日

第三辑
刊物、编辑与作家
…

我真是赶上了一个写作的黄金时代啊!

你超越自己了吗?

你需要超越自己吗?

作为编辑应该始终相信好小说的无数种可能。

作家可以偏执,

编辑不可以。

《大家》与我

我是会前一个星期才接到通知要发言的,而且是青年作家代表发言。我当然是严词拒绝,理由是我不是青年作家啊,我是中年作家嘛。后来我突然想到,也许他们要的就是年纪最大的那一个呢。所以,我就站在这儿了。

说到发言,我当然也是很不安,我都十多年没有写作了,当然也是十多年没有发言了。后来我仔细地回想了一下,我就是写作的时候,也没有发过言。

我就跟我《大家》的编辑老师说,那你给我发点资料好吧。他说什么资料?你怎么想的就怎么说呗。我说至少给我看一下其他发言人的发言啊。直到这个时候,我还微弱地抵抗了一下,我说我住在香港,最多也只能代表香港新界地区,实在是代表不了别的青年作家啊。

我想我还是怎么想的就怎么说吧。

《大家》希望我发言,一是我年龄最大,二是我确实跟《大家》有些渊源。十五年前,是的,是十五年前了,我决定停止写作,离开家乡,我的最后一篇作品就是刊登在了《大家》,是小说《我们》,好像还被当年的《年度小说中篇小说卷》选编了。但我其时已经在加州,完全不写作

115

了,而且和所有的编辑都中断了联络。

但是因为这篇告别之作,我和我当时的编辑李巍老师还保持了一些通话。我们完全没有被时差和距离影响,加州明媚的下午,越过太平洋的电话线那头,李巍老师断断续续的云南普通话,我现在再来想一下,是我在那个年代、那个遥远的地方,与文学的最后一点儿牵绊。

那我的回归之作又是在《大家》发表的,小说《旺角》,我只能够说是,命运。我是在万圣节的晚上接到陈鹏老师的电话的。我对香港有一些很热爱的地方,就是香港对全世界所有好玩的东西的传承,我对美国有一些割舍不下的东西,一是 BBQ(烧烤会),一是万圣节。我搬到香港以后发现香港也有,而且融合得还很好,所以我在香港还是很开心的。我在香港万圣节的晚上接到陈鹏老师的电话,我的旁边全是妖魔鬼怪,还有很多"小公主""小王子",围着我问我要颗糖还是要个惩罚。我一手抓糖一手听电话,电话那头的第一句话是,你有没有写小说?我当然是吃惊,因为他真的太直接了。我就直接地说,没有。然后我又说了一遍,没有。然后我说,要么连夜写。电话那头就说,那你连夜写啊。我真的是,从来没有见过这么冷血的编辑。我就气的,连夜写了,然后就写好了。然后就写啊写啊回来写了。

我现在想一下,也许我就需要这么一次直接地推动,在这个时间。

我之前也有过一些温情的约稿,我的回复总是大姐我不写好多年了。对方就很有礼貌地请我有空就写写啊。这个时候我就会回忆一下我当年在他家发过的小说,对方就会礼貌地说他二十年前还在念小学。我就只好再问候一下我当年的编辑,对方就会礼貌地回复我说那位老师已经退休了。

所以这样的对话,让我的情绪变得很奇怪。我什么都没有了,我所有的熟人也都不见了,我有空还写什么写呢。

所以陈鹏老师在这个时候出现,我对他其实是充满了感激的,我俩没有共同追忆我在《大家》发过的小说,我也没有问过他李巍在哪里。他直接地跟我说,你连夜写。后来我才知道陈鹏老师是水瓶座,那么这样的对话发生在两只水瓶之间,是很正常的。所以我现在投稿,都是按编辑的星座来的,星座特点还是很有道理的。

好吧我的发言,讲的就是我一个人的写作,与一个文学刊物的情感线。这条线,没有时间限制,不受世俗干扰。如果说每一个写作者心底里都有一个情感列表的话,《大家》一直在我的表单里面,从来没有离开过。

最后,我还有一个跟《大家》的小秘密,我本来是不想说出来的,但是今天不说出来,以后都说不出来了。

十八年前,是的,十八年前了,有个傍晚,我出去散步。在这之前,我从来没有散过步,我就是在那个傍晚,突然出去散了一个步。回到家的时候,我妈跟我说,刚才有个电话,说有个笔会的,等下再打来。我说什么刊物?我妈说好像是《大家》。我就坐在家里等那个电话,可是到了晚上,到了第二天,第三天,电话一直没有再来。这么多年过去,我再也没有散过一次步。

所以,台下的各位青年作家,请大家珍惜这次聚会,你们都是很重要的被努力找到的人。这是真的。有的人,真的会为了这一次相聚,等待了十八年。

谢谢大家。

"新青年写作峰会",云南红河,2015 年 6 月 25 日

《山花》与我

我想每一个《山花》的作者都会在第一段第一句这么写:"××年,我在《山花》发表了作品《××》,编辑是××。"

反正我是会这么写的,我甚至不用去翻资料。

"1998 年五月,我在《山花》发表了小说《告别辛庄》,编辑是何锐老师。"

脱口而出,完全不需要经过头脑。

1997 年和 1998 年,我在各个期刊发表了二三十篇中短篇小说,可是我对《山花》的这一篇记忆特别深刻,有可能是因为范小青老师评论里的那句话,也有可能是因为何锐老师的那个电话。

我想很多作者已经叙述过,何老师的口音需要特别用心地辨认,或者就是他说什么都答对。

现在想起来,我真是赶上了一个写作的黄金时代啊,编辑们是真的会跟作者们打电话讲稿子的,那个时代,编辑真的是编辑,作者真的是作者,编辑与作者真的谈稿子。

我不是要讲变化,我并不知晓任何变化,尤其是作为一个离场者。我的重点是:二十年多前,《山花》的编辑何锐老师,因为一篇小小的小说,与作者,也就是我,通了一个电话。也许我是用猜的,也许我是答了很多个对,但是我也确切地记得,何锐老师谈了很多很多他对这个小说的看法,最后,他给了我一个最肯定的肯定——小说将要在《山花》发表。

对,黄金时代。我们的黄金时代！这就是我的重点。

发表在《山花》的这个小说——《告别辛庄》,与我任何其他的作品都不同,它可能是我唯一一篇故事发生在村庄的小说,我的探索之作。如果你已经写了一百篇城市,你擅长写城市,你肯定也得来这么一篇村庄,当然,你的探索失败了,因为你就是不那么擅长。

我讲的失败,仅仅是我自己讲的失败。当然也会有一些别的看法：

> 也许有人更喜欢周洁茹的其他一些小说,比如她的《告别辛庄》,但是说实在话我不太喜欢那一篇,原因很简单,那一篇不大简单。那一篇有美丽的幻想,有奇怪而且独特的感觉,有电影一样的画面,或者有人会认为那一篇才是艺术精品,我的想法不一样,这篇《做伴》,是另一路的,是我个人比较喜欢的一路。
>
> ——范小青,《我们制造什么》,刊于《雨花》1998 年第 11 期

虽然范小青老师是要表扬我的另一篇小说《做伴》,但是提及《告别辛庄》的这一句,"电影一样的画面",已经是对《告别辛庄》最好的评价。感谢范小青老师。

我应该再向《山花》投一部小说的,在我彻底离场之前。可是那个时候一切都已经开始结束,写作、我在中国的生活。

离开前我肯定又接到过何锐老师的电话,我肯定又答了无数个

"对",但我没能交出任何一部小说,我就快要离开,一切都变得不那么重要。

那篇叫作《逃逸》的小说发表在《山花》2002年第3期,我甚至忘记了那篇小说写的什么。肯定不是往前走的那种,或者只是一个交代,在最后向我约稿的两位编辑,另外一位是《大家》的李巍老师,他在越洋电话里面的声音,听起来更为缥缈。

奇迹发生在2008年,我突然写了一批小说,其中有一篇我自己非常喜欢的小说《幸福》,发表在《山花》2008年第5期,不计算任何失败之作的话,这才是我在《山花》的第二篇小说,间隔了十年整,甚至没有多一个月。

我也在很多创作谈里谈过,我2008年的复出是失败的,即使那批小说现在看来还是很不错的。反正我是再也写不出来了。我又来讲失败。但我讲的失败,仅仅是我自己讲的失败。我相信也有一些别的看法,只是我暂时没有看到。

我也想过谈一谈那次复出,以及这一次复出,好像又没什么必要。

中断写作的作家有不少,中断写作又复出的作家也不少,但是复出之后又不见了的作家,肯定是最多的。原因是什么?对我来讲就是我要承受自己对自己的反复质问:你超越自己了吗?你需要超越自己吗?你跟自己较劲有意思吗?

至于外界的反应,我好像不太关心。

我想的是肯定也有一部分复出又不见了的作家是承受不了另一个原因:没有反应。读者没有反应,伟大评论界也没有反应!这也太残忍了。

我因为命运复出写作,我直接告诉你,命运。

命运叫我重新开始写作的,命运说的,你是天才,你不写了可惜了,去写吧。那就再写一写吧。我若是失败也是命运,命运说的,那就这样吧,不写也行,你好好生活吧。

所以反应不反应的,不影响我。

现实主义,当下现实主义,这是我 2008 年那批复出之作的主要方向。"现实主义"这四个字是我刚才突然想到的。

我相信以后它们会被看到,包括这篇《幸福》。没有任何写作是会被浪费的。

第三篇发表在《山花》的小说叫作《40》,2018 年,又是间隔了十年,数字太奇妙,没有办法言说。编辑是李晁。何锐老师已经退休了。至于这个小说为什么叫作《40》,因为我四十岁了,我就写了一个《40》。年龄与作品非常契合的一次叙述,小说本身也许也不是那么重要。

接下来我要讲散文,对,我还写散文,而且是很重要的一个部分。

散文《我在圣弗朗西斯科做什么》,刊发在《山花》2003 年第 3 期,这是我唯一一组写美国的散文。我有点忘记了,当时为什么要投给《山花》。现在能够看到的就是,2003 年的《山花》,接受了一篇海外题材的文学作品。也许现在的很多期刊都开始了海外华文作家作品的推进和推广,但是在二十年前,能够具备这个视野的刊物也不是那么多的。

2014 年我开始写香港,散文《马鞍山》和《未圆湖》(刊于《山花》2014 年第 9 期)可以说是我香港书写的最开始,一个标志,在某种意义上。我的直觉往往也是对的,《山花》是一个最包容最广泛的刊物,我可以向它投去任何尝试、任何探索、任何一个新的开始。

2014、2015 年是我的回归年,如果我是一个艺人,就有个经纪公司为我开个发布会了,但是我不是,作为一个写作者,我先去各个期刊发表了二三十篇中短篇小说,就像我在 1997、1998 年一样。当然与 1997 年 1998 年也不太一样,因为时代真的不同了。

还有散文,二三十篇小说的同时,再加二三十篇散文。我后来问过我自己,有意思吗?

有意思。我也需要告诉我自己,你回来写作了。写作仍然是一切,是光和信仰。

感谢《山花》,见证了我的来来回回,我的成长与写作,小说或者散文。

2015 年,我写了一个《周友记》系列,四辑,十数位良师益友,写他们与我的交集、他们的闪亮与温暖,我以后应该不会再写了。《山花》2016 年第 1 期和 2017 年第 8 期刊发了其中的第一辑和第二辑。第一辑的第一篇,写的陶然老师:

> 有两位老师的话我总是特别用心地听的,一是何锐老师,尽管很多时候我加了倍地用了心听,我也没有听懂,还有就是陶然老师了,陶然老师的普通话绝对不是港式的腔调,后来我才知道他是印尼华侨,但是可以这么说,陶然老师的普通话,一定是所有的香港地区老师中最好的了。

2017 年,我来到《香港文学》杂志社工作,学习成为一名文学编辑。陶然老师约稿也是用电话,截止期快要到了的时候,再打一次电话。陶然老师打电话时的声音总是温和的,也是坚定的。

2018 年,我接手《香港文学》编务。时代不同了,但是我也会给作者打电话,当然用的微信语音,时代不同了嘛。我也会谈一些对稿子的看法,最后,我会给作者一个最肯定的肯定——文稿将要被刊用,多谢支持。作为一个写作者又作为一个编辑,我比谁都要知道,这有多重要。

2019 年 3 月 9 日,陶然老师去世。15 日,何锐老师去世。我清晰地记得这两个日子,两位对我很重要的老师离开了。刚才又去翻到那篇文章,"有两位老师的话我总是特别用心地听的。"看到这里,潸然泪下。

原载于《山花》2020 年第 4 期

一个文学编辑在香港

　　二十多年前，我知道一部电影叫《香港朝九晚五》，电影我肯定是没看过，据说是限制级，这个片名倒一直记到现在，实在是太深刻了，对于那个时代的我来讲，原来香港人是九点上班五点下班的呀。我那个时候在一个单位上班，朝几晚几不是记得很清晰了，只知道冬天起床的时候天色还是漆黑的，夏天无限漫长，从单位班车下来，生无可恋的瞬间。

　　我没有想到的是我到了四十岁，又回到了这个坐班的状态，而且在香港。果然是朝九，然而不是晚五，而是晚六，而且要打卡。加上我住沙田，出版社在北角，来回三个小时车程成为常态，我这部个人的电影就演成了朝七晚八。

　　看过一个文学编辑的日常，一切从中午开始，午后他还抽支烟、喝口茶，坐到沙发上。

　　一个香港地区文学编辑一天的开始，一定是早上五点四十五分，精确到秒，闹钟都不需要，七点前出门搭巴士，下了巴士买早餐，有时候是凯施饼店的碎蛋沙拉面包，有时候是唐记包点的油煎锅贴三只不要醋，有时候巴士司机发挥超常，八点半不到就飞到了北角，于是步入巴士站前那家潮州粉面店,要一碗牛肚面配鲜炸鱼皮,豪气啊,绝对能够撑到下午一点,午饭的时间。

上午九点前是一定要坐在桌前的了,看稿,当然是看稿,各种看,一个字都不能看漏了。四十岁才开始做编辑,恨不相逢未嫁时。不过也还好,也只是四十岁,有的作家刚刚开始写作。

上班第一天,看见老主编有一个小本子,每篇来稿都手工登记,也真是惊叹。每篇稿的处置也都用红笔画过,做了注释。这样的小本子,放在桌面上的就有十多本。服气。也只有在香港,也只发生在香港,一个三四十年历程的编辑部。

三年前我与一个美国出版社有过一次关于英文写作的讨论,那也是我刚刚回来开始写作的第一年,我的观察是从外部进入的,美国式的,有的细节又是对的:"很多阅读者不知道自己应该读什么,所有阅读的指导都是利欲熏心的,读者与出版公司不再互相信任,因为每一个人都在说假话,说夸张的话。这一点也体现在编辑与作者之间的关系上。我在与你们的文字编辑沟通的时候发现她在每一个她认为有疑虑的地方都做了记号,然后逐条询问,她使用了这种建立证据的方法,去为她的读者们负责,她对她的读者太过于负责,导致的结果就是我得一个一个地去解释那些问题,直到给了真正清晰明白的答案。甚至修改会制造问题的单词。但是在这个过程中我是欣喜的,我从1991年开始发表第一篇作品,到2000年停笔,在此期间,我发现编辑们已经不大会改你的稿了,并不是因为你的作品真正就是像一个大师那样完美,一个字都动不了,而是大家都没有这个改稿子的意愿和习惯了。我从一些年长的中国作家那里听说,他们年轻的时候还会有一些改稿会,大家聚集在一起,看看山水,谈谈文学,改改稿子。这样的心和形式,在我开始写作的时候,就没有了。有人情味的东西都没有能够得到传承。甚至现在的一些年轻编辑,势利、粗鲁,没有礼貌也没有信用。编辑这个身份的品德底线已经没有了,就没有办法再去谈人性、良心。一个时代的堕落是从嘲弄诗人开始的,一份文学刊物的堕落也是从嘲弄自己的作者开始的。我停留在香港,大概也是因为香港最后还保留了一些传统的美好的东西,而且香港一直在很努力地保护着这些东西。香港作家们的架构可能都是松散的,因为没有一个人混来混去,大家都要谋自己的生,以写作之外的方式。写作成为真正干净的一件事情。"

如今我也开始做编辑,再看当年的这段话,竟然有些唏嘘。我当然不会推翻我说过的话,只是到了自己做编辑,才真正意识到做编辑的不易。做过专业作家,再来做专职编辑,这种体会,真是珍贵。我想起我的作家时代,我的编辑斯继东跟我说的话,作为编辑应该始终相信好小说的无数种可能。作家可以偏执,编辑不可以。

"我想做个好编辑。"他又说。

吃完单位统一订的盒饭,在桌上趴了十五分钟以后,上班,继续看稿。在我这里,每个来稿当然也是要登记,有的东西是一定会被传承下来的,但是肯定是用电脑。

原载于《文学报》2018 年 1 月 25 日

编与写的双重视野

前些天，一位作者向我投了稿，我回复说已经收到，容阅后复。过了三天，他问我阅了没有？我说阅了，再阅。又过了三天，他问我再阅了以后稿子到底用不用？我回应说请您先转投他处吧。他问，不用的理由是什么？

我在朋友圈发了一条，"突然醒悟过来以前做作家的时候会逼问编辑退我稿的原因到底是什么，给编辑们造成了多大的惊恐啊。"

点赞的人不少，其中大部分是我以前的编辑。

不做编辑，我真的不知道作为作家的我，真的可以给我的编辑们带来很大惊恐的，而且他们真的都是非常友好的编辑。一般正常情况下的编辑，是不会告诉你他看过了，他考虑过了，他用与不用的选择，在他收到稿件的一个星期之内。一般正常的情况就是，你就是得等三个月。我说的就是我这样的作者，与编辑们有三十年的工作关系不能够成为一个逼问理由的理由，更何况更多的写作者并没有三十年的时间基础。

更多投稿的问题，《雨花》杂志的编辑向迅先生前些天写了一篇文章，《编辑手记：新手向文学杂志投稿时需知道的四点常识》，非常诚

127

恳,可以看一下,有一句"写作者要遵守必要的契约精神"我记得清楚也很认同,从稿件寄出给一个刊物,契约就此订下,互相尊重是立约的根本。

一年前我写了一篇《做一个好编辑》,如实叙述了一个文学编辑的日常,细致到了早餐的粉面以及过午的盒饭,当然也谈了我对编辑工作的理解,坚定了成为一个好编辑的决心。一年过去,再从编辑的角度来谈一谈作家,以及从作家的角度来谈一谈编辑,我也算是一个蛮合适的人选。

做作家,我是做了快要三十年。但我算是一个比较独特的作家。我刚才翻了一下我作家时代的朋友圈,发现了一些这样的句子。

——"写了一篇特别洋气的小说,然后被退稿了。我觉得是那个主编太土了。"

——"终于有编辑向我约稿。我沉思了一下,提出了一个要求,你能给我点一百个赞吗?"

这种真实的情绪我放到了朋友圈,如今也能够再翻出来并且承认,就说明我是有反省和审视自我的态度的。

做编辑,我算是新人。但是大前天我在改版会上冲着美术部主任怒吼了:"我不知道我要什么,我只知道我不要什么!"他惊恐地看着我,令我记忆深刻。所以我也算是一个比较独特的编辑。这完全只是我的一个内视的视野。

年轻作者李浩荣在他的系列访问文章《他们在美国的时候之女作家周洁茹篇》里是这么写的:"齐肩黑发,娃娃脸,羞涩,垂首低颔,遇到打招呼的,也只是瞄一瞄,笑一笑。"事实上,我真羞涩起来,瞄一瞄的勇气都没有。

很羞涩的女作家,会冲着体积大一倍的美术编辑喊,我不要!因为我现在是一个文学编辑了。

做编辑是会改变一个人的。

虽然是对设计和版式喊的一句话,也是我对文本的观点——我明确地知道我不要什么。

我二十年以前的编辑,现在仍然做编辑的《收获》杂志编辑程永新老师说过,"编辑是桥梁,编辑对作家作品要有一种敏锐性,一种发现的眼光。"我曾经以为我天生有这种才能,第一个字,第一行,我就知道这个稿能不能用,我甚至会真的感受到那种力量,有的作品是会让我整个人都发抖的。

第一眼,好像一个神话一样。

当然这是一个错误,我偏执了。作家也是编辑斯继东先生的金句是,"作家可以偏执,编辑不可以,做编辑应该始终相信好小说的无数种可能。"所以我们看稿还是要看到最后一个字,直到发抖停下来。

原载于《文学报》2019 年 1 月 10 日

给作家于晓威:报朋友书

　　我突然意识到,我也是一个编辑了,我平日交往的人,竟然全都是编辑,数量甚至超过作家,我的圈子,竟然是个编辑圈。

　　于晓威发到朋友圈里一篇《报朋友书》,我看了很感慨,也终于想了起来,我还要写一篇他的印象记。他只讲过一次,后来再没有提过,我们每天在《南方文学》编辑黄土路的群里嘻嘻哈哈,他也一句没提过。我想的是,这也真的是一个编辑应该有的样子:我诚恳地约了你,也希望你诚恳地记挂在心上,如果你要拒绝,当场就拒绝,别跟我绕。所以我也真的有一个作家应该有的样子:我答应你了,完全没有犹豫,那么我就会写,我也会写得很好,既然你从一开始就知道我是真的好。

　　我转发了于晓威的文,配发了这一句,"你想毁掉一个作家,就让他做编辑去。"我作家时代的编辑程永新老师点了第一个赞,我忍不住告诉他,我被毁掉了。他说能够毁掉你的只有你自己。

　　你行的。他又补了一句,你一定行的!

　　那个瞬间我想的是我可得努力啊,然后三年以后才回复得起他的这一句,我行!可是现在离三年以后还有很久,谁都不知道这三年之间会发生什么,所以我没有回。要回我也得三年以后再回,我是这么想的。

我给于晓威发了微信,先表扬他写出了很多编辑的真心话,然后我说我这些天都处于神经错乱中,不能想不敢想很多年以后。

他说一个好作家只是一个好作家,但一个好的作家同时是一个好的编辑,你会成为一个好的文学家。

他说这段话的样子真的好像王千源,而且是在《解救吾先生》里面,那个绑匪模式的王千源。

我在脑海里重复了一遍王千源戴手铐的手拎起一只饺子,然后饺子掉了时他那邪魅一笑。要说"邪魅"这个词,真的是应该给王千源而不是给黄晓明的。

我是真没见过他,我只看过一张照片,最多三秒,江苏文艺出版社的编辑黄孝阳发的朋友圈,黄孝阳从来不发照片,他年轻时候的,他现在的,任何照片,可是有一天,他发了一张四人合影,里面有一个跳起来的人,我用了一秒半扫了一遍照片,另外一秒半用来把屏滑走,都没点赞。

那个跳起来的人,我现在想想,是于晓威。他们说过于晓威会武功,要不然也不会跳那么高,我只见过两个人会跳,另外一个是邱华栋,也是在照片里,现实里我可从来没有见过他跳,我也不会要求他跳给我看。但是照片里跳那么高,地面上还有阴影,这就太神奇了。当然也有一个因素是与他合影的其他三个人,诚实地说,他们也都跳了,但是只离地十厘米,只能说是,尽力了。这三个人分别是:《青年文学》的编辑陈集益、《作品》的编辑王十月,还有黄孝阳。

更神奇的是,王千源明明是一个杀人不眨眼的恶人,我说的是他在《解救吾先生》里面的那个角色,我却觉得他很帅,所以我也觉得于晓威很帅,他居然还会画画,另外一个我觉得帅的会画画的作家是阿丁,我的一个朋友跟我讲过,你知道阿丁吗? 我说知道啊。她说阿丁有多帅你知道吗? 我沉默了一下说,我不知道吗?

好吧这篇文是关于于晓威的,我以后再来写阿丁为什么帅。

于晓威现在是一个编辑,同时画很多画,写不写作我就有点不知道了,我俩从来不谈现在的写作,我们谈的都是过去的写作。我至今还记得我们的一开始,他的第一句,我写小说的年头比你多一倍还不止。我说你多大? 他说他是 1970 年生的。那个时刻我想删他来着,好大的口气,比我还大。但我忍了。我查了一下,果然写得挺早,十八岁开始写,也就是 1988 年,确实比我早,1988 年我还在上小学(都是"70 后"这是怎么回事?⁻)再加上我中断写作的十五年,要说多一倍,可能还真是多一倍,不止。但是写小说能用年头当标准的? 就好像我刚刚看了一个评论家的年度述评,用发表数量来做一个标准,我都笑哭了。我就婉约地说,都发哪儿了,我找来看看。他说《收获》,四个中篇两个短篇。我写得很少,他说。我说哎哟《收获》哦。他说你能说点别的挖苦我吗? 我就说你好瘦啊。

这样的开头。

现在的状态? 他说过一句绝望,对文学创作无感,抑郁。我说天秤座经常抑郁吧,我有个天秤座朋友说过的最让我难过的话就是他觉得他会死得很早,也让我觉得一切都很绝望。他说我听了都难过。

然后他就约我的小说,那个时候我已经不写小说了,我说的是,我的确写了一批小说,两打,短篇小说,但是全部发完了。我用"我的小说不被理解"做了一个合理的理由。

他说你的名字就代表了一个气氛和时代。

我说我不要代表,我也不要别人代表我。

他说个人记忆。

美女作家?

"70后"。他说,横跨时代的文学所属的群体记忆之个人代表。

句子太长了,我一时之间理解不到,只好说了三个字:谢谢你。

回到《报朋友书》,他写了两千五百字共计十二条。他总是能把句子写长了,我相信他的小说也是这样,我的问题就是太短,如何把小说写得长一点儿再长一点儿是一个长期困扰我的问题。

这十二条是这样的:一是感谢大家;二是讲主编是个厨子;三是讲退老领导的稿;四是讲退亲戚的稿;五是讲约不起名家稿,发新人稿;六是讲钱都用来发稿费,编辑没有加班费,出差也没钱;七是表扬其他编辑同行,列了三十多个名字,里面没有我;八是表扬其他著名作家,也没提我;九是讲既然已经把自己耽误了,就只好去办杂志;十是重点,我放到最后讲。十一是向老编辑们表达尊重和敬意;十二是约稿,再次感谢大家。

第十条为什么放到最后?因为我看了十遍都精简不了一个字,只好原样放在这里:

文章自古清贫事。在这个时代,文人们无权,亦无钱,可能只剩下一点良知是属于自己的了,文人中做编辑的更是如此,否则连街头屠狗者辈不如。如果这些编辑们堕落,那不仅是他们人格的失败,更是他们受到的文学修养和启蒙环境的失败。兹事体大。沆瀣腌臜终是少数,请不要以他们看待大多。

三年前我为于晓威写过一篇印象记，他将在某刊发个专辑，新作配评论和印象记。印象记找我写，还挺突然的，又很感动，我马上写了交给他了。现在想起来，也不过是一些关于编辑工作的感想感慨，那时我们都是编辑，我是新编辑，满腔火热，他要老一点儿，体会更深，感受更多，一篇总结编务的《报朋友书》，写了十二条，三千字，我还把他的那第十条收入了写他的印象记，因为觉得非常契合他的气质，就像是他站在我面前会讲的话。

实际上我俩从来没有见过面。

从来没见过，但是能够写出来印象记，这种事情好像我特别在行，而且我也很有信用，说写肯定写，说几时交就几时交。所以我约稿特别不能忍受那些说写可是不写，还要跟你绕到天亮的。不写一开始就说不写，这样比较好，我就是这个意思。我在写于晓威的印象记里也是这么说的，这才是一个编辑应该有的样子，我诚恳地约了你，也希望你诚恳地记挂在心上，如果你要拒绝，当场就拒，别跟我绕。

印象记写了，但他的专辑一直都没出来。每隔一段时间，他就致个微信致歉，检讨自己写作方面的拖延。结合到他的星座——天秤——那他真的是有点辛苦。太平衡了，也太认真了。我总是回应说没事没事，不发就不发，就放在那好了。等你拿了奖出了名再发兴许更好呢，我就是这么说的。肯定一边说还一边笑。

后来就慢慢淡了联络，他不再当编辑了，我不知道他在做什么，画画吗？他有时候贴一些画，我又不太懂画。如果正看到他在朋友圈邀请朋友们去他那里玩，我也会跟一下，他总会热情地回应，来啊来啊，来玩啊。可是我自己也知道，我应该永远不会去东北，我分不清楚方向，东北那么大，他在吉林？还是辽宁？我都是很久很久以后才知道大连也在东北，大连不是靠着海吗？像青岛一样有好多海鲜，大连不是山东的吗？我的地理课确实是体育老师教的。

已经是三年以后了，有一天，于晓威突然问我约稿，要我回顾我的处女作。我当然秒回了，说我写。我也真的是想写，好多话想要说。三年以后的这一年，2021年，按照处女作发表的年份，是一个准确的三十年，演艺界的说法是，出道三十年。

当夜写了交给他，他看了说感动，可能也是很贴近我们这一整代人的写作之路，叫他感动。想起来三年前我问过他对"70后"作家怎么看，我说我指的是"我们"，不是留下来的那一些，也不是"重塑"了的那一些。他说我尊敬你，尊敬你们，你们的写作意义与社会意义，后来的"70后"作家很多是沿着你们开辟的道路前行的。

还有个"作家的书房"的栏目。他说，与作品同期配发，请发给我一张你的照片和一张你书房的照片。

我说我没有书房。

他说啊？

我说告诉你一件真事，我甚至没有书桌，我都是在餐桌上写作的，很多时候餐桌都没有空，就把电脑放在膝盖上写。

他说啊？

我说我家里也没有一本我的书。

那你想个办法行吗？他说。

这才是真的我啊。我说，我就是一个家庭主妇啊，如果曾经写一个字都是对家庭的冒犯，如果每写一个字都让自己内疚到死，因为确实剥夺了原本应该付出给家庭的时间。所以我还能够回来写，哪怕一个字，我都是太厉害了。

我很敬佩。他说,但是你不介意的话,拍餐桌给我也行。

要不你还我一个印象记吧。我说,你可以在写我的印象记里讲,正向周洁茹约稿呢,她说等一下,衣服洗好了正要去晒过会儿再说,过了一会儿她又说衣服是晒好了但是要做饭,过了一会儿她又说在洗碗……

都不敢约你稿了。于晓威说。

我写得太快,又太短,实在是因为没有条件。我说,抱歉我每一篇都写不长。你把这一段写下来应该能够激励到其他有大好书房可是写的什么鬼的作家们。

他说他一定记得。

那办公室照片给我一张行吗?又说,你有时候也得在办公室写吧。

我说公司雇我是为了编刊不是让我写作的吧?

如果闭个眼都会被人事部投诉,我补了一句,这眼还闭得下去吗?我真是一整天都不用闭眼的,练出来了。而且谁要是诬告我午休睡午觉,我可是会同他拼命的。

说一句我很理解你都是侮辱你。于晓威说,你比我们想象的都强大。

然后他还是发过来几张别人的书房照片,确实很得体,也很气派。我只好找了一下电脑,找到一张二十多年前的书房照给于晓威发了过去。

二十岁的我,大书房,大书桌,还有一台"486"呢,我说。

他说好吧。

洗好了碗,我想了想,还是把电脑摆上餐桌,现拍了一张电脑与餐桌的合影给于晓威。

抱歉"作家的书房"被我拍成"作家的小饭桌"了。我说,如果还能用就标注一下吧,此作者真没有书房。

哈哈哈,于晓威说。估计他也实在是找不到话可以说。

那期刊物出来,我的"书房(饭桌)照"和那篇回忆处女作的文章——《回忆做一个练习生的时代》,特别与众不同。

写在后面:

有很长一段时间,我与于晓威都没有什么联络,我仍做编辑,而且也去找了一下三年前写入于晓威印象记里的那位编辑老师,我讲我转发于晓威的《报朋友书》,配了这一句:你想毁掉一个作家,就让他做编辑去。那位老师点了第一个赞,我忍不住告诉他,我被毁掉了。他说能够毁掉你的只有你自己。你行的。他又补了一句,你一定行的!

我可得努力啊,然后三年以后才回应得起他的这一句,我行!可是现在离三年以后还有很久,谁都不知道这三年之间会发生什么,所以我没有回应。要回我也得三年以后再回,我是这么想的。

已经是三年以后了,我真的去问那位编辑老师了,我做了三年编辑了,当年我还问过您我会不会不行? 他又一遍地说,你肯定行的呀! 写小说的人是有艺术感觉的人,办刊物没感觉就到沟里了。

这一句话,真是让我太安心又太开心了。

可是于晓威不再做编辑了,很长一段时间,我俩一句话都没有。

黄孝阳去世的第二天,我发微信问于晓威,可不可以通一个电话? 我说我在写你的印象记里提过孝阳一句。

于晓威说是的,没忘。

然后我们通了一个电话,那是我们打的第一次电话,也是这三年

137

多来唯一的一次电话,我说了一些什么竟然不记得了,也不记得于晓威说的话了,能够记得起来的只是我哭了出来。

原载于《西湖》2021 年第 8 期

给作家棉棉：我们为什么写作

2016年的第一天，我一直在想为什么写作这个问题。棉棉已经在夏天写了她的《我们为什么写作》，我还在想这个问题，一直想到现在。

有位老师告诉我，我在2015年年尾还是出现了两个失误，一是我像一个小年轻新作者那样在朋友圈发了一个年终总结，告诉大家我在这一年发表了五篇小说四篇散文三篇创作谈，我还说我努力了。老师说你何必，你应该更淡泊从容些，你又不急缺什么。我说我是不急缺啊，我能写一个字我都对我挺满意的，可是我是写了啊，我写了我为什么要把它们藏起来？淡泊还从容，装吧就。这就是很多老师的问题，心底里的欲望很深，还要掩着盖着。绝对能够忍出鼻血。

所以我还是喜欢小年轻新作者，大家都有写的欲望，大家都不藏着欲望，深的浅的多的少的欲望，告诉了全天下，我在写。我也当我是一个不年轻的新作者，我从头开始，这个心态我自己觉得很珍贵。

写作的道路上，我是第二年。若说是还有什么以往的经验，隔了二十年还要考虑二十年的经验，我自己都有点看不起自己。时代都不同了，年年都不同，何况二十年。

棉棉说我"无论写或者不写或者又开始写，一直在用文字质疑生活,叙事和炫耀从来不是第一兴趣。"所以作家写作家就是比批评家写作家好多了,主要是有感情,批评家也许都是对的,但都是没有感情的。这种无情又是必需的,感情会影响很多人的判断,主要是批评家。

我住在美国的时候老是梦到棉棉。一个上海老公寓的楼道,每个转角都是自行车,很多自行车。可是我并没有去过她的公寓,我去的是她在莘庄的独栋房子,和好多女孩一起,她坚持说还有韩东和吴晨峻,可是我只记得女孩们。

我为什么要去上海,可能是《小说界》"70后"的会也可能是《萌芽》新人奖的会,我记得这么清楚并且觉得这很重要是因为一切都发生在我的二十岁,像一个成年礼。我肯定和谁合住一个房间,肯定不是棉棉,如果有人在会期的其他时间来找你,同房间的那个女孩就会知道。可是没有人来找我,那些女孩,我也一个都不认得。会是怎么开的我全忘了,我们最后留下了一张大合影,每个人都很好看,新人都是好看的。开完会搭地铁搭接驳车去棉棉家玩儿,接驳车上有个女孩问我借电话打回家,女孩长得很好看,我就觉得我们都是写作朋友,我们会永远写下去。

女孩们坐在沙发上吵吵闹闹,一定发生了好多事情,我只记得一个阳台,露天的大阳台,天都黑了,还有月亮,她说你看我有全世界最棒的阳台,在阳台上做爱看星星看月亮。二十年以后,我问她还记不记得这一段,她说她根本就不可能说那种话好伐。于是那个阳台,铺了木地板的大阳台,那是我自己这么想的,在这儿做爱,看到星星看到月亮。我一直没有过那样的阳台。

后来她带着她的乐队还有赵可过来常州做哪个场的开场表演,那时我刚从宣传部调到文联做专业作家,每一天都过成拍电影一样。赵可一直在说他没有唱好,他不开心,反正我是觉得他太好了,一切都太好了,我都被他的《Frozen》吓死了,乐队也太好了,贝斯手还请我喝东西并且送我回家,我们差一点儿谈恋爱,要不是马上想到了异地这个问题。还是太久了,我都忘记了,我很少再回过去想那些二十多岁时候的事情。夏天搭火车去思南读书会,我站在月台,等待去上海的高铁进站,我才突然想起来,我和她一起追过火车。那个时候的火车都慢得要命,常州到上海要三四个小时。我们都穿着黑色的裤子黑色的厚底鞋,我们真的在常州火车站的月台上跑,我们真的一边跑还一边笑,我们明明就要赶不上火车了。最后她停在那里弯着腰大口喘气,我从来没有见过那样的喘不过来气,她一边喘一边说没事的她只是有哮喘。今天再想到那个场景,我太想哭了。

我在出国前最后见了棉棉一面,在上海,女孩们还坐在一块儿,可是谁也不笑。我听到棉棉响亮地说你们吃得太好了。圆桌上有一道龙虾,特别红也特别大的龙虾。我马上笑了,肯定只有我一个人笑了,还笑出声了。参观金茂大厦的时候我俩一起去了顶楼的洗手间,她穿着黑裙子很瘦很瘦,她偷偷抽了一口烟,我看了一眼她的肚子。

我在美国老是梦到棉棉。我没有梦到其他的女孩,一个都没有,包括那个好看的问我借电话的女孩。我梦里上海老公寓的楼道,每个转角都是自行车,很多的自行车。

冬天,我去云南参加一个《大家》的会,睡到半夜我醒了,天都没有亮,我干什么呢?我只好看那一期的《人家》,第一页就翻到棉棉的小说,"我不喜欢爱情。我喜欢兄妹之爱。我喜欢那些乱而干净的感情。"每一个句子我都太喜欢了,我就趴在床上看她的小说,我想的是,她为什么写作。

她在她的《我们为什么写作》写了我的为什么写作，而且写得很清楚——"写作是她可以确定的一件不容置疑的纯洁的事情。"

我不认为我再来写我的我为什么写作能够比她精准，我又看不到我自己。问题是，她倒是能够看到她自己。所以我说了神让我继续写作，她也相信我，她相信所有真正的作家都在上苍的保护之中，所有真正的作家都活在写作的命运里。

我能够看到的棉棉为了什么写作，也许她也真的不是那么需要写作了，我看到爱。

我仍然被我一个人的爱局限着，我爱某一个男人，我爱某一个女人，我爱家人，所有爱我的人。我更多时候不爱人——陌生人、坏人、不爱我的人、伤害我的人。现在仍然是这样。情感的觉醒，我不知道是哪一天。我不接受我无法改变的部分，我也不改变我可以改变的部分。我顽强到我可以不写作，十年，二十年，但是不改变。

我离开的原因肯定有很多，没有什么是最主要的。我不写作的原因只有一个，我烦了。可是我们有过那些夜晚，音乐和酒，笔直的烟，笔直地坐在对面的大人们。

原载于《香港文学》2016 年第 4 期

第四辑

对 话

...

我的写作也是这样，
不迎合，
不抗拒，
没有欣喜，
也不必悲伤。

但我确实常常依赖感觉，
我的感觉往往是对的。

做什么样的事情，
不是年纪决定的，
是事情决定的。

女 性

女性写作

一个香港的年轻访问者写过一篇《周洁茹的美丽与哀愁》。

"替'作联'办事的日子里,我接待过一团内地女作家,有天下午说起周洁茹,我年幼无知,问谁是周洁茹。

"过气的作家。"

"20世纪90年代很红的,但后来不写了。"

"停笔有十年了吧。"

"小子,你多大了?周洁茹的语调太旧了,不适合你看。"

…………

他还真敢写,我也真敢再把他写的复述一遍。

这就是女性作家。

"作为女性作家,你的多篇小说都探讨性与爱的关系,"写文章的年轻人后来问我,"而且我们也发现,你的小说中,男性都是反面的,你似乎一直在书写男人们的品格缺失。"

这已经是五年以后了,我停笔十年之后的五年,也就是停笔了十五年以后,我又回来写作了。

王尔德说的,任何事情都是关于性的,只有性不是,性是关于权力的。我回答他,至于爱,我坚定地认为没有爱就没有性,就好像我也坚定地说过没有作家就没有评论家。男性角色的问题,我有一个朋友也说过类似的话,"你的小说里根本就没有男人!"我说男人们都在忙。她说那你为什么不试着从男人们的角度来写? 我说你来。我就是这么说的。

"你的一些女性角色,让人想到《包法利夫人》《查泰莱夫人的情人》等经典,"年轻人又问,"有哪些婚外情作品是你欣赏的?"

我说我义正词严地谴责婚外情。婚外情作品我都不欣赏也不推荐,我写过一篇有关电影《失忆症》的影评文章《出轨的最坏结果》,我在那篇文章写得很清楚,婚外情的最坏结果还不是死亡,而是失忆,在余下的人生反复认识自己,第二天又重新开始。

女性作家,到了中年。他问,思想与写作都会产生一些与之不同的变化吧?

我曾经期待更年期。我说,这是真的,我期待更年期,因为太烦那几天了,很多时候我也烦我全部的女性的人生。我就跟我母亲说我期待我的更年期早点来。我母亲是这么回复我的,当一个女人的更年期结束了,这个女人的这一生也就结束了。

很多时候,我母亲更像是我人生的导师,而不是那些阅读与写作。

女性阅读

有一年我在饭桌上认识了两个女孩儿,介绍人是这么介绍她们的,这位是那谁的前女友,这位又是那谁的前女友,我就说这是要凑一个前女友俱乐部吗?

两杯酒以后,我跟那两个女孩儿说,我们都要比我们的前男友活得更好一点儿,我们走出去的时候就不再是谁的前女友了,而是,这位是那谁的前男友,这位又是那谁的前男友。奋斗啊,必须奋斗,至少也得奋斗成张爱玲,人们说起来都是,谁没爱过几个渣男?张爱玲还是张爱玲。

那两个女孩儿都没理我。

过了几天,其中的一个女孩儿说要来找我。我要问你一堆问题,她说。她就是这么说的。

于是我们在沙田见了一下,先讲了一下前男友,咖啡都凉了。过去了的痛也是痛,时间是药,人也不是鱼,什么都忘得掉。

我现在做女性阅读的推广。她说,所以约你见面。

为什么?我说。

有一年去厦门。她说,正是分手后的第一个月,看到一家书店很美,就走进去和书店里的人聊天,然后就跟他们一起做女性阅读的项目了。

我说我的意思是你做女性阅读为什么要约我见面。

她说阅读救了我的命。

我有点想说这也真是答非所问。

那一年是我失去爱情的一年。她说,但也是我重新找到事业的一年。

那你真的会在这条路上走很久的,我说。只有事业才恒远,我又补了一句。

那你作为一个女性作家是怎么看女性阅读这件事的？她问。

我说这还真是一个问题。现在很多女性不仅不阅读，还鄙视阅读的女性，跟校园欺凌似的，她们欺凌你，因为你不一样。就好像我的中学同学们那时候只打牌，现在还是只打牌，她们还是鄙视你，因为你还是跟她们不一样。

阅读的女性与不阅读的女性在气质上有很大差别的，她说。

这个我还是要公正一点来说。我说，阅读与不阅读对气质是有一点儿影响，但是最巨大的影响绝对是生活，生活得很糟糕的女人，气质也是一塌糊涂的。

我们都要生活得好一点儿，我又补了一句。

作为一个工科生作家。她说，是的我上网查过你了，你还说过"非文学专业才写得出文学""和文学保持一定距离才能更接近文学"，那在你的眼里，什么样的作品才算得上好作品？

我没说过。我说，我都不敢上网查我自己，查了我都不认识我。

好吧也许我是说过"中文系出不了对的作家"这种话，在哪个访问里面。我说，对我来说对的创作一定是创造性的，读那么多文学，都去做评论家好了。

她笑起来。

我认为的好作品一定是自由的，我说。

那你说过"你被什么东西打动，什么就是你的命"吧，她说，这一句已经是网上的金句了。

我是说过。我说，我在我的小说《贝斯》里说的，《钟山》，2015 年第 2 期。这是一个有证据的句子。

写作到底哪里打动你了？她问。

写作哪里打动我了？我反问，我也不知道什么打动了我，是写作吗？我只能讲我相信我是被写作选中的，好像电影 *Moana* 里的 Moana，不是她选择了海洋而是海洋选择了她，所有的选择都是相互的。

动画片，我补了一句。

哦。她说，我也看过。

有一首插曲 *Shiny*，"鱼群好蠢向着光亮游，哦耶免费晚餐。"我还挺喜欢的，我说。

"人到中年是最好的写作时间"，她说，中年有什么好的？

我说的？我说，我说得太多了，我自己都有点乱了。中年有什么好的？中年没什么好的，消化和行动都迟钝了。最好的写作时间是可以写自己想写的，也可以想不写就不写，有人在青年就实现了，有人就得等到老年，所有不依靠写作活着的时间都是好时间。

十五年啊。她说，停笔十五年，也太戏剧化了，你写虚构，也把对戏剧化的这种追求带入你的人生了吧？你希望人生也能像小说一样精彩？

我说我的人生是我自己的，所以一定不能是戏剧的。生活一定不要是一场表演，即使台下坐了那么多的观众。我的写作也是这样，不迎合，不抗拒，没有欣喜，也不必悲伤。活得像小说的人最好去死。

那么可不可以这么说，你当了两次作家，一次十五年前，一次十五年后，对应不同时代环境和不同的心境，两次提笔有什么不同？前后截然不同的两种生活，你最大的感触义是什么？

作家还讲次数的？又不是谈恋爱，一次还两次。我说，非要答这个问题的话，就是每一次提起笔，我都会突破我本人的时间范围。很多写作人同时也在干点别的，我的观察是，他们往往是编辑还是作家，同时是作家,同时还编辑,我很怀疑他们在每个早晨醒过来的时候都需要想一想他们到底要做什么。我希望的职业状态和写作状态还是要分开一点儿,白天编程,晚上写小说,或者是个夜班保安,下了班才写一点儿文字。这些作品一定都是真的。我想的是,生活没有什么不同的,年轻人生活,老年人生活,活着都是一样的。我说过这么一句,流逝的不是时间,流逝的是我们。我确定我说过。

现在中国的女性作家都是一个什么样的生活状态?

我说不认识,不知道,不评论。

可以问你"美女作家"的问题吗?是不是不能跟你提那四个字。

是的。我说,我确实说过谁再说那四个字我就打谁。"美女作家"这四个字是对我们那一代女性写作者的误读及伤害。有一种说法是,这是所谓的主流文学贬低那些谈论禁忌主题的女作家以及文学作品的一种手段。我同意这个说法。

那可以谈一谈《房思琪的初恋乐园》这本书吗?

我没看过。我说,不是我不想谈或者不敢谈,真是没看过书,但是看过宝瓶出版人亚君的那封退稿信,一句"欢迎来到成人的现实世界"。非常冷酷,又非常准确。

还有,我们一定要生活得好。我又说,比前男友好。

我 们

两年前,我在香港中文大学的一个会上碰到了一个人,那时候我们都在等一辆看起来不会来的穿梭巴士,那辆巴士后来确实也没有来。我们一起站了好一会儿,我就问他是不是一个教授?他说他是。我说我是一个作家。他说哦,然后他说他是一个德国人。我一时词穷,觉得我要是答一句我是一个中国人会不会太奇怪了。我就说你们有一个顾彬。他说顾彬是他的老师。

我现在回头想一想,那个画面感太强了,真的就跟拍电影似的。

我马上就问他知不知道棉棉?他说他知道,他看过《熊猫》。我说熊猫是一种很冷淡的动物。他笑了起来,他说他是《熊猫》的德文版翻译。

这个时候来了一辆校巴,我们就一起上了校巴,他的箱子在我的脚边滚来滚去,黄维樑教授站在我的旁边跟他讲,上一次见面都是三十年前了吧。

我给棉棉发了个信息告诉她,她说好巧啊,替我问他好。

我的很不容易的复出写作的第一年,棉棉给我写了一篇《我们为什么写作》,我的不写作了的住在美国的年月,也时时梦见棉棉,所以棉棉对我来说,真的很重要。

还有人把"70后"翻来翻去,赶上了的没赶上的看看是不是还能赶一把的,前"70后"后"70后",重塑"70后"真正的"70后",谁又是假装的"70后"?

棉棉在《我们为什么写作》里说的,"虽然用了'我们'两字,但"我们"到底对我意味着什么,'我们'到底有多少共同点,我真的不太清楚。想想那时也挺有意思的,'我们'出现的时候都是一起出现的,后来'我们'不见了的时候也都是一起不见的。"

直到现在,我仍然收到一些提问,那些问题往往令我陷入迷思,我是跌落到了一个时间机器里面吗?他们还在问《小妖的网》。"请问为什么要用'小妖精茹茹'做网络名字?可以把《小妖的网》理解为你的自传小说吗?这个小说到了现在是不是仍然反映出了想要逆流而上的女性的情绪呢？以前女性得照顾家庭,孩子和丈夫,但是现在她们更渴望职业的独立,为此这个作品可以被看作女性的自我主张吗？这个'新女性'形象是不是引起了一些惶恐？"

《小妖的网》到了今天仍然是超前的,如同书中所言,网络已经是所有人的日常生活。我是这么答的,在写作这部小说的时候我已经是一个专业作家,专业作家之前我是一个机关公务员,所以小说中描述的场景并不是我真实的生活状态。这是一个虚构作品,所有的片段及细节都来自想象。"小妖精茹茹"是一个虚构的网络名字,是我对自由的想象,妖精的确带有某种异类和叛逆的意向,但是到底只是一个想象,就如同《小妖的网》到底是一个虚构作品。网络上有一些讨论,给了它一个网络文学的位置——中国第一部由职业作家创作的网络小说。可能在那个时代,2000 年,创作需要一个传统与先锋的融合。

这个"新女性"形象没有引起任何惶恐。我说,但我同意这个看法,这个小说"反映出了想要逆流而上的女性的情绪"。

"有评论家把你们的作品归为'70 后美女作家'以消费主义和享乐主义为主的商业文学,这是不是所谓的主流文学贬低那些谈论禁忌主题的女作家以及文学作品的一种手段？"

是的。我说,这是一个手段。

写到这儿,我想起来我跟那个德国人最后的对话。

我们是从来没有代际那种提法的,什么"70 后""80 后"的。他说,而且我就是因为不认同顾彬的文学论,去翻译了《熊猫》。

顾彬不是你的老师吗？我说。

写故事

前些天看到棉棉在《上海文学》开了专栏,先祝贺了她,然后跟她说,咱们什么时候也对个话嘛。

她说好啊,其实我每次都会有这样一种愿望,我们有一个对话的时候,我们也可以先给自己一些愿望,那这个愿望可能给某种类型的读者看了之后,他会获得一种力量。

谈点写作什么的,我说。

可能只是需要给他们一个信息。她说,让他们了解我们这一群写作人的这个状态,虽然这个状态已经没有了,大家都不写了,但这也是一种状态。

其实我是不喜欢谈写作的,因为没什么好谈的,她又说。

是没有什么好谈的。我说,我也不喜欢谈写作。

但是如果把谈写作谈得跟讲故事一样。她说,那还是有趣的。

想到哪儿谈到哪儿,我说。

对。她说,两个写小说的人还对不了话吗,这太不是问题了。比如说你是如何安排你的时间,你在安排时间的过程中产生了哪些痛苦?你怎么克服? 我觉得这都很有意思,这本身就是故事。

要不我给你写个故事吧。我说,你也给我写个故事。

好啊。她说,你给我写个故事,我也给你写个故事。

这是一个愿望,我说。

是的。她说,一定要实现。

城　市

常　州

直到二十四岁之前,我都在常州。

因为也没什么好写的,我只能写常州。能够写出那种《我在常州》感,可能那几年来,也只有我。

"来到周洁茹的常州,是我青春期时的一个梦。"我的朋友塞宁是这么说的,"我总是会想起她书里说的常州,她就好像许多人的三毛一样,在我的青春期里出现,我说不清楚这是一个什么样的人,只是她的写作,指引的生活以及生活意外的意象情感,都带给我憧憬以及好奇。"

我有时候也会上豆瓣看一看,有人在日记里说,因为周洁茹,我对常州,也莫名的,有了一种感情。

我也收到读者来信,说他谈过一个常州姑娘,后来分手了。我也不知道他为什么要来告诉我这件事。常州有那么多的姑娘。

直到现在,有人路过常州,都发来一张照片,照片上是一条高速公路的两侧,或者是常州火车站。

我都不知道说什么好。

常州最有名的人是瞿秋白吧,他说过豆腐好吃,也说过就在这里吧。一个朋友跟我讲,人家都有有名的太外公,你有啥? 你有个瞿秋白是你外婆家的隔壁邻居。

我说瞿秋白的母亲可是穷死的,吞的也不是金而是火柴头,因为太穷了。

可见青果巷真的是穷人多过富人的,若真有风水一说,还出了周有光和赵元任,那我真要感谢我外婆的家在青果巷,瞿家的隔壁。虽然我的外婆也是穷死了,最后带着我母亲搬离青果巷的时候,几乎一无所有。

青果巷活化了,人人都说好,除了青果巷的老邻居们,说不出来一句话。我母亲说过两个字,难过。或者五个字,心里很难过。

我是写过一些青果巷的,不是什么好听的话,但都是真实的话。就好像网上还评了常州的才女出来,从陈圆圆开始就有点路数不太对,还有陆小曼和周璇,再到周艳泓,我真是说不出来一句话,真是风水吗? 要能出个萧红多好啊,多硬气。

后来我住在香港,从没有探过张爱玲住过的港大楼、萧红埋骨的圣士提反女校。所有文化人会做的事情,我都没有做过。住在香港的前七年,我一个字都没写。

看了《黄金时代》。我说,太悲凉了。

兵荒马乱人伦废绝的时代还能死在病榻上又有什么可悲的,他说。

太刻薄了,又太对了。

香　港

　　到香港的那一年我三十三岁,香港太别致了,我不敢写,一写就错,不如不写。

　　我后来写的每一句香港都只是我的香港,不是任何别人的香港。就好像如果我要写个现在的创作谈,题目就得是《我在香港如何写小说》,如果《我如何写香港小说》,那可真是太大胆了,不敢想。

　　有个香港年轻人直接地问我,你的小说《油麻地》里有一位"阿珍",从内地嫁到香港,奶奶姑仔都唤她作"大陆妹",那"大陆妹"这三个字对你来说意味着什么?我说我刚刚搬到香港的时候,很害怕外卖北菇鸡饭,每次说的时候都感觉有人看我,现在我不害怕了,我会用最纯正的普通话说,北菇鸡饭拎走,唔该。唔该用的广东话。事实上也没有人看我,我想多了。

　　那"阿芳"呢?《油麻地》里的"阿芳"。年轻人说,她七岁来香港,然而始终"不觉得自己是香港人",真实生活里真有这种人?那"香港人"这三个字对你来说又意味着什么?我说真有这种人,要不我的小说怎么来的,写作起源于生活。至于所有关于"香港人"的问题,我觉得我就是香港人,新香港人。

　　难道我不是吗?我还反问了一句。我生活在香港,我观察香港我思考香港我书写香港,我还爱香港。我爱香港,我又重复了一句。这已经是我最大胆的回答,我从来没有这么有勇气过。

　　还有个小说人物"崔西",她小时候穿的裙子都是"从香港寄上海的,"这都是你的真实经历吧?那你小时候又是怎么想象香港的?年轻人追问。我说小说起源于生活但又高于生活,真正真实的经历是,我小

156

时候所有的裙子都是我妈妈亲手做的。我如何想象香港？真正真实的情况是，我曾经以为香港跟常州有时差，也就是说，常州这边是白天，香港那边还是黑夜，我的地理老师确实是体育老师兼的，当然这也不能怪老师，我的学校都不怎么谈论香港。有一次联欢会，我们班要出一个节目，班花说要跟另外一个女生一起唱《千千阙歌》，用粤语唱，因为那个女生很会唱粤语歌。我是文娱委员，我就说好啊，我报上去，随便你们唱什么，《海阔天空》也行。联欢会的前一天，那个女生摔了一跤，手臂断了。我想的是，这下好了，班花你一个人唱吧。班花唱歌我听过，实在是麻麻地。前奏起，班花出场了，第一句，台下就激动了，班主任都鼓掌了，班花唱完一段，摔断胳膊的女生竟然也出场了，打了个白色石膏，一边唱还一边展示那节石膏胳膊。台下都轰动了，校长都鼓掌了。就算是受了伤，她们都不放过这个机会！我就是这么想的。接下来的一个月，我刻苦学会了两首粤语歌曲，一首是《红日》，一首是《一人有一个梦想》。几十年过去了，我发现我还是只会那两首，有一阵子我想学《九龙公园游泳池》，因为我写了篇小说，《九龙公园游泳池下面》，可是学了好久都学不会了。

这个年轻人前不久找我聊天，说在想移民的问题。

你有过一个小说人物是拒绝移民的，"在中国一等的，到了外国三等"，年轻人说。

《离婚》。我说，那个小说的题目叫作《离婚》，那个小说人物的设定是个富婆，那种人设就是这样的，她真的以为人是分几等的，而且在不同地区有不同的分法。至于我本人的看法，全地球人类都在一个类别，也就是"凡人"等级。凡人皆有一死。我说，这一句我经常说。

《冰与火之歌》。年轻人笑了，凡人皆有一死。

157

还读过你一篇《奥格》。年轻人又说,写你在美国留学时一位很关照你的美国老太太奥格。

奥格是从洪都拉斯到美国的。我说,不是那种意义上的美国老太太。

对。年轻人说,我一直记得她跟你说的那句话,你还很年轻啊,你的未来会很好的,你会有一个很好的人生。

"我从洪都拉斯来到美国,一无所有。可是我年轻啊,我努力工作,抚养我的小孩长大。"年轻人把文章中的这一段读了出来。

看到奥格的梦想实现,真是心生鼓舞,给了所有想要移民、想要拥有美好未来的人信心,年轻人说。

我说我夏天的时候回柏拉阿图看望奥格了,带着我的孩子,我们一起吃了非常好吃的比萨,我的孩子也很爱奥格。

后来回到香港,收到奥格的信。"你们的拜访是一个最特别的礼物,让我知道,你成为你想要成为的样子,一位母亲,同时也是一位作家。"奥格的信里是这么说的,"你有很好的人生。"

"你有很好的人生。"指的并不是移民的好生活。我说,而是说我终于拥有了我想要的生活,写作,以及家庭。

年轻人沉吟不语。

你觉得我只是一个过客?我说,"摇着江南水巷的乌篷船,辗转漂流至维港,却不肯停泊于这烟花的商市。在香港,她宁愿用英语问路,也不愿说半句粤语。"

你不知我到香港第一年已无须问路。我说,方位感太强了,走过的路绝不会忘,倒是常有人问我路,我一句"唔知"答得可是干脆利落。

年轻人大笑起来。

现时安稳,我说。心是自由的,在哪里都是自由的,我又说。

柏拉阿图

柏拉阿图并不算是一个城市,对我来讲,它更像是一个街区,斯坦福大学的一个部分,当然它不是,它非常富,也非常独特。

我写过太多柏拉阿图了,在柏拉阿图吃饭,在柏拉阿图见人,在柏拉阿图找一家酒吧喝一杯,找来找去都找不到,因为天都黑了,店都关了,大家也都回家了,我也就回家了。柏拉阿图一家酒吧都没有,在2000 年。

我是特别不喜欢吃比萨的,但是我会去记得柏拉阿图主街上的一家比萨店,店名的 LOGO,都记得特别清晰。离开十七年以后我又回到柏拉阿图,那十七年,所有的店都换过了,除了那家比萨店,见到它还在那里,我都有点发抖了。走进去买一份比萨,那个瞬间,好像从来就没有离开过一样。

与一群当年的朋友坐在店门口聊天,这些朋友的这十七年,每一个都是长篇小说,可是我什么都没有写,我们只是坐在那里聊天,也不知道我们是怎么可能再见得到面的。现在想起来,都像是一场神话。

店门口还有几张乒乓球台,十七年前是没有的,几个当地的年轻人在那儿打乒乓球。聊了一会儿天,我突然发现我的儿子也去跟他们打乒乓球了,都不知道这一切是怎么发生的。我有时候都想不起来,柏拉阿图其实是他的出生地,如果不是搬去新泽西,他就应该是一个柏拉阿图少年吧,也许他现在读柏拉阿图高中,也许成绩还不错,可是没有什么也许,我们搬去了新泽西,离开了柏拉阿图,再也没有回来。也许我在柏拉阿图的第一年还写了一些字,离开了柏拉阿图以后,我真的一个字都不再写了。我不再写作了。

艾弗内尔

新港之前,我们住在艾弗内尔,我后来也写了一些艾弗内尔,艾弗内尔对我来说确实不是一个城市,我叫它"月亮上的印度"。但是如果我也写了一些成功的文字,那就是艾弗内尔,刻骨铭心的记忆与生活。

如果我要开始写新港,我不能想象我要去写新港,那肯定会是一部长篇小说,但我不太会写长篇小说。我还没有准备好,我快要四十五岁了,但是我没有准备好。我二十四岁的时候以为我准备好了一切,准备好了离开,准备好了不再写作,准备好了好好生活,成为妻子与母亲,可是我四十五岁了,我仍然没有准备好长篇小说。

新　港

我写过一部长篇小说,并不是那种意义上的长篇小说。《这里到那里》,在《作家》刊发的时候以城市的名字为章节,"常州""香港""柏拉阿图""艾弗内尔",以及"新港"。

新港在泽西城,哈德逊河的旁边,河的对面就是纽约市。坐在新港的河岸边,每天都看得到纽约,纽约的云雾,纽约的高楼大厦。可是这里是新港。新港在泽西城,可是车往里开十分钟才是真正的泽西城,泽西城当然就开始有破房子和积水的坏路。新港跟纽约隔了一条河，住在新港你就只能算是住在新泽西，要是有人问起，不知道为什么，你说不出来新港那个词，其实清脆，而且闪亮的发音，你说不出来，你只是含糊地说，纽约。

成书的时候章节全部改换成了女人们的名字，"玛丽""维维安""梅娣""秀芬"……《这里到那里》成为《岛上蔷薇》，城市们的奋斗史成为女人们的奋斗史，相同的部分是奋斗，城市和女人，更好的生活，想要的生活。

还是要来谈城市文学

2017年，《青年文学》的编辑，也是我的常州老乡赵志明来问我有没有写新的《到哪里去》系列，他们都知道我写了一堆《到哪里去》，我说有，《到深圳去》和《到尖东去》，他说我们要开一个新栏目——"城市"。我说那可太好了。

我们还得有一个对谈，赵志明说。

怎么谈？我说。

微信谈吧，赵志明说。

我说好。

城市文学，很多人会强调城市，其实我觉得网络化普及之后，城市概念和以前真的不一样了。我倾向于网络普及之处，就是城市的外延。他上来就说。

这也太直接了。我就说，杨晓帆也问过我对城市文学的理解，"很多年轻作家对城市经验的表达是卡佛式的、耶茨式的、菲次杰拉德式的,怎样想象与书写城市,不同于西方作家的特殊性?"她就是这么问的。

我们是战胜了那种写作方式的,赵志明说。

我没有方式。我说,我是被方式选择的。或者这么说,我是天生的。

天生的其实也没有关系。赵志明说,反而是一种担当。但我可不敢说我是天生的,我还没有准备好。

我说我是这么答她的,实际上我并不清楚乡土文学是什么,即使我读过一些什么,我仍然分辨不清楚韭菜和小麦在田野里的差别。我当然敬重写乡土的作家们,我敬重所有的写作。我也听说一些写底层生活的作家,写着写着痛哭流涕起来。对我来说,我当然也会痛苦,但绝对不是痛哭。可能也会哭,但得过一阵子,有时候是好几年以后。就好像我经常被纸割伤,但伤口总得过个十几秒才有反应,有时候我盯着那个伤口,无动于衷的一个伤口,一秒,两秒,三秒……血才慢慢地渗出来。我就想起来有个人跟我讲过的一个故事,有个刀客跟人比刀,比完回家,娶妻生子,有一天,头就掉下来了,原来是当年已输了比试,只是对方的刀实在太快。我在常州有个朋友,你应该也认识的,车祸过世,那天是金磊打电话给我,我还在一条船上,风浪很大,我也没有哭。隔了好久了,写完《贝斯》的那个夜晚,我的眼泪突然涌出来。"我对她的思念就这样突如其来。"小说的最后一句。所以作家对题材的选择很多时候与他们身处的环境也没有什么关系,有的人后来一直生活在城市,可是永远都在写乡村,而且只擅长写乡村,我想的是,乡村经验或者城市经验,应该都是由童年生活决定的。

我在常州读了三年书,感觉跟南京很不像。赵志明说。毕竟那时年纪小。

常州跟苏州无锡也很不像。我说，常州就是常州。

我写了很多溧阳。赵志明说，我是溧阳人。

我看到一些作者简介。我说，都强调自己是江苏武进人，还蛮多的。

江苏溧阳还能成立。赵志明说，金坛、武进都是常州的区嘛。

先锋书店的钱小华，简介上就是江苏金坛人，我说。说起先锋书店，我印象中就是人民公园那个店，听他们说是他的一个亲戚看那个店。我在他家订过王小波的书，《黄金时代》三部曲，记得特别清楚，因为那个时代不订是买不到的。去拿书的时候碰到常客，站在店里聊了几句，常客就自己去书架上抽了一本金锋的书送给我，也没付钱，那个亲戚挺嫌弃地看了常客一眼，不过也没说什么。我太记得那一眼了。不过先锋书店对我还不错的，当年出《长袖善舞》，一个很年轻的出版人出，这是他做的第一本书，讲了很多实际的难处，为了省设计的钱，封面排版都是他女朋友做的。用样书付的稿费，好像是一百本？寄书走的还是铁路，我都不大记得了，怎么拿到的那些书，好像是连夜去的常州火车站，还得找火车站的人批条什么的，后面是不是找了辆三轮车把那些书运回来？完全不记得了，但那个激动，记得好清楚，其实我已经出了第一本书了，《我们干点什么吧》，这是第二本，竟然那么激动，我后面都不会激动了，十五年后复出第一本书时，焦虑到失眠，但是激动，再没有了。那批书就是放在先锋书店来卖，后来跟钱小华打过一通电话，他们还结了一些书款给我，不大记得了，我真的太不好意思了，因为感觉没卖出去几本。后面出长篇小说《岛上蔷薇》，在五台山店做活动，是我第一次去那个店，也没想到说跟钱小华联一下什么的，我从来就没有见过他，如果见到了，还是要感谢一下他，不过他肯定是不

163

记得了。

我把你再度出发写小说，视为一次文学的回归，我本人挺开心的。赵志明说，二度创作，你有什么感想？

我说二度什么？创作又不是婚姻，结婚离婚还能复婚，创作没有次数，创作更忠诚，要么不结，结了就不离，除非死亡将我们分隔。

他明显地停顿了一下，说，我觉得你的创作一直很前沿，你的《小妖的网》写网络，人物在多个城市间游荡，非常超前。

我也明显地停顿了一下，说，是吗？

难道不是吗？他说。

我说我又看不到我自己。

2014 年年尾，杨克叫我去一个深圳的论坛。那是我第一次出去见人，中止写作的第十四年。我在深圳地铁看到一张掉在地上的五块钱，过了五个站都没有人捡。整场会我都不说话，头都低到地底。直到邓一光说，周洁茹有过一个《中国娃娃》。我忘了我还写过《中国娃娃》，我的头都没有抬起来。我当然记得《中国娃娃》，它很重要，邓一光说。

邓老师慧眼，赵志明说。

就这一句话，我都快哭了。我说，《中国娃娃》有可能重版，《小妖的网》不可能了。

《小妖的网》是破冰之作，现在很多创作都是受它影响，有这种影响在，胜似重版。赵志明说，你说你看到五块钱过了五个站都没有人捡，这个细节特别好，是小说家才会看到的那种细节。有时候这种细节像锋刃，你的小说大多都具备这种特质，像是找到了一个临界点，又像是把什么东西解剖开。

你建议你多关注城市文学，当下最有活力最精彩的部分。赵志明马上又回到城市文学。

我说我不是一直在写城市吗？我又不会写乡村。

我写不好乡村，我又说。

其实我有一个问题特别想问你。赵志明说，古人说读万卷书行万里路，你的飞行里程应该不下十万公里了吧？你在美国待了多久？去了哪些城市？

九年。我说，最西和最东，旧金山和纽约。我觉得很好笑的是会有人去蹭流浪这种东西，反正我不流浪，我就是去住的，然后就是回到香港来住。我是在这里生活的，不是晃来晃去的。

住和生活，这两个点特别好。对一个地方一个城市，有珍惜和尊重，类似相看两不厌唯有敬亭山的感觉。赵志明说。

我的生活和写作一直算稳定，流浪或者流放太飘摇了，跟我的个性也不符合，我说。

我刚才想到一个问题。赵志明说，有的作家，像威廉·福克纳、马尔克斯，像莫言、苏童，都会创造出一个地方，来安置他的故事和小说，这种方式或者说野心，还会有作家去效仿吗？比如说我们已经有一个香港，有一个常州，我们还会去重新创造一个城市吗？或者说有必要吗？

其实我不知道我在城市，我也完全没有意识到我在写城市文学。我说，就好像我一直没有觉得自己是在地球，我们都是飞来飞去的，不需要一个城市。

写作之道

32 场

从 2015 年 6 月的第一场售书会开始，我经历了 33 场售书会，如果不计入 2020 年夏天的那一场线上，就是 32 场，最后一场是 2019 年 11 月在宁波新华书店的"一个人的文学观"。四年 32 场，也就是说，每年 8 场，我已经不太认识自己了。

如果把这 32 场都写一下的话，应该是 32 篇小说，或者 32 个对谈，但是不知道怎么回事，小说和对谈都没写出来，我后来分析了一下，还是因为体力不支。如果身强体健，加上气足，那不就天下无敌了？上天是不会这么安排的。体力不够，精力来凑。可是只有精力能走多远？

前些天跟一个朋友讲，你们做研究的可是跑马拉松啊。

他说你们写小说的也是长跑。

我说我写小说是短跑，容不得一次跌倒，再站起来别人都到终点了。

你是乘风破浪的姐姐，他居然说。

我在想怎么回应这一句。

但是短篇小说的创意这么难得,为什么不写长一点儿?他又说,写这么短蛮吃亏,长期下来,都被透支和浪费掉了。

我说我有个朋友也这么说,人家都是写短的来应酬,写长篇中篇是为了让自己立住,你倒好,全这么短,立不起来啊。

后来又有个人跟我讲要写长的,一定要写一个长的,中篇都行,不然立不住,语调都一模一样,我说我宁愿拿一百个短篇去立。我就是这么说的。

他笑了一声,说,写短了,容易停留在感觉的层面,现在大家都在感觉的基础上再往前走。

这么聊几句也挺好的。我说,有的写作人会花时间去读、想、交谈,我把这些全省略了。

你写了多少?这些年。

回来 5 年,50 篇小说,70 篇散文创作谈,还有点对谈什么的,我说。

这两年编刊。我停顿了一下,说,编刊的压力大过写作的。

写作和做事,一是与外界交流、博弈,也是和自己较劲、较真,他说。

我没有讲的是,还有售书会。

32 场售书会,一场一场地回忆,都是细节,有个人回忆的价值,但对售书都没有什么价值,有好几场,一本书都没卖出去。这都是真的。"复出"之作《请把留在这时光里》的售书会,8 场,北京 2 场,深圳 1 场,广州 1 场,上海 2 场,常州 2 场,书式生活书店的"请留我在文学的边界",是那个夏天的最后一场。

去过广州场的一个深圳读者前些天在微信上问我还记不记得她？我说记得，正好也是看到王威廉写我的一篇印象记，讲到我"复出"后的第一本散文书，找了他和林培源做活动嘉宾。

那天是我第一次见到你。我跟那个女孩说，也是我第一次见到王威廉和林培源。

2015年6月13日，广州闻君阁，主人是千夫长，主持黄佟佟，还有麦小麦和麦小麦读书会的会员们。

现在想起来，场景都有点模糊了。但也一直记得找王威廉做嘉宾时，他说："我立刻应允了。我明白，她之所以找到我还有林培源，做她的嘉宾，是因为我们是新生一代的写作者，借助我们可以直接了解到当下的文学现场；而我们，也带着对她的传说的记忆，希望能和她面对面聊天，了解她这些年的沉默与思考，其中自然也有着一种文脉的接续之感。"这段是后来读印象记才看到，王威廉想得细致。实际上，我什么都没有想，那时的我，对新生代写作者，对当下文学现场，不了解，也不怎么想去了解，"文脉"那两个字，对我来讲也太严重。我找他，就是直觉上的，觉得他是好人。后来认识了陈培浩，他说我"以气场辨人"。夸张了。但我确实常常依赖感觉，我的感觉往往是对的。

活动结束后我们一起吃夜宵，一条美食街只有一个小饭馆还开着。很晚了。王威廉还在计较刚才的会上有人叫他"小鲜肉"，我相信他那个时候还不知道那三个字有多珍贵。还有他们的一个朋友，王威廉讲我有令人震惊的记忆力，可是我就不记得他们的那个朋友了，连脸都不记得了。

记得那个从深圳赶到广州的女孩，一直在笑，但是不怎么说话。记得王威廉读了好几遍"小鲜肉小鲜肉小鲜肉"，跟复读机似的。那个夜晚,每个人都是有点不快乐的。

最后大家各自叫车回家,王威廉不会用"滴滴",我们就教会了他。后来在广州又见到他,他不仅已经熟练使用"滴滴",还会用手机导航了。我后来一直说王威廉用"滴滴"是我教会的,实际上我也有点不确定,记忆都有点模糊了。但是我居然一直清晰地记得,他站在饭馆门口,拿着手机按来按去的样子,以及他的困惑的脸。

我也清晰记得那个女孩,因为太晚了我赶不回去香港,她也赶不回去深圳,我们就一起住在附近的一个小旅馆,真的很晚了,她还在读我的那本《请把我留在这时光里》,我拍了一下她,从我的角度,她真的是全世界最好看的读者。

两年以后,售书会做到第十九场的时候,我已经出了五六本书,相当熟练了。

那个夏天我在常州,半山书店找我做一场签名售书会,相当熟练又相当疲惫的我突然想到了赵志明。

你在老家吗?我在微信上问他。

在,赵志明说。

一起签名售书怎么样?我说。

他说好。

半山书店。我说,这书店挺大的。

他说好。

书店的通告出来,标题是"两个常州人"。我转给赵志明。

他说好。

我就想起来我有个朋友,我跟他说什么他都说"en"。有一天我突然领悟到,那个"en"不是他还要想一想,而是已经想好了,嗯。

半山书店为什么要叫半山书店?赵志明没有问我,我也不知道。问我也不知道。

我看到一些作者的简介。我说,都强调自己是江苏武进人,还蛮多的。

哈哈哈。赵志明说,不会是张羊羊吧?

张羊羊是地球西夏墅人,我说。

哈哈哈,赵志明说。可能是也找不到别的话说。

我们都是地球人,我又说了一遍。

开完会,等签名的人在赵志明的前面排成了一个长龙。等他的时候,我就去问书店的人,你们书店为什么要叫半山?

王安石的号嘛。书店的人说,半山。

王安石是常州人?我问。

不是啊。书店的人说,他不是做过常州知州嘛。

嗯,我说。

他搭船来的,书店的人说。

嗯,我说。

他上岸的那个地方。书店的人说,就建了个半山亭。

半山亭呢?我说。

就这儿啊。书店的人说,这儿就是半山亭,原址。

哦。我说,以前这儿是条河,王安石在这儿上了岸。

对。书店的人说,就是这样。

售好了书,接到张羊羊的电话,叫我和赵志明去吃饭,一个特别远特别远的地方,我怀疑都到无锡了,后来才知道还在常州武进。

一桌人一边吃饭还一边抽烟,我的头都要炸了。

吃完饭走到停车场，在谁的车的旁边，一群人又开始抽烟，我也拿了一根，那根烟可能是我这三十年来唯一的一根烟，抽了一口半，他们都抽完了，我也把烟扔了。

赵志明被架上一辆不知道谁的车，车就开走了，他都没跟我说一声再见。

我应该要写一个中篇小说的，《赵志明》，就写了这五百字不到。

前些天我突然又想到赵志明和一个没完成的对话，就去问一个编辑要不要我的稿，他说他可以要，三千字以上。我发现很多编辑跟我说事都会在后面补一句，三千字以上。如果是小说编辑，五千字以上。

为了这个事情，我还曾经拉黑过几个编辑，后来又默默地把他们拉回了。

但是我发了一条朋友圈，说我去问我的灵魂伴侣，你会不会觉得我的散文太短了？他说你去把《滕王阁序》读一遍。我还提醒了那几个编辑来看。

吃过了午饭我发给编辑三千字。够了吗？我问他。

三千到六千都行。他说，不急，你慢慢写。

到了晚上，我把全文发给他。不好意思超过了，我说。

他说这也太快了吧。我说我就得急一点儿，慢了我就写不出来了。

在一种急的状态下写，有的问题来不及展开。他说，修改的时候可以考虑停一下，扩展开来。

我说我从来不修改。

他停了一下，说，我觉得，有的问题是需要在修改中才能想得深入和透彻的。

我说我有时候也会去想一个朋友说的，你有才华但写不好是被纵

171

容了。才华就是用来浪费的。我说我就是这么说的,跟青春一样。

他可能在想怎么回应这一句。

你觉得我写得应酬吗? 我又说。

很聪明的一种写法。他说,也有一个问题,就是遇到需要停留和深思的时候,会迅速离开,不去直面。

我想他真的讲出了一个问题,一个我不愿意直面和解决问题的问题。习惯性回避,就是我的问题。

其实这对任何人来说都是困难的。他说,你还是要去面对,不然写作的局限会比较明显。

不想面对,我说。

我担心你写作的局限会越来越明显。他说,你要去面对。

二十年前就够明显的了。我说,你看我早期,再看现在,倒是倒退了,之前对细节的探索,也就是说试图深入,那点东西都没有了。

学习型人类可能难度小一点儿,有吸收的那种,我是自我消耗型,只顾挥发,我又说。

那你还是要去做一个回顾和梳理,作家需要有这样的自觉意识。他说,在这个自我审视的过程中,经历了,克服了,就变得更丰厚了。

别人都克服了?

克服不是一次性地完成的,这是一个漫长的过程,对任何人来说都是如此,他说。

耀眼的才华啊。他又说,别太浪费了。

给任何谁都好是吧? 我说,都立得起来。

你的就是你的,他坚定地说。

虽然有种很强烈的被教育的感觉,但是这个编辑真的挺好的。

我写这篇文章，可能就是想说这么一句。

热酒中年

写完《去了一趟盐田梓》，我发了条朋友圈，我说我对自己满意。能写就满意的意思。也许是穿不下十年前的衣服了，但是"少年饮热酒，中年喝晚茶"，什么年纪做什么样的事情，对我来讲也是没有什么意思的。

也是前些天了，一个朋友发了张喝茶图，说她喝着茶，突然就懂得了，每次与朋友对坐喝茶，都应该非常珍惜。另外一个朋友跟了一条说，少年饮热酒，中年喝晚茶。她说我喝个茶就中年了？跟帖的朋友马上解释说那句话的意思是要放对位置，什么阶段做什么事情，才没有困扰。我们都中年了，应该学会与这个世界保持距离了。我们才有了真正意义上的幸福。

这两个人的朋友圈对话，可能也只有我看到。我就去想了一下这个对话，因为那个说与世界保持距离的朋友，其实是个做生意的。他整天与人近距离接触，说的都是生意上的话。但是他会来讲，什么阶段做什么事情。过了一会儿，我就觉得没有什么意思了。对我来讲，做什么样的事情，不是年纪决定的，是事情决定的。

有一个已经绝交了的朋友跟我说过，她在旧书摊发现了一本无人阅读的书，是一百多年前的一个无名作家写的，她的阅读经验告诉她，这是一部失落了的伟大作品。所以我想的是，有什么呢，无人知晓的一个作者，一百多年以后，被一个无人知晓的读者发现并认定是伟大作家。也许就是这一个作者、这一本书的真正意义。

我就跟我的一个朋友说,有的作家,每一篇都是平庸的佳作,可是我想成为"一个杰作"作家,那之前的作品都可以再被复盘再被发现新的意义。所以我不着急。也许在我去世了以后会有被重新发现的机会。

我的朋友说,很多评论家,潜意识里倾向宏大叙事,再找作品的意义。他们对生活的体验不足,主要是对生活的美和乐趣层面体验不足,这其实是文学评论的问题,一直在往理论去贴,往意义去贴。事实上,忽视了真正的生活的平庸。我说我是挺坚定的,一直被否定,仍然很坚定,但又有多少创作人会主动自觉地去"反省""纠正",投机地写,有意图地写。什么样的评论环境创造什么样的创作环境,什么样的创作环境再牵制什么样的评论环境。群体伤害。朋友说就当是恐怖游轮吧,循环往复,轮回。

写完了《去了一趟盐田梓》,又去想了一下"梓"这个字。盐田梓的梓,就是盐田故里,故乡的意思,古代人都是要在家门口栽种桑树或者梓树的,若不是老了回到故乡,都看不到老家门口的那两棵桑或者梓。可是时代变化了,现代人不种树了,我也离开故乡二十年了,我的故乡,也并没有桑树或者梓树在等待着我。

这么想着,刷了一下朋友圈,我的童年好友发了她的一条朋友圈,她也好久不发朋友圈了,不知什么事情让她出来表达了一下。原来是读了一本游记。拍得太随便了,语言也不用力。我的朋友是这么说的,平淡无奇、残破衰旧,如此吻合于心灵深处的我们自己的真实部分。这是故乡的意义吧。

我给了她一个赞。

原载于《长城》2021 年第 2 期

轻　重

我实在是不想写了，因为一直也没能克服长短的问题，本质上我就是一个只写短篇的作家，但内心又往往要去接受一些世俗的看法——写长篇，写不了长篇至少中篇。只要我没能写出一个中长篇，我的写作就一直不会被接受与认同，这个意思。

我一直没写出来长篇，我也写不了短篇，在这个时候。我写了几篇字数堪忧的散文，之前由于小说的字数问题，已经互删了一些小说编辑，如今又因为散文的字数，散文编辑也差不多绝交光了，直到被正刊编辑认为是副刊文的文，又被副刊编辑认为字数不足，我停了下来，不是要重新看待长短这个问题，而是要重新看待我自己的写作，或者整个写作环境。

我也做过三四年刊物编辑，字数方面我也敏感得很，因为我也是要排版的，一两千字，这个版没法排，除非那一篇的体量之重，绝对性压倒了版面的单薄，这种小说，一年碰不到一篇，也许一生都碰不到。

我又往往觉得自己的小说挺重的，只是其他编辑往往不这么觉得。

那么互相都冷静一下，给对方点空间。

一个下午，女儿放学后跟我讲她的写作作业评语不大好，别人都是优秀、杰出、太棒了。我说你写了个什么？

一个短篇小说，*Nighttrain*（《夜行列车》）。

评语是什么？

Novelist（长篇小说家）。

祝贺你，我说。

为什么？

因为对于一个短篇小说来说这已经是一个最高级别的评语。我说，用于肯定此位写作者赋予了一个短篇小说相当于长篇小说的重量与生命力。

光

写了一篇散文《心火》，谈及惠州、常州，想起来有位小时候的老师住在惠州，也传给他看。这位老师一直都像是部小说，那时候我在一个编辑部实习，正逢三八妇女节，这位老师安排他的助理给编辑部的每位女士都送上一枝鲜花，那位助理去买了花，一人一枝，财务部的阿姨也有，下班时候高高兴兴举着回家。只有给我的那枝，助理不声不响塞进了我办公桌最下面的一个抽屉，我过了三天才发现那枝花，都有点烂了。老师向我道歉，请助理再买个礼物给我，助理买了个跟她一模一样的双肩包给我，我直接问助理为什么？她说她就觉得这个包好看。这件事，我当作小说来记。后来有一天，大家去爬山，我摔了一跤，下巴着地，也就几秒钟，下巴上便肿起了一个大包，一群人围观，这位老师走过来，对着我的下巴，双掌发力，一边发力一边说他的热量能叫那个肿包缩回去。望着他的掌心，我也觉得下巴没那么痛了，肿包好像也小了一些，围观的还有鼓掌的。我后来想想，就是个心理安慰，客观来说，那个包其实一点儿都没变。就好像我还有一个朋友，有一次一起出去行山，他说他的手臂是会变长的，还演示给我看。神奇啊，我也照他的方法用力，我的手臂也长了！回来想想，就是个伸展运动，任谁的四肢只要尽情舒展，都会长一点儿，就好像运动减重，也的确会减掉一点儿，人体的水分。

这位很像小说的老师看了文章,说,你的文字是光,就算不经意照到的琐碎事务,也有了点灵性。

这就太让我惊讶了,自从上次在常州离别,我与这位老师都二十多年没见了,他竟然来了这么一句。

我说就是照到哪里哪里亮的意思?

他说对,你就是光,随便照到什么,就能变成作品。这是一个天赋,所以你就是写作品,不停地写。

我说如果我真是光,我照琐碎事物做什么?我照名利好了。

他说名利算什么,上天给的天赋才是无价之宝。

我说即使我真的是光我也不想写了,我太累了,心累。

千万不要停下来。他说,你能写到今天已经是一个奇迹。

你的作品不会过时的,以后还会有人读,又说。

我客气地回过去一句,您的鼓励,我珍藏,每当扛不住的时候,我就看一眼。

你自己看不清的。他又说,我在旁观,你的作品现在没有人读,但以后会有人读的。

我只好说,您看得到未来?那您帮我看看我几时才能走运?

看不到。老师老实地说,但我感觉,你的运气以后会好起来的。

您知道我已经辞了职吧,而且也写不出来长篇,我说。

你又不是谋略家,你是个小说家。做一个作家就是需要在磨难中前行。他说,这个世界不缺主编,缺优秀的小说家。所以主编什么的,体验一下就算了,你就是个写作的,你唯一发光的就是你的作品。

我说可是我做主编也不差吧?也都有眼睛看的。

不差。他坚定地说，但不是你真正的使命。

你只有在创作中才是女王，那是你的作品堆就。又说，你要明了自己的使命，你是带着使命来的。

这话就严重了，老师。我说，您可真是活在另一个时空，说另一个时空的话。我也许在您的另一个时空，做一个女王。只是我现在活着的这个时空，太痛苦了。

那是你考虑得太多了。他说，除了写作，别的没什么重要的。

老师您也看看我现在的这个时空，太凶猛了，我也够勤奋、够坚持，可是根本就没有出路，还使命。

也许吧。他说，我是活在另一个时空。但我只知道三点：一、写得出；二、写了能发；三、发出来了有人看。你还有什么要担忧的？

我笑笑。

跟你讲一件你一定会认为不可思议的事情。他说，我经常会想起生命中一些重要的人，然后在心里面对他们说谢谢，其中我也会想到你，然后你就突然出现了，发你的文章给我看。

因为你这个常州人在惠州嘛。我说，我不过就是突然写了个"惠州常州"。

一切都是有关联的。他说，比如咱俩现在在谈话，另一个时空的咱俩也在谈话。

谈的内容一样吗？

差不多吧，他说。

我只好又笑笑。

你在这个时空遇到我，在另一个时空也会遇到我。他说，你在这个时空身不由己地干一些事情，实际上是另一个时空的你在干。

别扯我啊。我说,另个时空的她或者"我"爱干吗干吗,扯我做什么?

都是同步的,他说。

我叹了口气。

我也经常会想起谁,但那些谁从来没有找过我。我说,你讲的那个想起谁,多想几次,他就会出现,在我这儿根本不准。

你要说谢谢,他说。

我为什么要说谢谢? 我说,有的人对我好恶。

因为他也出现在你生命里了。他说,你旅途中遇到的每一个人都很重要。

即使是害你的人。又说,你也要同他说谢谢。

这要练的吧。我说,太难了,估计我练不出来。

或者你同他讲我爱你,他说。

我说我真的被您笑死了。

我做不到。我说,我就算是爱全地球,有的人我就是没办法去爱,也没办法去谢谢。

你多念几遍就接受了。他说,比如你恨一个人,你念他的名字,然后说谢谢你我爱你,过一段时间你就没有那么恨了。

我说我爱别人,别人又不爱我,我要能控制别人爱我恨我,我不成神了?

不一定要去控制。他说,但会有改变。

人能改变的只有人自己,我说。

这么说吧。他说,这就是一个删除键,当你删除一些东西,文件,或者爱恨,不管你带着一个什么样的情绪,都没有关系,你按下删除键,你自己就自动执行了。

我说老师您记不记得那年我们一起去爬山，您对着我下巴一使劲，我下巴的包都没有了。

什么包？老师迷惑，什么山？我们一起爬过山吗？

信 念

斯蒂芬说了一个故事，有一个女作家即将写出一部伟大作品，写到一半，她得知自己患癌将死，活不过三个月，但作品必须花费六个月才能完成。也就是说，她在此生不能完成这本将为她带来最大荣耀的作品。女作家痛哭、写遗嘱、计划环球旅行度过生命最后时光……可是最后，她重新坐回到了打字机前。

如果面临相同的处境，你会怎样？

一样。我说，即使写不完了，我也写。如果我讲过程本身就是一个终点不知道有没有表达出我的意思。也就是说，这就不是一个成败的问题，写得完，或者写不完，对于一个真正的作家来说，写作这个行为的本身就是一个完成。

那么恭喜你，你通过了你对你自己的考验。

"只有当信念在绝无可能实现的时候还能够坚持，我们才能说自己是拥有信念的。"这一句也是斯蒂芬说的。

原载于《文学自由谈》2022 年第 3 期

厚　重

还是生活体验得不够,对痛苦的理解也不足,所以作品不厚重,一个评论家跟我说。

我说我挺痛苦的啊。

真正的痛苦。他生气地说,你那点痛苦叫作痛苦?

想起来早上还联系了一个编辑,他也是说,你一直都不太深厚啊,所以你的作品也并不能为我们的刊物添光加彩。

我心里想的是,这种话可真是给我增添了痛苦啊。

又想起来评论家说的,这点痛苦还是不够。

我有一个朋友的朋友,在我看来很痛苦,因为要写出厚重的作品,都深入到了"日结三和大神",我就去问我那个朋友,我要不要也这么体验痛苦呢?

朋友说,你是不是自己都不知道啊?其实就我读你的作品,那种很钝的痛,像被掐住了喉咙气都上不来的痛,怎么不是深厚的痛苦呢。

我说听你这么说真是好感谢,只可惜这个话是朋友说出来的而不是什么评论家或编辑。

朋友说,你有朋友还不够吗?

期　待

你会被伤害,是因为你还相信每个人都会对你好,是你对这个世界的信任。朋友说,这是一种少女式的信任。

我不是少女了。我说,我是"中女"。

所以你真的得意识到你中年了。朋友说，中年人都是经历了事情的，中年人对世界是没有期待的。

我会被伤害。我说，是因为我对这个世界的期待？少女式的？

还是要划分好距离。朋友说，多数关系，像你跟你的写作同行们，他们跟你，就好像你以前在一个单位上班的同事，能够成为朋友的，都是需要特别的缘分，而大多数工作方面的交往，在你不做这个工作了以后，都不需要了。

我应该是要写一辈子的吧，我说。

就算是要一起写一辈子的写作同行，其实也就是一个竞争者的关系吧。朋友说，你要有什么期待呢？

我有点不知道说什么好。

得到激励呗。只好这么说，伤害也是一种激励。

有的人遇到伤害与挫折只会自暴自弃。朋友说，就像你这样的。

那也不一定吧。我说，也许我就越挫越勇呢。

要与不要

看到一个朋友发了一条朋友圈：不道德的人谈起道德比谁都道德。忍不住地想笑。突然就想起了一句我的家乡话：嘴上不要，手像乌鬼脚爪。这里的乌鬼不是乌龟，倒也不是鹅，家乡话是把鹅叫作白乌鬼的。乌鬼指的鸬鹚，一种抓鱼的鸟，鸬鹚抓鱼时的脚爪，在水面一耙一耙，好像是不断地抓取想要的东西。

我有一个认识了三十年的朋友，那个朋友很正面，也超级努力，但是不知道为什么，那些正的能量到了我这里，全转化成了负的，超级负能量。于是三十年前,我跟我自己说,我一定要离开,永远地离开,再也不回来,那种呼吸不上来、沉到水底的感受,我再也不要体会了。

已经是三十年以后了。我那个一身正气的三十年朋友,突然发了一张柳飘飘的学生制服照给我。

终于明白,你小时候是照着什么打扮的,他说。

我回他,挺好的啊,好看。

我就忘了我根本不能同这个朋友论证,逢论必输,气到要死。

其实我一直有容貌焦虑。我相当诚实地说,从小就因为自己长得不好看而不开心。

这个世界上真正好看的人是很少的。他竟然说,都是普通人。

所以你也别跟我讲我写得好不好的。我说,你就说我丑,直接打死我。

神经病。他说,我不跟神经病讲话。

过了一会儿,他又说,到了这个年纪,长相不重要了,气质比较重要。

我气质好,我写得也好,我一切都挺好的,我回他。

你总这么要强做什么。他说,你好好地写,多多地写,把这长期离开的空缺弥补了。

我听着好气,又生不出气,这一句像是为着我好的话,我听了就只是生气。

后来我跟另外一个朋友讲,我是离开过,但这七八年来的返场,这一百多万字,二十多本书,我是没写?没好好地写?

朋友说你那些作品就没引发点动静,他们都是不知道的。他们又不看书。

我说好吧,你知我知,我在写,一直在写。

对对对。朋友说,我知道你一直在写,可是你一直不写长篇,中篇都没有,两百个短篇,就是等于没有。

我就喜欢短篇。我说,我自己喜欢。

那你写个顶牛的短篇啊。三十年朋友说,世界水平的。

我说你来?

空泛的夸赞是没有意义的,他说。

别夸我,但也别挫我。我说,我从小不上进,越挫越不行。

不对。他说,你太要强、太上进了。

心下一惊。脱口而出的倒是,我这是上进的态度?上进还不去拼长篇?

你这一代太诡异了。他说,功名利禄,全懂。

我哪一代?我说,好吧我这一代都又懂又要的。我不是不懂,我也懂,我没那么要。

你不是不懂,不要。他说,你根本就是管不住你自己。

我真的要气昏过去了。好好好,我就管不住自己,我修随心所欲大法。

管不住,就要承担率性的后果,他说。

这时朋友圈朋友又发了一条:有句英语谚语,你自己铺好的床,就要自己睡在上面。也就是自食其果的意思。

我就是喜欢写。我说,我从来不计划,我也没有提纲,我想干吗就干吗,我承担我率性的后果。

高级。他说,你高级。

三十年,终于等来这一句空泛的夸赞。

原载于《长城》2023 年第 4 期

诗酒趁年华

自　由

　　问一个写小说的朋友为什么写诗？他说他写诗自由。我说那你写小说不自由？他说他还没理解小说。我本来想回复他，那你就把诗理解了？最后还是转折了一句，我自己也不理解我为什么好多年都不写诗，你帮我想想呢？

　　他说写小说让你更有荣誉感。我马上回复他，长篇小说能获得的荣誉更甚，我为什么不写？我只写短篇？他说你的语言节奏写长篇太辛苦了。我说照你这么说，我的节奏写诗合适啊，为什么不写？他说那你去写啊。

　　这么一个来回下来，我觉得他还是没有帮助到我，为什么不写诗？因为不自由？还能比写小说更不自由？能写小说，却不能写诗？这里面肯定有一个我自己要去弄明白的问题。

　　但当我开始觉得这是一个问题，好像离开始写诗也很近了。

呼　吸

如果我也开始写诗,肯定是因为文贞姬那首让我哭了的《在机场写信》。一直在想是为了什么,我想是自由。一个朋友说的,最接近自由的时候,恰恰是被狠狠抛弃之后,如丧家之犬般地逃窜,连呼吸都是多余的。但是真把自由写自由了,我想是文贞姬,一次呼吸。

《在机场写信》这首诗写的是什么呢?一个妻子在机场给自己的丈夫写了一封信,第一句就是叫丈夫不要去找她,一年之内都不要去找她,她要去度假、休养、整理好自己。我的理解里,这就是自由意志。土地耕作了六年以后,第七年都要用来休息,更何况是人。而多数女性并没有这个意识,这也是我哭的原因。七年,再七年,无数七年,不停歇地被收割,还不如一块地。

夏夜的一场烧烤会,有人带了苹果酒,有人唱了《银河建设者之歌》,有人教我含住一小口红酒但是不要咽下,卷起舌尖,深吸一口气,徐徐咽下,那酒就会在你的喉咙里表演一段魔术。然后大家开始读诗,有人读了《再别康桥》,首尾两遍云彩,轻盈到过分,我就站起来读《在机场写信》,一边读一边告诉自己,不要哭,不要哭,自由地,读一首自由的诗。一字一顿,婚姻安息年。读完了诗,去问一个朋友为什么不跳舞?她说因为中年不跳舞。回到家我写了一首诗——《在白石读诗》,向《在机场写信》致敬。

第二天酒醒,发现诗写得太差,没有一句是对的,羞愧到脸红,我喝到多大都不会脸红,没写好诗,脸红了。

心　智

早上得知一组诗过审了,很是欣喜,然后就去志莲夜书院上呼吸课了。

我知道我在呼吸,是这门课的意义所在。然后由我知道我在呼吸去明白人生无常,去学习放下,得到最终的解脱与自在。

道理我有点懂,实在是做不到。所以我认为我上的就只是呼吸课,远远未能达到觉知课的程度。

一边呼着吸,我知道我在呼吸,一边清晰地觉察到脚麻起来。然后开始比对昏沉与掉举,哪一种更严重。昏沉与掉举的往复之中,想了许久,几十年没写诗,这次也不知怎么地就要发表诗了,后面还能不能写更多的诗或者就只是一个偶然……我不知道我在呼吸。

写,当然是执念。总想着写,执念如此强烈。几时厌离,几时得乐,大自在。几时呢?几时呢?脚更加地麻起来。

有个朋友跟我说,这种心智训练嘛,我简单分五层让你简单理解一下。第一层,完全凭着自己的心性行事,想干吗就干吗。第二层,能站在别人的角度看自己了。第三层,专心看自己,不管别人看不看。第四层,造福社会。第五层,圣人,妻儿死了都不哀伤。

我说我肯定在第一层。

她说你确定?好多人都以为自己在第四层。

我说我确定我还在第一层。但我以后要老年痴呆了可能直接跳进第五层。

她说第五层有什么好的,无欲无情,有意思吗?

诗酒趁年华

三十年没写诗的人来讲这一句"诗歌趁年华"还有点好笑，都知道要趁年华了为什么还一直不写呢？好像还在哪个访问里正经地答过，写诗需要勇气。所以我这三十年都是没有勇气？倒是写了那么多的小说。

还是一个时运的问题。写诗确实是讲时运的。"诗酒趁年华"，我的理解就是，老去跟旧人一起思念旧城，何必呢？趁着现在也没太老，赶紧地，新火新茶，搞起来。真要是老了，酒肯定喝不动了，诗也是不大作了。

我的一个朋友讲古人算命只算到六十岁，因为六十岁以后变动不大了，折腾不动了，没有算的必要了，而且更多的古人都活不到六十岁。可是时代不同了啊，很多现代人六十岁才开始折腾，转业，甚至还创业。所以生在哪个时代比生在哪个时辰更重要。

我写诗的时运肯定是在十五岁，那一年我发表了我的第一篇作品，是一首诗歌，《雾》。然后我就去走别的运了，写小说，或者写散文，却再没写过一个字的诗歌。下一个写诗的运，我掐指一算，应该是四十八岁，也可能是六十岁以后。

运是可以算的吗？运其实不用算，十年一大运，五年一小运，这是常识。运的上上下下起起伏伏也是常识，但要是没撑到走运的那一天，就会很遗憾。所以我们每一个人都要好好地活啊，至少要活过六十岁，多少都会等来一个喜悦的运。

那首走了诗运的《雾》，找是找不到了，但是记得内容，而且记得牢固，处女作啊，就好像初恋，想忘也忘不掉。

这个世界,如同罩在雾中,白茫茫一片,你看不见我,我看不见你,一切都好绝望。

我十五岁的时候,脑子里想的就是这个。

诗的后半段,我肯定改了无数遍,最后的成稿大概是,既然看不到,不如牵住手,一起冲破那迷雾。后面我在一个谈小说创作的创作谈里反思过那个时期的写作思路:"互相都看不到,怎么牵到手?牵谁的手?还冲破迷雾。硬伤。我那个时候写的,就是硬伤加硬伤。"(《过去未来》刊于《作家》2017年第5期)

三十年不写诗,现在却来谈诗,确有一种"酒醒却咨嗟"感,但是人对于自己的运势走向,确实也是很无能为力的。十五岁之后的十年,再十年,就是走了一个衰弱的运,呼吸都要竭尽全力,更不用讲写诗,当然我现在来想想,衰弱也还好吧,比死绝好很多。也得一直保有信念,撑过天黑,就是个黎明。

所以我到底是要说什么呢?呼与吸的空隙之中,得以喘息的那个瞬间,远望着还未老的半池春水一城春花,突然觉得,我这年纪也还可以啊,又能喝酒还能吟诗的,想一想都超开心的。我不过就是想说这个。

原载于《雨花》2023 第 4 期

身　体

腰与文学

"《宝马与吉普》写了人性之恶，以及对恶与善的认识与理解，非常现实。"

写到这里的时候正好刷到有人在说，这个世界有两个无限，一是宇宙的无限，一是人性之恶的无限。

这种数据推荐也真的蛮神奇的，我都没说出来，我的电脑与手机也是分开的，但是我这边一写下人性之恶，那边手机短视频就开始给我推人性之恶了。

也不是第一次了，我不过是写了一篇天秤星座小说，《北站》，那几天短视频就一直给我推天秤，要不是大家都是风象星座，我都要把天秤拉黑了。

还有一次是有个人问我有什么爱好，我说看电影，在手机上看。那个人说，手机上看电影算看电影？看电影得在电影院看。于是，短视频一直向我推《那么多年》，推得我真的要去电影院看了。

以上这些，我认为都是典型的现实主义，非常现实。但不能细思，一细思，就是科幻主义了。

真正的现实主义得是这种——读书会的前夜，我伤到了腰，有多伤呢？就是完全不能自理的那种伤。但我还有个读书会啊，再伤都不能伤到我的读书会，我就是这么想的。我就研究并下载了一个外卖 App，买了一个十分钟就送到的腰撑。马上就接到了平台的电话，说是电话号码写错了，商家找不到人。我说商家找不到我，你怎么找到我的呢？平台说我这儿有你下单时用的手机号呢，但这个我不想多说，你还是赶紧联系商家吧。我就给商家打了电话，你们直接发货不行吗？联系我做什么？我都要赶不上我的活动了。商家说联系你是想问你有多胖，腰撑可是有尺寸的，我们也不能随便乱发吧。我马上说我不胖，发中号就行了。商家说你还是量一下自己的腰围稳妥些。我说赶紧发吧再过五分钟我就要去书店了，大了小了我肯定不退货。商家说马上发你也收不到了。我说那可以修改收货地址为书店吗？商家说可以，你在平台上操作。我在平台操作了半天，没操作成功，因为骑手已经出发了，去书店的车又到了。我就又给商家打电话，说，取消可以吗？重新下单。商家说可以。去书店的路上，我一直在研究这个外卖 App，同时我的腰剧痛到我都以为自己撑不过下一秒了，更不用说撑一场三个小时的读书会。

活动开始前的五分钟，腰撑送到了。我打开盒子，直接戴上，就上了场。

会后我发现出版社的一位老师也戴了个腰撑，他还给我看了看他的腰撑，款式似乎比我的潮，有几个交叉，看起来非常洋气。我的就比较平，左右一搭，搭到尽头都显得腰特别粗。这个外卖点潦草了。

那几天，我就一直戴着这个腰撑，效果可以说是完全没有，除了一直显腰粗。

突然有一天,我发现腰撑上有两个小方块,我就揭起那个小方块,竟是一条松紧带,这么一拉,腰突然细了,两边一起拉,交叉也就出来了。

我马上微信那位老师,告诉他这个发现。

我说腰撑竟然是可以调松紧的!

他说你竟然现在才知道?

我说我真的一分钟前才知道,我之前就是戴了个装饰。

他说你那是女性主义的戴法,我这种才是现实主义的戴法。

听他这么说,我马上把小方块拉到尽头,给自己戴了一个准确的现实主义。

后来,我把这篇文章发给了那位病友,我说我真是一边写一边笑,又不能笑得太过,腰实在太痛。

他说他这些天也不好过,有时候走着走着,下半身就掉了。

听他这么说,我笑到腰痛死,又不能不笑。

去正骨吧,我说。

他说他不正。

那怎么办呢?

躺着。他说,软的、暖的床,充分地躺着。

我说我不躺,我这么一个永远处在战斗状态中的人,躺着看剧简直要我的命,我刚才还去洗了衣服做了饭。

他说这个病就是让你告别批判现实主义的,还是躺下去吧。

那么躺多久才会好呢? 我问。

躺成浪漫主义。他说,就好了。

精神支持

肖恩在洛杉矶学摄影,有一天他来跟我谈 William Eggleston。

谁是 William Eggleston? 一个摄影师吗?

是的。肖恩说,色彩艺术,他的作品很厉害。很多人都会说他们随手就能拍出来,但是也没见到他们拍出来。当然你会说,这种东西看运气,看时机,我们每一天看的东西这么多,在某一瞬间那个构图很牛,那个瞬间很牛,那个色彩很牛,但是摄影师的功力就在于你能不能发觉那一瞬间,并用你的技术去对当下做一个记录。

我说哦。

我可以买他的摄影集吗? 肖恩说,我的老师叫我去了解他。

就是那个街头出生,然后去上艺术学院,找了好多人贷款才可以读一个学期的老师?

对。

你真的要去学摄影吗? 我说,你看妈妈和妈妈的那些朋友,很多都活不下去。

我想过我的未来,我不太想待在一个固定的办公室坐班,肖恩说。

你得让自己活下去,这是首要的考虑。

我觉得加油还是 ARCO(美国一家石油公司)好,肖恩说。

哪里加油好不用告诉我吧,我说。

ARCO 便宜,肖恩说。

我只好说好。但是摄影集都太贵了,我只能在精神上支持你。而且我刚才去网上查了一下 William Eggleston，他家里有矿，所以可以支持到他去做色彩艺术，可是在他那个年代，色彩摄影是不被看好的，被称为无法表达的东西。

原载于《散文》2024 年第 4 期

第五辑
对 谈
...

诚实是写作的基本条件。

我们的生活已经是一字一句的故事，
微妙的故事宏大的故事，
小故事大故事，
故意戏剧化的文学作品都超越不了那些故事。

最真切的悲悯应该在最深处，
一切表现出来的态度都不是真的。

与王小王对谈：它本来就是一艘飞船

王小王：也许很多人会觉得这不是一部长篇小说，更像是短篇的合集，我倒愿意把它看作是一个连贯的小说（指《岛上蔷薇》）。它有着跳跃的章节，有着散落在各个章节里的人物，有着贯穿一致的气息，它的跳跃也跟主题契合——那里到这里。一口气从头到尾看下来，似乎它不跳跃都不对了。它的跳跃正是它应有的样子，正应是周洁茹的样子。即使它在很多年之后，在你自己说自己已经是"年纪大了"之后，它被重新出版，依旧没被你刻意按照别人认为"应该"的样子改变，依旧是个很多人会觉得"不像长篇"的长篇。你曾经在当年《作家》首发时的访谈中说过，希望自己年长了以后会有一些怎样的突破。仅就这部小说来讲，我觉得你其实并不想改变自己的写作方式。你那样说，大概说明你有着一种叛逆之外的温和。其实除了整体上的跳跃感之外，在每一个故事，或者说每一个小章节的书写中，你的文字也是跳跃的。有的人的"跳跃"会暴露出突兀和思维混乱的缺陷，但你的"跳跃"却非常灵动，使整个叙述呈现出一种洒脱随意、聪明轻盈的美感。你的"跳跃"是有诗性的，这一句和下一句，看似没有关联的两件事，其实有着别样细微的关系。在每一章中，对那些人物的书写也是跳跃的，从这个人到那个人,你的叙述跳来跳去,但可以看出,情感是串联着的。我觉得读文字如读人,这种写法肯定与你的内心相关。你愿意就这种"跳跃"的书写和思维,以及它所关联到的你写作时的思考和你的生活多谈一些吗?

周洁茹:对,我不会改变我的写作方式,我希望的突破是更内省更多思考,慢一点儿再慢一点儿。我总是太快了。我在写作的时候手比脑子快,很多句子没有经过大脑就写出来了。我从开始写作就是使用五笔字型输入法打字,一种快要失传的输入法,但它肯定是最快的输入法。所以我可以在二十一岁到二十三岁的两年之间写了一百多万字,而我那个时候还在一个离家一个小时车程的单位上班。我用周末和晚饭后的时间写作,没有时间,就精确地使用时间。"快"这个习惯的养成也是迫不得已。我不仅仅是写字快,我挂横幅也很快。那个年代在我上班的那个单位,要开一个会的话,就要自己做横幅,先用铅笔把字写在白色的卡纸上——我的领导有一个本事,不用任何工具就可以手写出规范的大黑体,或者宋体,或者任何字体,每一个字比我的头还大。然后我把那些字剪下来,用糨糊贴在红色的横幅上,用熨斗熨平,一边贴一边熨,动作要快,慢了字就会变黄,全部熨好以后抱到会堂,踩着梯子挂上去。这些都是独自一人完成,除了偶尔会找个同事帮忙扶下梯子,很多时候梯子也不要人扶。为准备第二天上午的会,我从下午两点半开始做横幅,五点半下班前就可以做完。会议结束后,再趁着中午吃饭的时间把横幅取下来,因为下午还有别的部门的会,要留空位给别人。用过的横幅泡在水里,等字烂了洗掉,洗过的横幅再一点一点熨平,叠好收好,下次还要用。我那个时代的公务员,真的就是这么工作的,而且真的很穷。这样的工作,我做了很多年。所以我在上班的时候是没有办法写作的,我的时间用来整理档案、开会,写公文和会议记录、会议总结、会议报告。我顾不上我自己的写作,跳跃不跳跃的问题,我没有时间。我都没有时间再看一遍我写的文字。我年轻时候写的字,自己很少再回头看。有一位老师说我太挥霍了,叫我控制叙述。但是青春和才华都是用来挥霍的,不是吗?

王小王:关于它"不像长篇",或者"不像小说",很多人大概提到了小说的故事性的问题。你的这篇小说的确没有一个普通意义上的完整故事,即使在每个章节,或者说单篇内,也没有。可是它也让我重新思考了小说的"故事"。即使我带着先入为主的"没有故事"的观念读它,看完之后,我仍然觉得它是有故事的,只不过它写故事的方式很特别,与固有的故事性不同,容易被按照惯常的认识排除在"故事性"之外。这样说,是因为我的的确确从中看到了故事。你把笔墨分配给更有代表性、更有力量的那些细节,省去了通常讲故事时的串场,也省去了对讲述一个连贯的人生故事的执着。你抽取了人物命运中的片段,用你小说里的话来讲,"三言两语就说完了",可你说得与众不同,更精准,能一下子就切入人心,然后这些片段用很诗化的跳跃式连接形成了一个完整的人物命运。整部小说又用这些人物的故事完成了对"那里到这里"这个大故事的讲述。从中我们完全可以看得清从"那里到这里"发生了什么,什么改变了,什么依旧在。你对小说故事性的理解是怎样的呢?

周洁茹:故事性这个问题,我之前是回避的,就好像我总要回答一些生活里的朋友给我出的一些难题:你小说里那个丢了钱包的人,后来她找到钱包了吗?我说钱包不是真的,那个人物都不是真的。我的朋友就问,那你为什么要写呢?我只好说好吧,她找到她的钱包了。我的朋友又问,在哪儿找到的?我停了一下,说,沙发上。我的朋友就说,那你为什么不老老实实地写下来呢?她终于找到了她的钱包,原来就在她自己的沙发上,你的小说什么都没有说,你什么都不说我们怎么知道她找没找到钱包,以及在哪里找到的呢?我的朋友都是好人,但是人们往往真的需要一个"真的"故事,具备时间、地点、人物、事件的故事,而且事件必须由起因、经过、高潮和结尾四个部分组成,缺一不可。我们从小接受的记叙文教育就是这样的,填空题,五要素,五个都要填,少一个就扣全题分。但是我也得承认,很多时候非虚构真的是比虚构好看太多了,我们的生活已经是一字一句的故事,微妙的故事宏大的故事,小故事大故事,故意戏剧化的文学作品都超越不了那些故事。对于我来说,生活给予我们的故事太足够了,我们为什么总想要超越我们的生活呢。

王小王:除了第二章《他》,其余部分的主角都是女性,即使是第二章给予了"他",也仅是寥寥几语,所以这部小说当然可以解读为"女性主义"。所有的女性人物,包括没有被用在章节命名中的那些,都有已经实现或者永远无法触摸的理想,爱情中的无奈与痛,生活中的欲求和不堪。从童年的朋友到异乡那些匆匆来了又走的伙伴,中国的,印度尼西亚的,美国的,待在美国的来自中国各地的,从各个地方来到中国香港的,那么多的女人在被分到不多的书写中却都各有性格也各有命运,首先我对你这种对人物的把握力很佩服,我觉得这是缘于你有一颗极为敏感的心,能看到最细微的人性。然后我想问,为什么这样?为什么在人们感觉你应该写爱情的时候,你却有一部书写给真正的友谊或者不是友谊的友谊,写给女人和女人之间的情感?

周洁茹:爱情。除了亲人之间的那种情感,我想象不出来还有什么情感叫作爱。男女的情,首先是一种错觉,而且是一种存活时间极短的错觉。我在写作《我们》的时候,心是痛的,真的痛,生理的痛,止痛药都止不了的痛,失恋的痛不是那样的,失恋的痛是钝的,一刀,一刀,也许血流如注,伤口总会结疤。失去友谊的痛是断针入心,会死。我在《我们》里说的,"她们是我的亲人。"我从来没有给过任何一个男朋友"亲人"这两个字。而我的一个朋友是这么解读唯一的那一章《他》的:她被诊断为绝症,他夜半醒来,捧住月光下她苍白的脸,眼泪一颗一颗滴上她的脸颊。他的心理活动是这样的:生活你这是在欺骗我吗?生活你是在玩我吗?绝症啊拖累啊大拖累啊!不堪重负啊!风雨人生路啊!哭!眼泪一颗一颗滴上她的脸颊。我这个朋友拥有世人眼里最完美的丈夫和家庭,她这么理解我的小说,完全出乎了我的意料。

王小王:写现实生活的小说总会被认为缺乏现实,因为我们每个人每天都在庞大的现实中,信息化也使我们见得太多。有很多长篇都有大企图,想尽可能多地囊括现实,展现现实绝大多数都费力不讨好,而在它们故作沉痛地思考现实的时候,你的小说却轻轻地讲述了生活状态的现实,内心的现实,从微小出发,从心底波澜出发,反而传递了更多现实的信息。我从中看到了"70后"一代人的生活图谱,从而看到了属于这一代人的特殊的茫然、漂泊感、空虚和痛楚。对于这一代人的生活和命运,你有除了小说语言之外的话想说吗?也许,也可以再谈一谈"现实主义"的问题——我反而觉得,你的这部小说是一种别样的、却很有力量的"现实主义"。

周洁茹:我们不缺少描述现实生活的小说,但是那些字完全打动不了我。腔调都是做作的,我一行都读不下去,写作者给自己垫了不少木屑板,再高一点儿,再高一点儿。或者有意识地蹲在地上,连同情都

201

是假的。如果我写的什么也能够让你哭,肯定是因为我不在高处也不在故意的低处,任何一个站在旁边的位置,我在里面,我写我们,我不写你们。如果我要写你们,我会告诉你。尊重他人的生存方式才能够得到你自己的尊重。诚实是写作的基本条件,如今都很少见了。

王小王:《岛上蔷薇》写了众多的人物,你自己曾经说这些人物影响了主角,我不知道你心中的主角是谁,但我觉得这个主角是清晰的,无论你写谁,主角都在,主角不是丝丝、小可和蝴蝶,主角是"我"。"我"的故事被众多人物的故事包围着,却也烘托着,像河水载着的一条小船。你貌似不停地在写水流,可实际上你写出了水中漂荡的那条船。是这样吗?这是你写作的初衷吗?这个小说中的"我"跟现实中的"我"有多少关联呢?

周洁茹:我有时候看到一些标注为"自传体"的小说,我心里想的是,自传体小说就能卖得更好一点儿吗?我往往怀疑这种作品的文学性。如果是我,既是要写一个自传体小说,为什么不就写一个自传呢。写作者总是有羞耻的心,并且经常会意识到这种羞耻心。作家们都不去写自己的自传肯定是因为太羞耻了。写作的过程也是剥红洋葱的过程,一层一层,眼泪汪汪,直抵内心。没有谁的心是十全十美的,真诚的自传写作肯定要展示羞耻,至少我现在还没有勇气去做这个事情。我用虚构写作来检查自己、反思自己,而不是暴露自己。我不赞成写作的训练,但我也不赞成虚构和非虚构可以随意切换。虚构作品的魅力当然不仅仅是戏剧性,在我看来,对的虚构作品都是优美的,生活经验的精华。非虚构写作当然得有约束,强调证据,每一个字要负的责任,写作者要负的责任。小说中的"我"是虚构的,现实中的"我"是非虚构的,我对我的虚构写作负责,我认真地写了,我也对我的非虚构生活负责,我也很认真地生活了。

王小王：小说中有很多地方提到电影，很轻盈地使电影中的故事跟小说形成了很好的互文。你喜欢电影吗？在你心目中的好的电影是什么样子的？它们对你的写作有什么影响吗？

周洁茹：我后来不能够阅读，什么都不读，我还能够看一点儿电影。我多少有点焦虑，一个写作者却不阅读，我已经不能够写作，如今阅读也成了障碍。我的一个朋友安慰我说，你什么都不读也可以，因为读了也没有用，你生来就是挥发你自己的，你不吸收，读多读少的意义都不大。我说哦，我不吸收，原来我是一轮太阳吗？生来挥发自己，挥发尽殆，我就可以去死了？我的朋友说你为什么总是不好好说话呢？我的另一个朋友安慰我说，你不是还能看电影嘛，看电影也是一种阅读。从此之后，看电影成为我理所当然的阅读，我再也不会觉得内疚了。我不挑选电影，但是我挑选看电影时的位置，如果我没有买到最后一排中间的那个座位，我会等，有时候等着等着电影就下架了，我把它放入我的缺憾列表，表单已经很长，我的阅读列表就是由许多没有看就不见了的电影组成。如果人生的缺憾也可以列一个表单，我相信它一定也很长。我去美国以后看的第一部电影是《穆赫兰道》，很多时候我们在某一个时期看的电影，也是我们自己人生的寓言。

王小王：你在香港的生活状态是怎样的？是因为环境的改变让你的创作状态有所改变吗？当年在创作上你风头正劲，又为什么选择去美国呢？针对当年你的创作态势来讲，那似乎是一个沉寂期，你的内心有焦灼吗？

周洁茹：我可以从工作模式直接切换到休假模式，也可以随时再切换回来。我的工作模式往往是在冬季，醒了写，写到睡着，不吃饭，早饭和晚饭都不吃,吃饭太浪费时间了。休假模式就是一个字都不写,做饭、洗衣服、拖地板等所有的家务。我的每一年中有十一个月是休假模式。环境的改变不改变我的写作状态。我的一个朋友觉得我总是不好好说话,于是她替我说了这么一句,"对于一颗只要想一点儿时间安静写作的心灵,无论身在何处都没有太大的区别。"我几乎忘了我去美国以后的状态,沉寂期以及焦灼感,到底是十多年以前了。科学家说的,如果一种状态可以维持六个月,那么这种状态就成了一个习惯。我维持了六个月不写作,于是不写作成了我的习惯。在此期间我肯定焦灼,但是不是为了写作,而是生活。实际上我离开的时候,有人是这么嘱咐我的,你要好好地生活。我也努力地去做到了,好好地生活,在美国加州,在中国香港,在以后的人生。生活永远比写作重要,这一句,我记到现在。

王小王:你写过一个《十年不创作谈》,我不知道你是不是真的没有创作。对于自己的文学理想,你有过新的思考吗?经历了从这里到那里,又从那里到这里,你觉得自己对文学的理解有什么变化吗?如果重新投入从前那种创作状态,你的写作会有什么样的改变?

周洁茹:我有一个朋友说他挺喜欢我的,我说喜欢我什么?他说你的坚持。我说我坚持什么了?他说坚持十年不写作。我喜欢有人喜欢我,但是我不知道如何回应这种喜欢。我还听到一个人对我说,你走了为什么还要回来?此处是不是再加配一声叹息更好。我都不敢轻易地回答这些问题。我想的是,如果小龙女生了孩子,会不会有人真的痛哭流涕,女神真的是用来供的,不是用来用的。小龙女生孩子也许只是她想要的生活,可是会不会破坏他人对传说的幻想?他们会说小龙女你真的太自私了。我也许不记得我是怎么不写作的了,但是我清晰地记得 2014 年秋天的一个下午，有个朋友邀请我去她的派对，我涂了口红，我已经有十年没有涂口红了，下楼的电梯里，我觉得我还挺好看的，我给自己拍了一张照。然后我就回来写作了。我热爱的电影《普罗米修斯》里有一个终于飞起来的工程师飞船，它已经被埋了十万年、二十万年。它肯定是会飞的，因为它本来就是一艘飞船。

原载于《作家》2016 年第 8 期

与杨晓帆对谈：我们当然是我们生活的
参与者

杨晓帆：似乎一提到作家周洁茹，大家就要问："十五年前，你为什么放弃写作，离开中国？"我总觉得这个问题与文学无关，更像是娱乐记者在发问前就已经开始脑补剧情。读过《岛上蔷薇》的几篇创作谈，我其实有这样一个印象，你选择写或不写，都是很清晰的决断。你说："美国替我找了不能写的原因，还有放大了的受伤感。要我在三十岁前承认这些，我真的没有勇气。我现在回来写，因为我已经不像年轻的时候那样在乎转身时的华丽了。"我很惊讶你的直白和不加掩饰。"离开"制造了一个距离，我不认为这个距离是指语言或地域上的离散，这个距离是在你和自我、和1999年写《小妖的网》的周洁茹之间，你是用急刹车的方式强行中断了一种太容易成功的写作惯性。之前的"我"太有个性和腔调了，拉开距离反而才能体会到小说中"我"作为观察者和叙述者慢慢积攒起来的生活实感。今天再回头看最初的创作，你会怎样评价？

周洁茹：我确实也面对过娱乐记者，《小妖的网》出版以后，如果把那些真问真答真的贴出来，真的可以很好笑的。我不回头看自己的创作，肯定太用力了，但是如果我可以回一下头，我也会觉得年轻时候的我真的太棒了。我喜欢你对于我的离开的理解，我终于不用再次承受"放大了的，离开了母语环境，离开了祖国的伤痛"，实际上我也不是那么伤的，可以这么说，我"离开"的时候头都没有回一下，是的，我只是离开了我自己，"用急刹车的方式强行中断了一种太容易成功的写作惯性"，有什么可痛的呢。我为我年轻时候的小说骄傲，也为我还能回来写感到骄傲。我喜欢我的二十岁，我也喜欢我的四十岁。

杨晓帆：我愿意把你新近出版的《岛上蔷薇》读作一部长篇，因为有它独特的结构意识。第一篇《我们》应该是你去美国前的最后一个作品吧？这篇小说的节奏感很好，作为问题少女的纯真时代是不知不觉间就成了回忆的。这样的题材难得没有时下流行的"致青春"的矫情，没有撕心裂肺的遗憾或悔恨，时光就这么糊里糊涂地过去了，人和人之间的关系在你一言我一语中发生微妙的变化，女孩子就成了女人。后面再写"我"在海外旅居辗转等，都像是不断重复"我和我的朋友们只能是四个"，是对《我们》的不断追忆与告别，是把《我们》中的失去放大，让人更清晰地看到女人的处境和改变。为什么要用旧作《我们》作为开篇呢？第二篇《他》也很特别，一个男人，在一个片段里关联起前后"我们"和"她们"的故事。能谈谈这两篇作为开端的用意吗？

周洁茹：《我们》是最后一部小说，我中止写作的意愿很强烈，甚至不愿意把它写完。但我又有一个顽固的强迫症，没有做完的事情，就是隔了一百年，我也会把它做完的。我就把《我们》写下去了，于是有了《岛上蔷薇》。尽管已经隔了十年，还好只是隔了十年，我有足够多的时间。至于第二章《他》，我不介意把它贴在这里，实际上整个章节也只有一句——"被诊断患绝症，晚上有点睡不着，然后发现他也没睡着，月光也很暗淡，他捧着我的脸，他的眼泪滴在我的脸上，一滴一滴。冰凉。"确实是这样,真的多一个字都不可以。对于这个唯一的男主角,我没有解释。

杨晓帆:《岛上蔷薇》里有的篇目在《请把我留在这时光里》是以散文形式出现的,比如《秀芬》又题《新港》,《婷婷》又题《纽约啊纽约》。这些篇目被组织到《岛上蔷薇》里,重心就从地域、城市空间转移到了人物身上。你用心写了"我"身边很多女人的故事,不同种族、阶层、性格、命运,但第一人称"我"的情绪里又总在传达一种漠然,把"她们"拉近又推远,在朋友、闺密与陌生人之间。你笔下没有典型人物,没有写女人故事容易写出的复杂关系,整本书读完甚至会把人物搞混,每一个单篇标题所指的人物,常常不是这篇中占篇幅最多的,有的要到最后才出现。你怎样理解"我"和"她们"的关系?我觉得这也是你作为职业作家和周遭事物以及笔下人物的关系。

周洁茹:《岛上蔷薇》最早刊发在《作家》杂志,那时的名字还是《从这里到那里》,以回望时间和空间划分章节,《香港》《新港》《艾弗内尔》《新泽西》《纽约》和《加利福尼亚》。创作谈《十年》中说过:"我何必隔了十年再回来写,如果我已经不能够令你惊喜。如果不进步就是退步,如果我仍然重重复复,如果语言都有过时的那一天。要么我从来不曾好过,只是我们都有了好的错觉。我十年不写,我也不要交代什么,写或者不写,我自己算得清楚。写作不是秀,浪潮来浪潮去的。"这是我写过的最简短的创作谈,我也没有更多的话要说。我已经说得太多了,都是多余的话。有人对结构提出了质疑,我用一句"这是我风格的长篇小说"做全部的回应,我当然不是要跟谁战斗,我只是一直在用我的方式回答问题。然后有一位老师给了这样的评论:"自我任性、带点叛逆、价值含混、自己都不知道要什么却小心翼翼地对待生活和朋友",简直不是对我作品的评价，是对我的评价，但我很感激他。我一直以为这部小说是永远出版不了的，所以有一个机会出版随笔集的时候，就把一些章节拆散、更改，收入随笔集。能够在小说和随笔之间切换的语言，不知道是我的幸福还是不幸。小说后来能够出版，完全出乎我的意料，只能在这里感谢江苏文艺出版社和我的编辑，孝阳和汪旭。只是《从这里到那里》更名为《岛上蔷薇》，我倒愿意是玫瑰，浓烈，特立独行，我就去查了一下，蔷薇又是什么花？我看到一句"密集丛生，满枝灿烂"，这个问题马上就不是一个问题了，我确实是写了一群女孩，每一个寻找自己想要的生活的女孩，真的就像野蔷薇一样。我就写了创作谈《蔷薇是什么花》，并且为了契合书名，把每一章的标题更换为人物，同时调转了整本书的顺序，"这里到那里"成为"那里到这里"，也是我真实生活的地理顺序，常州到加州，加州到纽约和新泽西州，再到香港。我不惧怕我会再次面对结构的问题。上一个故事的结束，也是下一个故事的开始，这就是我的结构。写不同的人，不同的故事，这些人和故事又互相关联，也许我仍然被我自己限制，但是每一个人都是必要的，他们的作用在于与主角的关系，他们影响了主角。

杨晓帆：修改旧作似乎是你主动并且重视的一项工作，比如《生病》，你注明由 2002 年的《逃逸》改编，修改最大的部分是什么？你的小说里张英、蝴蝶等名字重复出现，每一篇小说似乎都构成了她们人生中的一个片段，有了前传后传，你是有意这样创作的吗？

周洁茹：实际上我重写了三篇旧作，不是修改而是重写，重写或者修改当然要比写一个全新的费劲多了，我已经在创作谈《自己的对话》里说过，"有一些混沌的期间，我写了两个混沌的小说，还好只写了两个，第一个五年，我大改了其中的一个，小说变成散文，另一个中篇，终于在十二年以后,删去所有无用的话,成为极短的短篇。这口气才咽了下去。"这里提及的两篇小说,《回家》留了一些句子,成为随笔《乔》,《逃逸》两万字,删一万七千字,重写,成为小说《生病》。很多时候强迫症的一口气真的可以憋很久的。我在去年年尾重写了二十年前的小说《林先生的房子》,因为当时在做小说《艾弗内尔的房子》的英译,我想起来《林先生的房子》是我唯一被翻译成德文的小说,就把它翻出来看了一下,越看越不能忍,于是忍不住地重写了一遍。我不能再使用强迫症来解释我所有的行为,"修改自己的小说,甚至是十年前的,不是执着,不放弃,爱惜羽毛,实际上我从不执着,我也经常放弃一些什么,人或者事情,我只是对我自己狠。我还要什么羽毛。我若是这么狠,我就会停十年,不读,不写,也不跟人说话。"至于重复使用人名的问题,这么干的人好像还不少,我不关心其他人的意图,对我来说就是我太懒了,我往往随手拿一个名字来用,拿到什么是什么,有什么就用什么,如果可以的话,我真是希望我所有的主角都叫作——。

杨晓帆:《岛上蔷薇》里有的片段很适合改编成话剧独角戏,是一个女人的独语。她是最有生活智慧的,但又拒绝这聪明,所以消沉,要把自己封闭在时间之外。你的散文集题为《请把我留在这时光里》,海外旅居、中断创作的经历似乎让你对"时间"格外敏感,这是不是也成了你创作中不断回溯的一个主题?

周洁茹:时间。因为随笔《请把我留在这时光里》,过去的一年我真的是谈了太多时间,甚至在一个"对青年人的寄语"说出了"时光是这个世界上最强大的力量"这种话。我也在很多回答里解释了书名往往是由出版社决定的,如果你一定要把《请把我留在,在那时光里》唱出来我也没有办法,但是编辑告诉我,我可以自己决定书名的英文,于是我向艾略特的诗《四首四重奏》致了个敬——"Time present and time past/Are both perhaps present in time future,现在的时间和过去的时间，也许都存在在未来的时间"。《请把我留在这时光里》的英文书名是 *Time past Time Forgotten*。我也在《岛上蔷薇》里写了许多时间，"我看到了时间的相貌，它是一张金属的大嘴，满是尖利的银牙。美国是一个时间洞，我们在进入的时候睡着了，幸免于难，金属嘴在我们的心上留下浅月白的印，却没有破坏我们的容貌。"我相信有一个角度会先看到我们死亡，再看到我们出生，无因无果。时间不是流逝的，流逝的是我们。

杨晓帆：在你的小说里读到过好几处对张爱玲的引用，你怎样看待这位作家？你写女人生活处境的一针见血和不起波澜的冷静，像张爱玲一样写到极致，但你的写法更简白。语言是非常口语化的，看起来记流水账一样漫不经心，但在一些关键处会突然中断或者插叙、转向别的故事。像《小树》里剥掉所有幻象的爱情，你写小说似乎都是做减法，没有什么冗余。现在文学研究喜欢谈张爱玲及其海派传人的"日常生活叙事"，小儿女、小日子，你写的也是日常，交通、吃食、闲谈，你怎样看待这种写作中的日常性？不知道是不是中国文学里总有一种载道传统，再捆绑上男权中心的无意识，一写小打小闹、写日常仿佛就成了女作家的专利。但女作家里也有万千种风情和性格。或者除了张爱玲，还有哪些女作家你会感兴趣，或者读了觉得有对话？你怎么看"女性写作"这种标签？

周洁茹：我想的是，你问了这个问题，实际上你也回答了这个问题。我喜欢你关于"减法"的说法，我之前一定是说过，如果我会被什么东西杀死，那一定是被无穷无尽的东西杀死。如果我能够选择，我愿意死的时候像张爱玲一样，酒店拖鞋、纸箱、行军床、空房间，真的就是我的终极理想。我对日常生活已经很厌倦,交通、吃食和闲谈,一切,我相信张爱玲后来也是开始过一种去生活化的生活,我对那样的生活充满向往,并坚信有一天我会过上我要的这种生活。我对除她之外的作家都没有兴趣。她在我这里没有性别和年龄。

杨晓帆:我非常喜欢你的香港系列小说。在读之前,也看到你认为自己的语言已经过时了的说法,但读过后,我反而觉得你终于不用再以语言或腔调取胜了。我并不觉得你的小说是地方性的,也不是今天时髦的城市文学,你写的是独特的社群生活,就像人离开了故土根性反而更鲜明,散布在不同生活空间里的中国人、外国人、富人、穷人、男人、女人,这些异质性的不同层次内涵的分类法被打乱,那些特别丰富、自相矛盾的人生活中共通的东西才被格外澄清出来。旺角、佐敦、广州、深圳,这些地理空间只是一个舞台,或者小说中角色做出生活选择时抓住的道具和借口,她们有的实在是庸常市侩的小人物,但因为被渲染得景观化了的香港,她们的生活里就有了一些传奇。《到香港去》应该是这个系列的第一部作品吧?最初发表在《上海文学》2013年第9期上,能谈谈这篇小说创作时的情境吗?为什么这篇小说写完后又有两年的中断,才再次以《旺角》开始?

周洁茹:我刚才看到我在一个活动的速记,简直不敢相信,我在人多的场合说起话来是这样的:"……我走的时候,有人对我说,你要好好地生活。我就去生活了。后来到香港,再开始写,之前十年没有写了,也不习惯写的状态,当时写了一批小说,因为刚刚回国,想很努力地适应,可是'我城'已经不是'我城',你回来了,但是也没有人再要你的那种感觉。你自己也觉得回不去了。所以很快就放下,没有再写。在香港住到第七年的时候,有一天我想到说如果你现在还不回来写的话,那什么时候再回来呢？于是又再开始……"所以我所有的中断和重新开始，都是因为我在挣扎。我的一个朋友说，"她已经在香港生活多年，但对那座城市依然有隔膜。她写创作谈《在香港写小说》而不是《在写香港小说》，也是说这种感受。但是我不认为她笔下的地点只是一个平台或者背景，事实上，从她写作开始，地理就是一个很重要的向度，标志着她某段无法替代的经历和感受。香港系列那些名字，不同的地名确实有不同的社群和文化，它们共同表征人们也包括她自己对于香港的想象。"我认同所有对我的小说的不同的理解，对于一个写作者来说，最好的回应就是被读到。

杨晓帆：你的小说中对女性的态度常常是又有讽刺又有同情的，你的重心不是写外在生活对女性命运造成的苦难，反倒常常是写女性自己的麻木和默许，或者女性之间的互相伤害。《幸福》里那段"问题出在女人，是女人认为那是幸福"的讨论非常精彩，有些女人认为男人牺牲快感主动戴套就是爱，但小说中的蝴蝶却说："这难道不是应该的吗？"你的小说中的男人常常是无名的，无始无终的，在最艰难的处境里往往是女人对女人倒出她心底或许早已明白的真相，女人给女人慰藉。你是怎样看待生活中的性别关系的？跟七年前还有些孩子气的青春絮语相比，你觉得自己写女性心理和生活有没有什么新的体会？

周洁茹：我自己完全没有想过这些问题。卡佛说，我没有任何计划，只是写。真是让我印象深刻。我写的时候也不确定我自己的态度，我就是写。 个朋友跟我说："你把生活拆解了，拼成万花筒，支撑文章的是连贯的情绪。你本来并不相信确定性，不确信生活有真实的一面，不确信爱情理想未来，小说里却不停追问确定性。小说怀疑生活本身就是一种意义，但在这个时代，生活已经被怀疑嘲笑够了，再追问爱情理想未来确定与不确定,意义已经不如从前。小说的痛感,应该揭示时间、现实对内心生活的残害,不是书写情绪就能表现的。人生的意义已经不需要怀疑和追问了,文学的价值在哪里,这是严肃的作家想想都要崩溃的问题。"尽管我完全不明白他说的是什么,他说到一半儿的时候我就已经崩溃了。但是他似乎确定了我在小说中不倦的追问和怀疑,留存在这里。

杨晓帆:《尖东以东》写到"70后"女人与"80后"男人的故事,把这篇小说里的代际差异去掉其实也并不影响小说的表达,为什么会想到要以代际来设定人物?这篇小说里关于"奔跑的男人"的小片段,每一个都可以读作精彩的超短篇。逃走的男人倒也成全了女人们,但用离婚成全旅行,用旅行成全找到了自我的虚荣感,最后就像那只猫,都是凉薄。这篇小说跟你的通常风格略有不同,有更尖刻的讽刺。你怎样看待小说中的讽刺,或者说叙述之外的议论?

周洁茹:"70后"女人和"80后"男人,不就是一个大讽刺吗?我不讽刺,我们的世界绝对会给到他们足够多的讽刺。我只是擅长叙述逃走的男人,这种形象在我的每一篇小说里几乎都有,不仅仅是《尖东以东》,还有令我自己印象深刻的二十年前的小说《像离了婚那么自在》,二十年前,或者二十年后,每一个男人仍然在逃跑。这个世界真的就是这样的。其实这个小说的笑点还不是跑不见了的男人们,而是那个"80后"男主进取的心,实际上我写的时候已经笑不动了。

杨晓帆:"在香港写作"和"香港文学"是两个概念吗?你觉得目前在香港和内地两地发表会不会有什么差别?你在香港也做编辑,也参与其他一些文化活动,能不能谈谈这些文化活动对你创作的影响?

周洁茹:香港文学的话题太大,我还没有准备好来讲。我之前谈过的《在香港写小说》是我个人的经验,不能代表任何香港作家,只代表我自己,我现在住在香港,我写作。我肯定会写与香港有关的作品,但是不会只写这个,江南记忆和留在美国的青春,都是更珍贵的资源。一定要谈两地发表的差别的话,在香港的发表是没有多少人会看到的,当然在内地的发表也没有很多人关心,发表对于我来说,不过就是我还活着的意思。我曾经做过一年《香港作家》的编辑,对我的影响就是,我再也不想做任何编辑了。

杨晓帆:接上一个问题,能不能谈谈对城市文学的理解。中国内地最近这几年城市文学写作相对之前声势浩大的乡土文学写作传统,似乎还是个新鲜事。你在纽约、香港这样的国际化大都市生活过,你所理解的都市经验是什么? 有时候觉得国内年轻作家对城市经验的表达,很多时候有点舶来模仿的味道,是卡佛式的、耶茨式的、菲茨杰拉德式的,怎样想象与书写城市,作为中国作家有没有不同于西方作家的特殊性?

周洁茹:事实上我不知道乡土文学是什么,即使我读过一些此类的作品,我仍然分辨不清楚韭菜和小麦在田野里的差别。我为什么要去了解我没有经历也没有兴趣的生活呢? 我当然敬重写乡土的作家们,我尊重所有的选择。作家对题材的选择很多时候与他们身处的环境也没有什么关系,有的人后来一直生活在大城市,可是永远都在写农村,而且只擅长写农村,我想的是,农村经验或者城市经验,都是由童年生活决定的。至于模仿的问题,很多时候大量的阅读并不完全是一件对的事情,至少我的经验是,少阅读和不阅读,就完全不会出现"梦中偶得"那种事情。

杨晓帆:能谈谈你的个人阅读史吗? 你提到某一个时期看的电影,

可能是人生的寓言。《请把我留在这时光里》有几则电影札记,今天人们喜欢谈全媒时代的文学,你曾经考虑过把小说改编成其他视觉形式吗?

周洁茹:我读童话,然后到了二十岁,中止了所有的阅读。我在不阅读了以后写过一篇《阅读课》,回望了我的个人阅读史,多数也是与童话有关。我后来读过一本《芒果街的小屋》,美籍墨西哥裔女作家桑德拉·希斯内罗丝的作品,她那种语言的节奏和气韵令我特别着迷,我也总是特别偏爱描述残酷童年的作品,我自己也是这么写作的,在我还很年轻的时候。我们都在伤害中长大,但是从来没有停止过寻找未来和梦想、真正想要的生活。读完这本书之后,我真正停止了写作,直到十五年以后,再回来。我有时候吐出 Esperanza 这个音节,毫无意义的,直到有一天我突然意识到 Esperanza 是《芒果街的小屋》那个女孩的名字。这个女孩从墨西哥移居到芝加哥,经历身份认同、男权制度,妥协和反抗,这个女孩的名字读出来,就像是一朵花,开在舌尖上。于是我知道我对于写作一直牵挂,即使我没有再写一个字,我也没有真正放下。我在上海做分享会的时候认识了一个小朋友 Heather,她说:"你会那么喜欢《芒果街的小屋》,是因为你天生就知道这种人运用词汇的方式跟你很贴近吗?Esperanza 叙述的生活是平静的,诗化的,而这种诗化来源于,她对生活采取了一种旁观和流浪的态度,看你的文字也有一样的感觉,平静,但底下蕴藏着很深的情感,对于生活你更愿意做一个参与者还是旁观者?"我说我们当然是我们的生活的参与者。Esperanza 也是,她的诗的平静,都是因为她真正地生活在生活里面。我们决定不了我们的愿意或者不愿意。所有能够旁观自己生活的,不是精神分裂吗?当然我相信艺术家都是分裂的,看别人看不到的,听别人听不见的,分裂的心能够创造艺术。真正的意识从身体的脱离,这样的情形我只遇到过一次。一次很正常的晚饭以后,我从客厅的一边走到另一边,速度也不是很快,但是我的意识脱离了出来,提前了半步的距离,我的身体没有跟得上,是距离,不是时间,我就往后看了一眼,是的我是在我的意识里面,而身体在外面,所以我是往后看了一眼,这些都不是语言可以描述的。身体按照惯性继续往前,我和我的意识停留住,让身体追上来,重新缝合到一起,一切就是这样发生了,我扶住桌子,让自己真正的稳定下来。我不想再遇到第二次,我害怕第二次我的身体没有能够赶上来,或者我的一些部分飘离掉,再也回不来。尽管我有时候也会想,意识的残缺是否能够让你写得更疯一点儿呢?我只是想想的。好在这个世界上的多数艺术家都在控制自己的分裂,要不然整个世界就是疯子们的了。去年有个公司要把我的小说《一瓶咖啡的旅行》拍成短片,文案做得很好看,我甚至成为他们公司的文学顾问,可是最后他们通知我他们要改拍另一个惊悚片,因为他们只找到了惊悚片的钱。我仍然要送出我的祝福,希望他们拍出更多更好看的惊悚片。因为我也写过一部小说《纽约啊纽约》,电影《纽约纽约》的导演罗冬在香港工作的时候就请我吃了一次许留山,这是我距离电影行业最近的一次,感谢罗冬,也祝《纽约纽约》大卖。

杨晓帆:你说过自己更偏重于写短篇,但我觉得你的小小说更接近我们一般对"短篇"的认识,你的"短篇"反而有中篇或小长篇的余韵。我们习惯性认为作家还是要以长篇比高下,但今天这个时代的长篇是不是还能按照之前的艺术标准来衡量?你怎么看这个问题?

周洁茹:我敬佩所有写长篇的作家们,我自己实在没有那么多话要说。我没有耐心。更多长篇的话,我已经在《对于文学我还能做点什么》里说过:"对于写作,我没有做什么,没有了我的写作的地球,也不会转慢一秒。可是写作为我做了太多,很多时候完全是写作挑选了你,而不是你挑选了写作。我可能要重新开始一个小长篇,从那个没有写完的小说《我们》开始,尽管我是说过你要一个座位你就得有一个长篇小说这样的话,但是请相信我,我的写作绝对不是为了一个座位,我会站着把它写完。"

原载于《芳草》2016 年第 6 期

答伍岭问：我们都是来地球飘泊的

伍岭：《吕贝卡与葛蕾丝》是这本集子里其中的一篇小说，但为什么会想到将它作为整本书的标题？

周洁茹：出版社的安排，很多时候我们并不清楚推广部的意图，就好像封面上还印了"冯唐路内棉棉推荐"，一切都不是我能够控制的，当然了我会配合，我不配合我所有的书都出不来了。这次在香港书展名作家朗诵会上读的那段《旺角东》也是出版社的安排，听起来像是我被经纪人控制了，实际上我没有经纪人，很多作家都没有经纪人。作家们往往得自己经纪自己，大家都知道的，多数作家在经营自己的方面并不擅长，友好的出版社编辑就会做多一些，减轻一些作家的工作量。

伍岭：这本书收录了十四个短篇，但每个故事又环环相扣，甚至可以看作是一个长篇。写这十四篇小说之前，是否有过整体的规划？

周洁茹：我不规划。一切都是自然的。我的人生都不是规划好的。我在写我父亲的散文《父亲瘦了》里也写过，"有时候也会想一想父亲说过的话，想多一步，再多一步，那样经过计划的人生，是不是对的人生？我有没有准备好去过中年人的生活，我也不知道。"随其自然。一切安排都是最好的安排。

伍岭：虽然读起来了感觉像个整体，但在最后一个单元里还是看到了一些不一样的东西。比如同一个场景、同一件事情，您用了不同的视觉去展现，为什么会这样去写？

周洁茹：指的是小说《到南京去》吧，这是我二十岁时候的作品，原载《青春》1997 年第 10 期。《吕贝卡与葛蕾丝》整本书基本上都是我四十岁以后的作品，旧作就收了两篇，《到南京去》和《到常州去》（《青年文学》1998 年第 9 期），不会是这两篇小说写得特别好，为什么要收？我也没有与编辑沟通过，也不用沟通，我用猜的，全书都是城市——纽约、香港、广州、深圳……干脆把南京和常州也带上了，我就写了这几个地方。我前些天还在朋友圈讲到这个小说，因为是我最好的性骚扰小说，写的是一个女孩从常州去南京，在火车上，被一个大叔孜孜不倦地骚扰，这个女孩忍无可忍啊，南京站快要下车，终于泼了那个呆×一头一脸水。我那个时候很喜欢说呆×这两个字，南京男人教我的。我现在不说了。二十岁就是很自由啊，写篇小说都很自由的，我想怎么写就怎么写，第一段的"我"，是这个被性骚扰的女孩，用"女孩我"的眼睛来叙述整个事情，第二段的"我"是实施性骚扰的这个男人，我很满意我的这一段写作，可以这么说，那个时候的我揣测一个中年男人的动机和行为还是蛮准确的，他觉得年轻女孩都是妖精。第三段的"我"是一个旁观的阿姨，整个过程她就是冷眼旁观，也符合一个现实的状况。如今我也是一个阿姨了，如果我遇到我小说中的这个场景，应该也是一个旁观但是密切留意的状态。可以这么说，人的行为与时间都是没有多大关系的，这个小说放到今天来看都不会过时。一切都是准确的。

伍岭：读您的小说，代入感是很强烈的。从您写的第一句话开始，就感觉是在写我们自己的事情，没有前期铺垫，也没有交代背景，甚至连人物冲突都很少见,但就是有一种亲近。这是您一贯的风格吗?

周洁茹:感谢您这么说,强烈的代入感。我的朋友塞宁小姐说过,"周洁茹有奇怪的逻辑和叙述方式,谁读她的书很快说话就变成她的逻辑,一种重度昏迷却开不了那边门的逻辑。"如果我的语言真的有这么大的魔力,我应该带大家去跳舞。

伍岭:您的作品展现了都市人,尤其是都市女人在生活中的种种挣扎与无奈,通过女人的视角来看世间万象,是不是会显得更为细腻?

周洁茹:我是一个女人,再刚烈的女人也不会成为一个男人。我满意我的视角,我也满意我在现在是一个女人。如果你对做女人厌离,好好做人,以后可以脱离女身,但是做男人应该也很厌离吧? 我不知道。我的精神追求是不再做人。

伍岭:人们的欢喜也好,悲苦也罢,您的文字都是相当克制的,这种克制写法因何而来? 它又会给人物与故事本身带来什么?

周洁茹:我自己很克制啊。哭都是不出声的。

伍岭:无论在纽约、香港、广州,还是南京,人生的困境似乎都是一样的,我看一个词,那就是"漂泊",在他乡是漂泊,在故乡也是漂泊,为什么会这样?

周洁茹:我们都是来地球漂泊的,《西部世界》说的,所有的人类,他们都是乘客。当家做主的心态,不知从何而来,就好像很多人良好的自我感觉。我是这么想的,为什么要残酷对待地球? 地球不是人类的,月球都不是人类的,纽约或者香港又怎么会是一个个人的或者一群人的? 人类从来都是寄居者、经过者。了解了这一点,也没什么了。

伍岭:当"我的城已不是我的城"的时候,那它又会是谁的城?

周洁茹:我曾经计较所有我离开后去我的家乡定居生活的外地

人,我觉得他们争夺了我的故乡本应只赋予我的爱与一切。我甚至给我的故乡写过"他们占据了你,他们和你一起生活却不说你的话,他们怎么能够像我爱你那么爱你"这种话。真的都要笑出眼泪来了,这种心态好奇怪,都有点变态了,要反思。如今我也定居在别人的故乡,肯定也有人跟以前的我一样,痛恨所有的外来者,称他们为掠夺者。如果我是最后一头长毛象,真的要踩死所有的矮小人类才好,因为一头长毛象并不会意识到它自己也不是这个地球的原住民,小强才是。是小强吗?等一下去查一下。我有时候看玛丽苏电影真的笑死了,男主(对女主)大吼:你是我的!你是我的!我在心里想,你的你的?太搞笑了吧,她都不是她爸妈的。我只能够跟我自己再坚定这一点,城不是任何谁的城,地也不是任何谁的地,地球都不是人类的地球,人类不可以对地球宣布主权,人类要停止污染地球。

伍岭:您在去年还出过一本散文集《一个人的朋友圈,全世界的动物园》,似乎也有这种对城市、对人群的疏离感。您能说说这种感觉吗?您对于世情与人情把握得很准,对一个作家来说,这是否是要时刻保持的敏感?

周洁茹:有一种人,从小就不跟别人一起玩,有一个词可以总结他们,不合群。这种人小时候不合群,长大了也不合群,但是有什么不好的吗?疏离感也是天生的,所以这种人虽然天生被剥夺了卖保险的能力,但是他们可以做别的啊,比如写作啊。所有的感觉都不是需要保持的,一切都是与生俱来的。

伍岭:其实《吕贝卡与葛蕾丝》与《一个人的朋友圈,全世界的动物园》可以搭配来阅读,虽然一个是虚构作品,一个是写实的散文,但两者互为阅读上的延伸。您觉得是这样吗?

周洁茹:我也觉得是这样的。希望大家买《吕贝卡与葛蕾丝》的同时也把《一个人的朋友圈,全世界的动物园》买了。谢谢,谢谢。

伍岭:您在写作上有个中断的经历,而且时间还很长。是什么又让您重回写作,以及您又如何找回写作状态的?

周洁茹:神秘力量。我原先以为只有我被赐予这种力量,中断十五年又回归写作的作家根本就没有嘛,后来我发现还是蛮多的,香港的钟晓阳啊、深圳的刘西鸿啊,今年也都推出了新作,个个来势凶猛。而且大家也都很爱护这些复出的作家,不容易的。

伍岭:您曾说过,您写得最好的小说是 1997 年的《花》,现在这本《吕贝卡与葛蕾丝》是否超越了您自己的《花》?

周洁茹:不可能啊。《吕贝卡与葛蕾丝》不可能超越《花》,2018 年超越不了 1997 年,我的四十岁也超越不了我的二十岁。这个关系不是一个互相超越的关系,谁的过去都不是用来超越的。我最好的小说肯定在未来。

伍岭:如今生活在香港,能按照自己的生活节奏来写作吗?

周洁茹:不能。我现在是编辑,很多事务性的工作。第一个问题我就说过了,作家们没有经纪人,很多事情就要编辑来做,不夸张地说,编辑们都得三头六臂再蹬个风火轮才好,要做的事情太多了。在此向所有的编辑(包括我自己)表示敬意。

原载于《晶报深港书评》2018 年 9 月 14 日

答张莉问:性别观与文学创作

张莉:每个人都有自己的生理性别,同时也有自己的社会性别。请问,你是怎样理解自己的社会性别呢? 其实,作家性别观的生成是复杂的,它与家庭背景、教育背景,或者人生际遇都有重要关系。你认为自己的性别观真正生成是什么时候,有重要契机吗?

周洁茹:我认识到我是一个女孩,大概是在三岁的时候,爷爷去世,黑色棺木停在大屋厅堂,大人们在外面忙碌,我在房间里画画,画一个房子,画来画去画不好,叫来母亲帮我画,以为会挨骂,可是没有,母亲一句话没有说,画了一个房子给我。她的眼睛是红的。然后我画了门和笔直的烟囱、门前的小路,门把是圆的。一座大房子,房子的两旁画了两棵树,还有蝴蝶。一个小女孩的视角。后来我总是画小女孩,哭的女孩,笑的女孩,指甲长长的女孩,眉毛弯弯的女孩,各种各样的女孩。我清晰地知道我是一个女孩。清晰地记得童年夏天用毛巾被围住腰假装是小姐的拖地长裙,一个小姐走过来,一个小姐走过去。我从来没有画过男孩。我希望我的社会性别是中性。尤其在我选择了现在的这个工作之后。我对我自己的严苛,似乎与社会对待女性的严不严苛也没有什么关系。我希望我个人在做事情的时候避免冲动和粗鲁,也避免软弱和犹豫。我尽力了。二十年前的"美女作家"事件已经给了我足够多的伤害和不尊重,我说我早就不在乎了当然是假的,我当然在乎,而且很计较。时代和任何个人不需要给我一个道歉,这一点是真的,但是要记得。就像我说过的,擦掉那一代"70后女作家"曾经作为"70后写作者"存在过的事实,并不会让这一代"新70后"的文学身份得到多少提升。

张莉:你如何理解作家性别观与作品的关系?它是直接影响,还是内在渗透,又或者,作家的性别观是性别观,作品是作品,性别观与作品本身的性别意识是分离的? 你如何看名著里的性别观,比如《水浒传》里的"厌女症"。

周洁茹:我没有读过《水浒传》,我童年时读了《西游记》,可以这么说,《西游记》真的是一部没有性别观的作品,现在想起来,我对某一个角色,都不是马上能够分辨得出它的性别的。尤其那些妖怪,简直是随心所欲,想变什么就变什么,都没有什么确切的动机和意图,可能妖怪的境界确实有限。比如白骨精,一会变男的,一会变女的,一会变老的,一会变小的,可是它的每次变化,都还很贴合当时的场景要求。现在想想,我从《西游记》学习到的,可能只有一点,没有经过特别的练习(火眼金睛),是认不出来妖精的,唐僧都认不出来,我们更认不出来。我们就是普通人类嘛,这一点要接受。后来在戏院看一部评分很低的电影《三打白骨精》,里面有一句台词:"他们想要的是真相,我看到的心相。"还有人笑,不知道有什么好笑的,皮相都是假相,这一点我是认同的,心相又是什么?可能也只有修行过的人才知道。人类的境界也很有限,这是我现在的认识,或者要进行到一定的高度,皮相或者性别才不具备任何意义。作为一个普通人类,我落到现实来理解文学作品与

225

作家的关系,如果性别观与作品本身的性别意识是分离的,这一点太神秘了。我无法做到,也无法理解。当然了,我接受写作有无限的可能,我个人的有限局限了我,但不局限更多飞扬的灵魂。

张莉:在127位作家的性别观调查中,许多作家都强调首先是人,其次是女人/男人;首先是作家,其次才是女作家/男作家。许多作家渴望自己的写作是中性写作或无性写作,你怎样理解这一现象。

周洁茹:人就是人,这一点无须强调,而且我也知道我是一个女作家,强不强调我都是。很多人并不清楚他们真正的渴望是什么,绝对不是性别。我对我自己的要求是诚实,对自己诚实,也对自己的写作诚实。能够写,能够在一个写的状态中,能够写好现在这个阶段,我就对我满意。写作人更要有自知,自己可以写什么,不可以写什么,自己写得到什么,写不到什么,多检查,更多反思。对写作技能的无限探索,均属野心,当然了,年轻人要有一点儿野心。有了威望的职业作家,中性还无性,我就有点吃惊,我的期待是稳重一些,再稳重一些。(有多少野心都不要穿在身上。作家与艺人有差别。)

张莉:有人说,在中国文学发展的重要时期,作家和时代的思考都是与性别问题息息相关的。你如何理解这个问题?在我们这个时代,性别、阶级、国族身份问题也已成为世界视野里每一位作家所面对的难题。但同时,大部分作家也并不愿意正面讨论性别观以及性别问题。你认为这种不愿意的原因是什么呢?

周洁茹:这一题我就不参与讨论了。其实在我看来,并非所有作家都觉得这是一个难题,很多作家并不需要去承载,也没有考虑过承载。

张莉:今天,新一代读者的性别观正在发生细微而重要的变化。你觉得这种变化在未来会影响作家的创作或当代文学的走向吗?

周洁茹:每一代读者都在产生变化,每时每刻,过去未来,任何来自读者的变化都不影响我的个人创作。我没有为读者写作的意识,也不为自己写作,我不承载使命,我不负担时代,我不代表任何代际。我的写作从一开始就是不自觉的。我说过这是一种互相选择的关系,是奇妙的命运。希望与读者的关系也是如此,互相随意一点儿就好。很多事情不必刻意。

原载于《江南》2020 年第 1 期

与邵栋对谈：最真切的悲悯应该在最深处

邵栋：千禧年《小妖的网》的出版，有着标志性的意义，一方面是中国网络文学的肇始之作，同样也是"70后"写作的一个新的动向。当时此书的出版，在港台地区华语文学圈也产生了相当大的反响，能谈谈当时写作的契机吗？

周洁茹：我都有点忘记那本书了。二十多年前，那时候我正沉迷网络，打游戏（《仙剑奇侠传》）、网聊（四通利方，后来的新浪论坛？），春风文艺出版社的一个编辑找到我，约一部长篇小说，我说我是写短篇的啊，我中篇都没怎么写，还长篇。这个编辑就寄给我一本他们社当时卖得最红的一本书，不说是什么书了，你们都知道。编辑的意思是，别人行，你不行？我当然说我行，年轻气盛嘛，我就写了三个月，还是一个月？我不记得了，反正那些日子就是关在房间里没日没夜地写，写到二十万字，交稿了。交完稿，编辑比我还高兴，问我有什么要求？我说只要不在封面上放我的照片别的怎么都行。编辑说那作者简介里的照片总得放一张吧。我就给了一幅漫画。那幅漫画是我参加《南方周末》的会上认识的一个女孩画的，她不是专业画画的，但是我挺喜欢那幅画，画的我的侧面，看起来挺冷酷，就用了那幅漫画。书出来后我就没怎么管

228

了，我现在还是这样，对自己写的书还没有书的编辑热爱。我甚至没有自己的书，有的有有的没有，我前几天还在想这个问题，我是不是不够爱自己呢？对自己的书也不太爱，还是我对自己太失望了，一直没能写出真正伟大的作品。

邵栋：《小妖的网》和《第一次的亲密接触》常常被读者拿来做对比，但是在学界看来，后者除了在题材之外，基本上是通俗恋爱小说的类型。而《小妖的网》却可能是严肃文学与网络媒体的"第一次亲密接触"，就比方说《第一次的亲密接触》里面男女主角的网恋最终都指向了线下的传统爱情，但网络本身在《小妖的网》中，就成为描摹人类孤独的方式，从这一点来看，《小妖的网》对于网络的理解要更深切。不过和一般尝到了甜头一条道走到黑的小说家不同，事实上你后来并没有再尝试网络小说，现在还会有这种新尝试吗？

周洁茹：可是我写的时候并没有任何意图，如果被归入网络小说什么的，我觉得跟我也没有什么关系。我以前写什么，以后写什么，都不会被任何归类和评论影响。像我 1997 年发表的小说《看我，在看我，还在看我》，一篇向游戏《沙丘》致敬的作品，二十多年后的今天却被"学界"找到，"成为'同人小说'起点推断的实证，"这个证据好像还将国内"同人小说"的起点推前了。可是这一切跟我也没有什么关系。说起来确实不可思议，我开始写的时候并不知道我会写出一个什么，很多时候小说的发展和结局都不是我自己能够控制的。我尝试一切不同的写作的方法，但永远不改变内核，也就是说，我永远坚持这一点：我要写什么，以及我不要写什么。

邵栋：或者换个说法，《小妖的网》中主角在网络上的漫游，和《到香港去》《到广州去》中主人公的旅行，其实都有一种想要逃离现实，

"生活在别处"的追求。不过一个是地理上,一个是跨越了现实的维度。你笔下的主角,似乎总对此时此地不够满意,是不是地球已经不够容纳她们的心了?

周洁茹:地球与逃离,我的新小说《51区》谈的就是这个问题,逃离来逃离去,只要还在地球,就永远是身体的囚徒,什么时候意识到了这一点,就会想要去找一条彻底离开的路,找不找得到?有没有人找到了?我写到第一万三千个字的时候主动放弃了,也许你可以讲这个小说是我为数不多的主动讨论人物处境的小说,实际上任何形式的小说表达都不够容纳我们的心了。

邵栋:由你的新作《小故事》入题,我们常说时间、地点、人物三要素,你的小说就我个人阅读经验来说,从来没有谈及历史、战争与和平,也不是像张爱玲那样用一个大时代的背景来衬托小人物的情爱。你的小说的背景很模糊,城市地点很多变,人物走走停停,如果硬性地给小说加上一个框架,那时间就是当代,地点就是地球,人物就是普通人。《小故事》和香港有关,但你的写作又常常是非地缘性的,在中国写非洲,在美国写中国,在中国香港写世界。你的小说中也没有泛滥的风景描写,也没有一些刻板的女性相貌描写。可以为我们简单解说一下你这种风格吗?

周洁茹:我不知道我是什么风格,就好像经常有人说我"二十年前和二十年后都只穿黑色的衣服,这是她的固定风格。"可是我穿的时候根本没想那么多,二十年前我觉得自己不够瘦,穿黑的显瘦,二十年后我还是嫌自己胖,还是得穿黑的,简单到我不能向任何人这么解释,因为对方就会这么说,你不胖,穿点别的吧。可是我已经不能够接受任何别的颜色了,任何黑色之外的颜色都会让我觉得我胖。

邵栋:我感觉你小说的核心是人物性格,故事的推动常常由一些精致有趣的对话来进行。人物有名字,但背景是淡的,对话非常口语化,语言生动跳脱,常常让我想到和你面对面说话的感觉,很多人都盛赞你的语言,你可以和我们讲讲你自己的,以及其他你喜欢的小说语言风格吗?

周洁茹:我喜欢简洁,一切简洁。我刚才说过了我并不知道我自己的风格是什么,如果你说是简洁,那就简洁好了。刚才还跟一个朋友抱怨,为什么大家都是写小说的,别人写了三万字还能又吃又喝的,我写到三千字的时候就虚脱了,不用滚热的水冲一下自己都撑不下去。我的朋友讲那是因为你总在自己的小说里两人对话还对战,能不累吗?我说我也可以不累,只写情节。我的朋友说那你会甘心吗?好吧我的风格也许就是一个空房间,一张单人床,拖鞋也不需要,一次性的不是一次性的都不需要,我就坐在单人床上好了,电脑放在大腿上,太足够了。如果东西太多我就会喘不过来气,我也曾经说过我做梦都梦到我被东西们挤死了。这也是我的终极理想:一个空房间,一个人待着。

邵栋:你说过自己讲不好粤语,可我发现你粤语进步特别大,写香港题材的小说也更加别开生面,事实上,你在中国香港生活的时间已经超过了你在美国的时间,是对中国香港的感受更深切了吗?

周洁茹:任何谁在香港住久了,粤语都会有点进步的吧。我已经住了快要十二年,实际的粤语水平肯定还不如许多新到香港两个月的人。为什么呢?我说过是因为我不去街市买菜?不看翡翠台?不交本地朋友?实际上什么台的电视节目我都不看,我也不交朋友,不管是本地的还是外地的,买菜的话我只在网上买,我连楼下的超市都不去。刚才看到一篇文章说,有一种鱼已经灭绝了,因为这种鱼不会游泳,而且很宅,出生在哪里就待在哪里，完全不动的。不会游泳的鱼。如果我的粤语也是这样，不与任何外界发生联系，那真的永远也讲不好。但我一直都是听得懂的，甚至能够分辨得出来北角跟大围的口音差别，好像也足够了，我在写作的时候会使用地道的粤语，单从文本看来，我的口音绝对是中环的。

邵栋：《小故事》里尤其让读者注意的是《油麻地》，这一篇与之前的《佐敦》一样，是你写作风格的新面向，有着一种很成熟的现实主义特色，让许多过去只看到你现代派一面的研究者惊掉了下巴。我觉得这或许证明了你写作的宽广度，有时候是"非不能也，乃不为也"，而小说中的那种悲悯态度特别真实动人，可以说说这种尝试的感觉吗？

周洁茹：惊掉了下巴，不是研究者会使用的句子，那是小说家的句子，但我不会用，我很少使用那些很过分的句子。我也很少写《油麻地》或者《佐敦》那样的小说，对我来说太容易了，我也知道会是研究者喜欢的类别，我偏不写。最真切的悲悯应该在最深处，一切表现出来的态度都不是真的。太容易有时候也是一种妥协和迎合，我还没有到达与一切妥协的年纪。我就是这么想的。青春就是用来挥霍的，才华也是。

原载于《羊城晚报》2020 年 8 月 30 日

与沙丽对谈:我判断优秀只有一个标准

写作的回归:从出走开始

沙丽:您曾在访谈文章中多次提到,2000年辞去公职,停止写作,远走美国,是因为一种厌倦感,这种厌倦感,我是否可以理解为写作动力的戛然而止? 就像眼睁睁地看着灵感一点一点地被蒸发掉。

周洁茹:一切动力的戛然而止,不仅仅是写作的。这里只谈写作,因为1999年我开始做文联专业作家,那一点儿最后的火花也被磨灭了。如果你要毁掉一个作家,就让他去做专业作家,这是我的切身体会,也许不适用于其他人,适用于我。后来要去做编辑,我也一直在想,如果你要毁掉一个作家,就让他去做编辑? 有个前作家现编辑就跟我讲,能够毁掉你的只有你自己。我同意他的说法。"灵感一点一点蒸发掉。"这个句子真有意思,能够一点一点蒸发掉的只有爱情,绝对不会是灵感,给了你才华当然也会把灵感一起配备了,才华还在灵感也在。

沙丽:美国的生活对写作带来的影响,或许要到多年以后才会发酵并发挥效应,正如您自己所说,在美国是一个中国字都不能写的。可以谈谈这段海外的生活吗?

　　周洁茹:那段生活与写作也没有什么关联,确实是什么都没写,而且十年。我尝试重新整理那十年,重新写那十年,很可能是十个短篇,不是长篇是各自独立的短篇,如同我真实的生活,无数碎片,每一片都很锋利。我还需要一点儿时间。

　　沙丽:不断地行走、迁徙,或者说漂泊,哪怕是定居与内地更为接近的香港地区,也没有获得一种安稳感,家乡及家乡风物、年少时的往事会不断地闪现在作品中,念兹在兹。我读过您回归后的大部分作品,在那些散文随笔中我读到了与北岛散文中一样的"絮叨",既是一种状态、情绪的反复呈现、陈述,也是一种时光流逝、物是人非的感伤、叹喟。我有一种感觉,您是需要在写作中完成一种"诉说"的,那么,与之前的写作相比,搁笔十多年后再重新写作,您的心态发生了怎样的变化? 写作于您意味着什么,或者说写作的意义是什么呢?

　　周洁茹:我不喜欢"漂泊"这个词,一定要用,那么我们都是来地球漂泊的。谁都不是地球人,我就是这么想的,谁都是从别处迁徙到地球,也就是所有人类永远没有安稳感的缘由。我想我的"诉说"也是如此,无关时光、物是人非,也许只是想要回家,而我认为的回家,也不是那种意义上的回家,对我来讲,就是回去我来的地方,也许离地球也不是那么远。心态变化这个问题,我刚才还在想,我三十三岁时,也就是我来到香港的年纪,我是无法想象我的四十五岁的,就是我现在的年纪。那也太老了吧? 我就是这么想的,我也不敢去想象我的六十岁,会比现在更从容一些吗? 会写得更好一些了吗? 或者就是又不写了? 还是不要去想还没有发生的事情吧,也许一切都会超出你的想象。写作对我来讲就是日常生活,希望它成为所有人的日常生活,大家都活得太低落了,希望都能够写一点儿字,有一点点自我思索的机会。

沙丽:可以就此谈谈内地、中国香港与加州三地文学写作的环境
(氛围)吗?

周洁茹:这个问题对我不适用,我就没有环境这个意识,就好像我
从来意识不到我写的就是城市。我可以来讲生活环境的不同,毕竟这
三个地方还是很不同的,没有一个地方是相同的。但我这个人,还是在
三个不同的生活环境活成了一个人的生活环境,也就是说,我在哪儿
都是一个人,对融入很不刻意。也就是我对整个地球的态度,一种旅行
者的态度吧,我想,说到底,我就是来旅游的,到时我就走了。而我这个
人又是非常不喜欢旅游的,所以总是时时想着早些结束,也许有一些
人可以从旅游中得到更多拓展,我的方式可能还是自己拓展自己,我
之前也说过,每一个人的口中都有一个宇宙。写作环境的话,内地是这
样的,我也写了一阵子,但再写下去都是一样,写一篇和写一百篇都没
有区别了,如果我留在内地,继续写,应该就是这个局面。到了美国,由
于我个人的问题,美国是没有给到我一个写作环境或者写作氛围的,
按照风水的说法,我的属性可能跟那个地方有些对冲,但又有些人是
到了美国才写出来的,只能这么讲,祝贺他们。希望每一个人都找对自
己的地方。中国香港,其实跟我也不是那么调和,我是流动的,像风一
样,动态的,与任何一个固定的地方都形成不了一个固定的关系。我讲
了这么多,生活环境、写作环境,到底还就是我一个人的环境,我的写
作不与任何其他写作人发生关联。刚才正看到一个编辑发了条朋友圈
文章,《做编辑,不要跟同行喝酒,不要看读者脸色》,还挺对的,也适用
于作家。做作家,不要跟同行喝酒,不要看读者脸色。

香港故事与生活的实感经验

沙丽：尽管您从未将自己定位为香港作家，回归后的写作也不全然是以中国香港为背景，但在我的理解中，"香港"在您个人的写作中还是形成了一个有意思的视角，一方面是与内地、美国经历的回望比照，也意味着不同的人生阶段，另一方面香港这个城市本身有点特殊性，在这些您所经历迁徙的岛屿与生活中，香港或许更能够让人感受血缘上更为亲近的一个群体的生活与精神状况。尽管"在中国香港"不比"在美国加州"，或在其他地方有一种内心地踏实感。在中国香港已逾十多年，您对这个城市有怎样的感受？通过写作，是否更加深刻地理解了这个城市？小说家是否就像一个探秘者一样，对一个未知的城市，对人的故事总有一种好奇？

周洁茹：感谢您这么说，我自己不定位我是香港作家，就好像我自己不定位我是"70后"作家。我写作的时候是不去想我自己在哪儿的，这个故事写出来了，被认为很香港，我才被植入了一个意识，我果真是在香港。其实有时候我早上醒来也得想一想，我果真是在地球了，那么就安然地、仔细地，度过这一段被安置的时光吧。在中国香港逾十年，已经超过了居住在美国加州的时间，要来谈感受和理解的话，我突然想到一种婚姻，一开始是相亲，大家都觉得你俩挺合适，就结婚吧，也挺简单的，没有那么复杂，有一点点爱情，有一点点确实年龄有些大了、再大下去就真有不生孩子了的焦虑，最重要的部分肯定是刚刚好的一个时间，刚刚好的一个人。婚后一年，两年，三年，直到第七年，有的就不过了，有的还是过下去，还是挺简单的，一点点亲情（是的爱情成亲情了，爱情这个东西性质就是这么不稳定），一点点确实有了孩子了,孩子得有一个完整家庭,看起来完整的也行,最重要的部分是中年了,中年就得做中年人要做的事情了。我前些天写了一篇《热酒中年》,说的是我完成了一部小说,非常得意,马上就去朋友圈说了一句,我对我满意。我就是这么说的。当然后面我又看了一遍那篇小说,确实也没有什么好得意的,但是很多写作人都是这样,就是作品完成的那个时刻,那个高光,那种得意,也许我就是要追求那个瞬间,自己对自己的满意。我的一个朋友圈朋友就来讲,少年饮热酒,中年喝晚茶。什么阶段应该做什么事情,到了中年,也别那么热烈了,酒喝快了伤身,还是喝茶吧,养胃。也许他也不是那个意思,但我就是这么理解的。也是我对香港这个城市的感受,相处了这么久,密也探得差不多了,偶有惊喜最好,没有也很好,以后好好过。爱情就是会成为亲情。

沙丽:接下来会继续有意识地书写香港这个城市吗?其实,您现在的不少作品,"香港"已经成为一个潜在的叙述空间。

周洁茹:接下来会有意识地写得长一点儿,其他地理空间什么的都不在我的考虑范围,我可能更在意时间,好吧我又想了一下,我也不在意时间,有一阵子我很在意人,我总想着要把人写通透了,是挺难的,我自己都还没透。

沙丽:从您早期的作品一直到现在的,"到哪里去"是一个主题,地理空间有时只是一个可以忽略的标志,有时也象征着一定的社会及时代背景,但很明显,您突显的主要还是"人"的精神状态。如若要做一个比较,早期作品或许更像是一种人生及精神困境的寓言,如《到南京去》《到常州去》,而近年来的《到深圳去》《到广州去》《到香港去》,还有另一些有地理标志的《旺角》《佐敦》《油麻地》等,有着更加真切的可以触摸的生活实感经验,您如何看待这种变化?

周洁茹：作家作品的前后期变化，这是评论家的事，不是作家的，或者我可以自己评论我自己，自己比较自己的作品，我真这么想过，但是理论储备很不够，那我还是暂时先放下吧。我自己能够感受到的一个变化是在语言的方面，极简，就是我目前的状态，早期可能还有一些情节以及细节的追求，现在完全无所谓了。

沙丽：我极少在一个作家的作品中读到一种始终贯穿的不安感、疏离感，这种基调却是您之前与现在的作品中不曾改变的，这种精神意绪，是否是现代人无从逃脱的命运？

周洁茹：只要我还在地球，这种精神意绪就不会更改。我最近的小说《51区》谈的也是这个问题，逃离来逃离去，只要在地球，就永远是身体的囚徒。

沙丽：女性一直是您作品中的主角、叙述者，讲她们之间的友谊，她们在婚姻与爱情中的处境，她们的成长与人生困境……尽管在看《岛上蔷薇》这部长篇时，我有那么一点儿遗憾是，没有感受到那么饱满细腻的、内在的女性成长经验及故事。但转念一想，现代人的生活如此地匆忙，就像小说中的女性在不断流动的生活与地方中结束青少年时期进入中年，完成了女孩到女人的转换，我们的疼痛与伤感有时只是在停歇的空隙中得以闪现，是零碎的，断续的，甚至来不及抚慰与思索，旋即进入下一段旅程。在这种书写中，包括前面提到的作品，能够感受到您是在丰富的生活、情绪的细节中，揉碎了自己的观念，呈现状态、事实与现实，而不是表达概念、理论与思想。那么，我想问，您是如何理解当下女性的各种状态？您理想中的现代女性是怎样的呢？那些试图或想要抗争一下的女性，不管是在情爱中与自己的欲望作跳腾的，还是在现实婚姻及家庭生活中带着希望一点点攒起行动勇气的，当然还有那些不断沉沦或沦陷得不能自拔的,您又是如何看待自己笔下的这些女性,她们的形象越清晰,您笔端的温暖与不忍我想也就更执着吧。

周洁茹:感谢您读《岛上蔷薇》,我一般不大提这部作品,因为觉得没写好,就好像有一阵子我也不愿意提《小妖的网》和《中国娃娃》。但关于这三部作品的创作谈和对谈也挺多的了,我这边的感受是越谈越觉得没写好。全书呈现得不好,虽然每一章节也都有闪光之处。我讲的没写好,是我还可以更好的意思,但如果要拿出去打榜什么的,还是可以打一打的。这些天在看《乘风破浪的姐姐》,有位姐姐说的:有人讲我是迷之自信,但人不就应该有点自信吗? 我同意她的说法,人就应该有点自信,人不自信了,也跟一条咸鱼一样了。但"迷之自信"这四个字,也蛮神奇的,很多男性就是有这个自信,很多,而且超级自信,那才是迷之自信。我的希望是女性也要更多自信吧,孙悟空压了五百年放出来,还是非常舒展的,仍然很能打,完全看不出来被压过的痕迹。很多女性被婚姻家庭什么的压个十年二十年, 即使放她出来都不能回弹了,就算是送给她一个社会,她也接不住了。这一点我也很遗憾,我想的是,会不会当年压的时候,就已经直接把女性给压死了? 放不放的意义也不是很大了。所以我也要看《乘风破浪的姐姐》啊,能翻红的都是真妖精,是所有女性的榜样。

小说的艺术与功能

沙丽:"70 后"小说家的艺术风格好像很难说是遵从于现代主义或现实主义,也并没有经历过在现代或传统之间那么明显地较量与抉择,对于经典作品的理解或许也会不一样,在您的理解中哪些文学作品可以称之为经典呢?

周洁茹:我想一直都是《西游记》,它教给了我写作的第一课:严肃地胡说八道。补充一句,《西游记》的确是一个非常严肃的文本,甚至可以讲是残忍,它的特点就是能把情爱都写残忍了,这一点非常吸引我。

沙丽:在您已经出版的这些作品中绝大多数都是中短篇,虽短小,却写得扎实真切,是能够就此打开一个社会的窗口,读懂一些人、一类人的生活与生存状态,您如何看待小说介入现实的功能或作用?您认为优秀短篇小说的标准有哪些?

周洁茹:我之前说过这么一句话,我把文学分成两种,一种是文学,一种不是,我自己挺得意的,现在看看,不就是一个病句嘛。但我的意思到了,我就是这样的,黑与白,爱与恨,是与非,没有灰色没有中间地带。我判断优秀也只有一个标准——自由。

原载于《山西文学》2021 年第 6 期

与吴娱对谈:爱情是一场粒子运动

吴娱:《去了一趟盐田梓》《断眉》《帮维维安搬家》三篇小说中的人物大部分时候都在对话,可以说小说是在人物间的对话中不断推进的。女人与女人之间的对话,说一会儿当下要做的事,说一会儿过往和未来,说说自己身上的事,再说说别的女人身上发生的事,自己的事说得少,别人的事说得多,甚至还聊些陌生人的新闻。但这些通通只像自顾自地说话,并不像能够互相理解的交流,小说中的人物似乎也并不期望能够互相理解,只要有人说下去,有人听下去,就能得到些许慰藉,或者可以说这是她们全部的慰藉来源,是这样吗?

周洁茹:我正在进行一个《小对话》系列,《小对话:女性》《小对话:长短》《小对话:中年》《小对话:城市》……各种各样的,想到哪儿写到哪儿,写一点儿我对写作的思考和看法,又接近于创作谈。听到你这么说我的小说,自顾自地说话,还蛮准确的,我自己的对话也是这样,自己说自己的,有没有人听,有没有人理解,也不那么重要。我要表达的就在自己与自己的对话中推进了。

吴娱:在生活中呢? 你是否会有渴望和他人交流,渴望理解和被理解的时候? 还是说,也同样觉得交流有没有效其实并没有那么重要?

周洁茹：生活中我不得不跟人交流啊，虽然我自己并不怎么渴望。我还是一个朝九晚六的坐班编辑，即使我不想跟发行部门的同事交流，理解他们或者被他们理解，我总得跟我的美编交流吧。还有人事部门，我曾经说过"活着，而且还要活一段时间，简直是十大酷刑之首。"现在我要更改我说过的话："交流，而且是与人事部门交流，那才是十大酷刑之首。"

吴娱：在三篇小说的整体阅读体验中有一个关键词——重复。不断重复的对话：人物自己重复自己说的话；人物重复他人说的话；人物转述与他人发生过的对话；重复发生的事件；重复的人物。但他们的确在不同的场景下，在不同的时空里生活，这种重复在阅读中令人感到惊恐和焦虑，仿佛陷入不断循环播放的一句话里，让人想到吉根小说《南极》中描绘过的"永恒，是可怕的。"你如何理解这种重复？

周洁茹：你们这一代还会用复读机来学习英语吗？或者你有没有想起来一些体校艺校的同学？我多少知道一些他们的训练，一个动作、一个姿势，反复地练习，重复地练习，直到成为身体记忆，还有练习生制度，那种培养和训练，直到身体可以脱离大脑，节奏一出来，动作也会自动出来的。好神奇，也好残忍。

吴娱：我挺怕复读机的，就像你说的我也感觉它是一种毫无感情，毫无思维意识的东西。小说里人物的生活，或者说就像我们当代大多数人的生活，它看上去就是"复读机式"的，从小到大，每一步都在复制，不需要思考，关键是没有思考的时间和能力，于是大家觉得"复制"会比较安全，比较幸福。这是你觉得"残忍"的原因吗？你觉得自己当下的生活状态有没有跳出这种"复制"？在写作上呢？你觉得我们今天的写作有没有可能跳出"复制"，假如可能，你觉得它会朝什么方向走？

周洁茹:没有人可以跳离这种"复制"式的"活着",更不用说写作。如同《西部世界》里的人造人,除非有一天舍弃被造的身体,实现一种完全自由的精神。我曾经非常希望自己也是一个数字生命,活在虚拟世界就好。所有的疼痛不过是一个程序。可是我找不到门,找不到人造人的门也找不到人的门,这一点很绝望。

吴娱:《帮维维安搬家》始于"我"的朋友维维安要搬家;《断眉》始于苏西发现自己忽然出现一截断眉;《去了一趟盐田梓》始于"我"与珍妮花要出行。可以看出,它们都始于某种变化,但人物在变化中似乎总是选择"习惯",仿佛如何变化也搅不动她们的生活。变化像海浪,一潮一潮涌过来,比如墨镜女在船上和"我们"吵架;苏西的痣被丽丽突然点了;自动门砸向"我"和维维安搬家的 Van……可她们依旧会选择习惯,无动于衷。为什么?

周洁茹:动还是动的,但是直接地出来就不高明了,或者明确呈现出了一个动态,那就不是我的小说了。我的人物从不痛哭,也没有大悲大喜,与那些呼天抢地的描绘比起来,果真是太清淡了。我想要表现的可能只是这一种,有的人光是呼吸就已经用尽了全力。

吴娱:在你的小说里似乎没有完整的人物形象,他们出现在生活的一个横切面,没有完整的经历,没有完整的模样,他们带着身体的一部分,或人生的一部分,在当下讲话,他们更像是一些线条、一些色块,闪闪烁烁、晃晃摆摆,你是有意这样塑造人物的吗?

周洁茹:这就是我们真实的地球上的人生啊。线条和色块,闪闪烁烁、晃晃摆摆。我刚才还在想我是不是还未与我自己的身体协调好,尤其一些复杂的身体动作,在体育方面还有乐器,我与其他主动的人类还是有一些差别,有时候我甚至不能够很精准地控制自己的手腕力量。可能是因为我始终不是很想融入这一个肉身，以及这一段地球上的人生。我一直记得看过的一个故事，说的是脱离了空间和时间再来看我们人类，全是一条一条蠕动的虫子。那些发生过的事情正在发生的事情还没有发生的事情，全部追随着那条虫子，结集成一段很长很长的虫身。

吴娱：你的小说中总是出现"没有做什么""什么也没有做""不知道""不确定""不明白自己为什么……"的句式，像是一切都在往不确定，往虚无里走，所以有时急着给周围每一样东西、给男人女人下定义，贴标签，让它们变得实在、确定。感觉上并不是不能认识世界，不能认识自己，而是根本找不到认识的路径，你是否正在通过写作寻找这样的路径？

周洁茹：我二十一岁的时候写过一部小说，《我们干点什么吧》，那部小说的结束部分是这样的："我们曾经想过要干点什么的吧？我们是想干点什么的，但我们什么也干不了。我们只是坐在这里吃羊肉串，一串又一串。"也就是说，二十一岁的我就是这么理解世界的——我们想要干点什么，可是我们什么都干不了。二十多年过去了，我四十五岁了，我也经历了一些事情，那么我找到认识自己，认识世界的路径了吗？我还仍然想要干点什么吗？我想要说的是，就这一点执着，对写作的执念，我认为我找到了我的路。

吴娱：无疑，小说里的主人公都是女性，在她们的谈话中，在她们的生活中，"男的"是躲不开的话题。其中很少有关于"爱情"的部分，仿佛那只是遥远想象里的东西，更多的则是婚姻中的无奈，千篇一律的"沙发坑"。但还是看得出女性对爱情的向往，无论什么年纪，什么境况，只不过，因太难得而刻意压抑，否定内心的向往。如今，我们对爱情的讨论好像的确越来越少,像是集体压抑和否定了它的存在。难道它真的变成了过去的人们的集体想象?

周洁茹:还能看出对爱情的向往就好,我自己都看不到。我常爱使用一种句子:我们不是有战无不胜的情感嘛——爱。也适用于所有的科幻电影、恐怖电影、外星人电影、英雄救地球电影。爱的确是人类唯一的最后的武器,要不然解释不了人类一直存在到了今天。我有时候会去看一些命理玄机的论坛,不经常,有时候,但总会看到有人起卦问事:他会爱我吗?他对我有好感吗?大师们的回复往往是,好像不太爱,或者好感有一点儿,但也仅此而已。我也不知道我为什么要笑,这么严肃的事情。当然我自己是不会去问的,但也很理解他人的迫切与迷茫,陷入爱情,人多少都会变得混沌。所以在我的视野范围,关于爱情的讨论从来就没有缺少过,对于我来讲,爱情从来也不是一个想象,我的每一部小说里面,爱情都是一场粒子运动。是谁说的,青春是一种化学反应,那么爱情绝对是一场粒子运动。粒子运动有很多特性,我只在意这两点,粒子的成分及密度对它的运动没有影响,粒子的运动永不停止。

吴娱:你一开始说,你正在进行一个《小对话》系列,除了这个系列,最近有什么新书或写作计划吗?

周洁茹:新书《美丽阁》,仍然是一个短篇小说集,将在北京十月文艺出版社出版。我一直有长篇的写作计划,可是如果这个计划已经计划了快要三十年,仍然毫无进展,它就不再是一个计划了,我当它是我的梦想,一个也许要拼尽毕生精力去实现的梦想,希望我还有多一个三十年。

原载于《滇池》2021 年第 7 期

与戴瑶琴对谈:每一代人都会有
自己时代的作家

关于"回来"的议题,近年,周洁茹在散文和访谈里都谈得比较详细。我们开启这次交流,为了继续聊聊那些未能谈尽的话题,拢合被误读、被忽视或者应该再被强调的文本故事。文坛、故友、亲人、城市、代际、阅读,铺散开"青春""练习生""现实主义""创意写作""异形""独生子女""家乡""住"等关键词,聚合成一片头脑风暴。让我们回到周洁茹"离开"文坛的那一刻,开始。

——戴瑶琴

"70后"的当年与我的离场

戴瑶琴:我读了你所有的散文、采访、创作谈,你常常会解释这样一个话题:十五年没写,你又写了。"回来"之后的作品列表,已然清晰。我现在很想知道当年是怎么"不写"的?又是为什么"不写"的?我们就立足文学创作思考原因,爱情或者婚姻的出现,则是另外的话题。

周洁茹:我其实就写了三年。到了1999年,自己知道不行了,不走也得走。2000年出了《小妖的网》,力竭,脑子里的弦彻底断了,跟被下了毒一样,什么都不清爽了。

戴瑶琴:是已经不知道该怎么写下去吗?觉得自己文思枯竭?很难再有变化?

周洁茹:1996年到1999年,二十岁到二十三岁,我写了一百多万字小说,每天睡眠时间不足四个小时,我还在坐班,我自己知道精神状况和健康都已经到了一个临界点。还写了几十万字散文随笔,那批文章不仅发在纯文学刊物,也发在《时装》和《时尚》,我那时还在《南方周末》有了第一个专栏"新生活"。我开始意识到我写的是"洋气"的严肃文学,也许就是今天的城市文学,我还写儿童文学,可能可以解释到我后面会去写《中国娃娃》。儿童文学写作对我来说也不是一个突如其来的念头,可以这么说,我对我的每一次写作都做了准备,我也有明确的方向。章子怡说的,信念感。我还写了一批小小说,由于小小说的地位特别低下,我一般不会主动提起我写过小小说,那批小小说在《百花园》发了三年才发完。还有创作谈,对,我写创作谈,我也许什么都坚持不了,但是一直坚持写创作谈,不创作的时候我也写创作谈。还有,我要把所有的文学刊物都上一遍,我都在想我那个时候是不是要集龙珠召唤神龙?二十年后我肯定了我确实是在集龙珠,复出写作后,我马上就把我做梦都想上的《当代》和《十月》上了,我还跟我妈说我的梦想终于实现了。我妈说你现在能上是因为现在的人普遍都写得不好了,我认为我妈说得对。特别要提一下1999年,这一年在《收获》发了小说《跳楼》,我想这是我这一生在《收获》的最后一篇小说了,我就是这么想的。1999年出版了第一本书,小说集《我们干点什么吧》,被收入新新人类丛书,封面是紫色的,我一开始不喜欢这个封面,觉得其他三个人的都比我好看,后来我觉悟了,封面又不重要。1999年也是我调到常州市文联做专业作家的第一年，做了专业作家以后我一个字都没写。我现在再来看看这三年，别说是我，谁都写不下去了。2000年我就走了。

  戴瑶琴：为什么做了专业作家后，具备专业写作的条件了，反而写不出来呢？你走的时候，文坛当时是一个怎样的状况？我们是同辈人，年龄相仿，但似乎无形中就有了"你们""我们"之分，作家还是有神秘感和吸引力的。"你们"红的时候，我们在上大学，也就是从期刊看看小说，从图书馆借书，从校门口商店租书，同宿舍的人经常互相传阅。二十世纪八十年代大学生有常常聚在一起讨论文学创作的经历，我是没有的，我们会一边打毛衣一边看小说，与作家隔得相当远，也没想过还能见到一个作家。我看期刊，比如《人民文学》《收获》，很注意看作家是什么年纪，特别留意"70后"同辈人，看看大家都写些什么。我从杂志看到过你的照片，二十世纪九十年代特色的艺术照。现在如果你告诉"我们"，当时"作家"的情况，可以极大满足我们的好奇心。

  周洁茹：文坛当时是一个怎样的状况？又土又乱呗。当然每一个个体状况不同，整体来讲一样，茫然，加上穷。我刚写了个《回忆做一个练习生的时代》，像记录 BlackPink（韩国一女子唱跳组合）那样记录了一下那段时光，你看我当红，又唱又跳，我还羡慕清纯学校生活呢。

  戴瑶琴：你把自己作为文坛"练习生"？那意味着曾经特别苦难，事实上，你一路很顺啊。

  周洁茹：练习生的苦，没经历过都无法想象。出道前的每一天都是不确定的。还不是训练的苦，就是那种不确定性。很摇晃的。每天都眼睁睁看着站自己旁边的人被淘汰，也许下一个就是我。就是这种感觉。

  戴瑶琴：出道，如何判断就走上"道"？持续发表作品在各大文学期刊，收获各种奖项？好像至今，都是这样界定"道"的。

周洁茹：如果第一次发表就算作一个作家写作生涯的开始，在我这里是不准确的。我的第一篇发表的作品是诗歌，《雾》(1991 年)，前些天诗人梁雪波发到朋友圈他最早发表的那首诗，我才发现我俩还同了个期，可是我总是不太想讲我写过诗，诗歌对我来说永远是一个触及不到的高度，一个想象，一个信念。两年以后，我才写了我的第一篇短篇小说《独居生活》，又过了两年我开始发表中篇小说。如果按练习生标准，这些都只是训练。一定要讲"出道"，我想是 1996 年，二十岁，《雨花》给了我第一个小说专辑，《萌芽》给了我第一个小说奖。接着是发在《上海文学》的小说《点灯说话》和发在《作家》的小说《熄灯做伴》，这两篇小说对我很重要。第一篇创作谈《现在的状态》，第一篇评论《城市生活与茧居时代——读周洁茹的小说》(徐坤著，发表于《作家报》)，第一次转载(《长袖善舞》被《小说月报》转载)。2002 年，已经住在加州的我，在我父亲订阅的《星岛日报》(湾区版)又看到了这篇小说，那个时候我已经中止写作两年，我扫了一眼报纸，随手扔掉了，我清晰地记得我当时的动作，随手，扔掉了。1998 年 1 月，我在《人民文学》发表了小说《抒情时代》和《我们干点什么吧》，这篇小说(《我们干点什么吧》)被认为是我的代表作品。后来有一天我突然意识到，二十岁就被限定了代表作品，不是自绝于写作界吗？我目前的态度是，只要我还活着，我的代表作品就有无限的可能性。刚才不是讲"集龙珠"嘛，《青春》《山花》《钟山》《花城》《江南》《天涯》《作品》《小说界》《长城》《小说家》《长江文艺》《北京文学》……我都发了一遍，《青年文学》一年两遍，我后来才知道那太少见了。那时李洱在《莽原》，我发在他那里的一部小说《你疼吗》(发表名为《花》)被认为是我的另一个代表作品。1998 年这一年，有人讲我是"爆红"，运程上来讲，可能真是一个大运年。我二十二岁。

戴瑶琴："爆红"，这里有一个原因，就是你当时写的小说，恰被文坛喜欢。可是，也有一个问题，读者或许并不喜欢。爆，有运势，但新，是"红"的核心。无论是题材新，还是技术新，都会引起关注。

周洁茹：不就是当时的文坛没见过嘛，见多了也一样了，读者也一样。也有出道不红的。"爆红"的人很奇怪，往往不是最强的那个，我看BlackPink就是，可能就是有这个"运"。但是既然"爆红"，也一早知道会被替代。我走的时候写了一个《闷烧》，专门讲"替代感"，我自己也很明白的。

戴瑶琴：当年的"爆红"，我想还是有范围，是一个小圈子里的。你有没有想过一个问题，"红"或者"不红"，主动权都归于文坛。事实上会产生反差，大家对"红"的理解有差异，准确说，大多数都是在小圈子的"红"。

周洁茹：那肯定，但我不就是追求这个类别嘛，我要有别的技能就上别的圈了。几个掌门就是一个文坛。现在还是这样。

戴瑶琴：我看过作家李凤群发的一张照片，里面是你们当年讨论文学的现场，特别诚恳，真的是大家都那么热爱文学，信仰一般。

周洁茹：那段我写在《回忆做一个练习生的时代》里了。我是完全不关心任何别人的，那个时期。

戴瑶琴：我很有感触的是，我们这一辈人，确切说是出生于1975—1980年，确实知道当时文坛有"70后"女作家，但我们没有强烈的"群"意识，读过作品，心理上既没有亲近感，也同样没有排斥感。反而是近年，突然涌上对"70后"这代作家的感情，特别是参加任茹文姐姐办的宁波读书会。我重读你二十年前写的小说，很喜欢，与回忆产生了很多契合、与当下的心境发生了微妙呼应。

周洁茹：你说了我才知道。我写的时候也不知道写的什么。

戴瑶琴：我当年读的时候，其实也不知道写了什么。就当一个个故事看。你还愿意谈谈"美女作家"吗？因为这四个字，作家被伤害了。我们一直没有机会去重读这批"美女作家"的作品。如果用现在眼光来看，没有惊世骇俗，就是很平常的心理诉求。我想，在"90后""00后"眼里，说不定还会觉得有些矫情。无论是作为一个普通读者，还是一个研究者，我都对"美女作家"这个词毫无兴趣。当年，我们全宿舍都读过《上海宝贝》，实际有一定猎奇心理，想看看这书到底写了什么，需要被普遍否定。说实话，当年读就没觉得有什么出格啊，用今天的话来讲，学界不了解彼时"后浪"。就像我们最初也不看 B 站，不知道机甲丧尸男频女频，现在都追 B 站跨年。

周洁茹：这个事件都有很多资料了，各说各话。我也只在二十年后一篇写棉棉的文章里提及了几句，也没什么好说的。我跟棉棉一直很好的，其他人就失去联系了，本来也没什么联系。看到《欲望都市》的某演员讲她不会参演新剧，因为跟其他三个演员也没什么感情。小虎队好像也这样。其实都是个人，捆到一起若是有收益还能够配合，捆到一起一把火烧了，团灭，好像也就发生在我（们）身上。补充一句，《作家》"70 后女作家群展"是在 1998 年第 7 期，我的小说是《回忆做一个问题少女的时代》，要说我有什么遗憾，刊物出来前我根本就不知道是什么，我还以为就跟我之前发那些小辑一样，作品配个创作谈，或者评论，照片也是按照办身份证的标准给的。后来看到她们的照片我都傻了，我给的是一张一岁、一张十岁、一张二十岁。一岁那张后来换了。

戴瑶琴：太想把这期贴出来了。我用一个很大的词，独特性，你是如何用小说和散文两种形式，刻画"70 后"的独特性？

周洁茹:我要能谈我自己的写作,我不就当评论家了嘛,不过我也想过这个问题,既然没有人评论我,我自己评论自己。我要花点时间补一补理论知识。

　　戴瑶琴:如何看待作品的篇幅问题? 编辑或读者,可能会纠结于周洁茹写得太短了啊,你可以写长吗? 你又为什么不写长呢?

　　周洁茹:写太短唯一的问题就是头条的问题,即使刊物想给我头条,两三千的怎么都说不过去,除非那两三千真的非常非常好。如果无所谓头条,那就一点儿问题都没有。两三千也可以非常好,但写到非常非常好有一定难度,有时候就是不够舒展。刚好也看到张柠谈了一篇《今天的长篇小说应该写多长》,他认为最合适的长度,短篇三千到一万字,中篇三到六万字。我没注意他讲长篇多少字才好,我就注意"三千字"那三个字了,然后汪惠仁说三千字对他来说可是长篇了,他还说他三千字就能把所有的事情都讲清楚了。

写作上,我自己学习自己

　　戴瑶琴:写作需要学习吗?

　　周洁茹:写作需要天才加勤奋。没想过还需要学习。

　　戴瑶琴:在写作上,你学习吗?

　　周洁茹:那肯定是不学习啊。一定要学习,我就是自己学习自己。我不写,就没有学习。我写,就有学习。

　　戴瑶琴:怎么自己学习自己? 发现自己的创作弱项,接下来改进?

　　周洁茹:有问题,我就起个头,开始写,写着写着有时候就解决问题了,有时候没有,那就再开一篇。我从来不改。要会改我还不上天?

戴瑶琴:对于创作风格,你是就保持一成不变,还是其实一直考虑突破?

周洁茹:写到顶了就要换。鞋也一样,坏了就换。

戴瑶琴:那是比较老派的想法,现在人是款式不喜欢了,或者喜欢上别人的,就马上换。

周洁茹:我从来不屯东西。也不屯爱情,所以我没有前男友的,全是陌生人。

戴瑶琴:写到顶换,和不穿到坏不换,这里面有矛盾。写作,到底是保持自己舒适的风格,还是主动想尝试变一个风格?

周洁茹:写到一个极致,再也写不上去了,或者确实写烦了,就换。这个意思。

戴瑶琴:自己学习自己,不会有盲区吗?

周洁茹:所以自己要很丰满啊,够自己学。

戴瑶琴:丰满怎么实现?你从来都说你不读书。你也没空行万里路。

周洁茹:我还天天说我火星来的要回火星去呢。说说这种东西。

戴瑶琴:发表小说,困难吗?是投稿就能发出来?怎么和名家们抢资源?还是资源实在太多,用不过来?

周洁茹:这个问题,二十年前答和二十年后答是完全不同的。发表小说,二十年前不困难,投就能发,我也说过我集龙珠,每个刊都发一遍。写也是,每种都写一下,表示自己花样多。有特别喜欢的写法,就写很多,写的时候觉得对自己是一种"treat",但"treat"了几下以后就会主动去找不那么舒服的写法。这个叫上进吧。

戴瑶琴:上进,就是你愿意学习。"集龙珠"挺有趣,也有意义,这又说明你心态年轻。永远有好奇心嘛。

周洁茹：我已经不想集了。而且我现在发表小说，很困难，但还是比刚回来写的时候好一点儿。那时我写了一篇散文，《少年宫》，不知道投哪里，我的编辑都退休了，新编辑都不认识，既然是写深圳，就投《特区文学》吧，问了几个人才问到一个编辑的 QQ，加了以后，对方讲不要。"如果是小说还可以投来试一试。"那个编辑就是这么说的。后来吴君帮我把那个作品投给了《作品》。过了好久了，跟吴君一起吃饭，吃着饭，她很难过的样子，我说你干吗，她说想到你回来写作这么难，太难过了。我说我本来不难过，你一难过，我也只好难过了。后来因为一些事，我连夜写了小说《到香港去》，连夜投给了《上海文学》。接下来的情况就很清楚了。两年以后，2015 年，我全面复出写作，直到 2017 年，我因为要去《香港文学》做编辑又停了笔。那三年我写了三十篇小说。按照我集龙珠的习惯，我把《芙蓉》《红岩》《红豆》《文学港》《野草》《西湖》《青年作家》《鸭绿江》……甚至《创作与评论》都集了一下。

戴瑶琴：少女故事、新移民故事、散文，你的创作三大篇章。

周洁茹：还有创作谈。我那点哲思，全放那里了。

戴瑶琴：有时候也放在小说里。其实你每个小故事，都有那么一点儿的。但问题是，被期待更多，似乎这就是深刻。我有时想，所谓哲思，放在小说，确定不觉得做作吗？从读者角度看，绝大多数普通读者，觉得哲思没什么意思，其实都算不上什么哲思。现在的年轻人更是对作品配套哲思不太感兴趣，还会觉得有些卖弄。我不是说哲思不对，是哲思没走进人心。

周洁茹：你这样的阅读者和研究者实在不多。

戴瑶琴：现在从小学就开始谈"创意写作"，你是中学开始写作的，还是挺自然的"创意写作"个案。那么，中学时期的语文教育，与你的写作有关系吗？有多大关系？

周洁茹：你不知道我一早就不上学了吗？我根本没什么教育。我跟路内一样，棉棉也是，我说过我们仨是街头三人组，但他俩肯定不同意。

戴瑶琴：你的写作和语文教育完全没有关系吗？你要这样讲，估计语文老师们心里不适。现在大家都挺努力地捆绑语文和创意写作的关系。

周洁茹：都是自学。

戴瑶琴：写作是需要天赋的，但是一个个字究竟是怎么写出来的，总有来自四面八方的补给。

周洁茹：学校还会教你看《玛丽波平斯阿姨回来了》？老师都不看，我就是自己家庭的补给，家里的书。很多人家里是没有书的，只有牌桌。

戴瑶琴：我的中学有个图书馆，每个月都组织借书，学生一次只能借一本。一年我借了八部长篇小说。更多的书，我是周末和假期在新华书店看的。还有一大块是电影，我看了数不清的电影，那时候电影院一天就播放两三部，循环播放几天，再放新片。对了，还有录像厅，看港台电影，都是武侠和警匪。

周洁茹：电影也是我的营养。我那时在机关上班，午饭后的一个小时，走去对面的一个中学图书馆借书看，张贤亮就是在那个阶段读的，《绿化树》。

戴瑶琴：我家也有书，还有莫名其妙的很多文学期刊，我妈是常年订阅电影杂志。我印象最深是白先勇的《谪仙记》《永远的尹雪艳》。当时我爸告诉我,白先勇是白崇禧的儿子,我就一直记着这个。既然看书了,你到底看了什么书?其他各种访谈,你都说不看书。你唯一讲过几次的是《芒果街的小屋》《西游记》,唯一提到的作家是菲茨杰拉德。

周洁茹:我家也是我妈订文学刊物,所以我真是什么都看,我家甚至还有《啄木鸟》。我也从小就知道《收获》,我妈妈喜欢《收获》,后来能上《收获》,她比我开心。

戴瑶琴:你应该认真地讲一下,你到底读过哪些书,这对于关心你创作的读者来讲,还是有意义的。

周洁茹:要谈就故意了,我觉得都是基本功,什么都要读的,只能讲没读过什么。

戴瑶琴:印象深刻的,和书本身意义深刻的,完全不是一回事。

周洁茹:我只能开个没读过的书单。我写过一篇《阅读课》,所有我觉得对我有特殊意义的都列举了。

戴瑶琴:我读过这篇文章,还不够全。不过,你这样解释后,以后没有人再挑剔你,你怎么不读书啊?

周洁茹:一直都有人叫我开书单,我都拒绝了。个体弱的,不抱团死得快。个体强的,不抱团,不开书单。

戴瑶琴:可惜,很少人预先就明白你的故意。还真以为你不看书呢,其实怎么可能什么都不看呢?作家要有知识汲取,也要有生活体验。对于《绿化树》,你的阅读感受是什么?我也与你同时期,看了电影《牧马人》。

周洁茹:张贤亮真好。

戴瑶琴:是放在那个时代读觉得好,还是现在依然觉得好?

周洁茹:现在也挺好的,尤其在那个时代写出来,别人反正写不出来。后来见到过一面,他也挺潇洒的,我看到他的时候就挺老的了,还是气质很好,西装和拐杖,还会唱卡拉 OK。有风情。

戴瑶琴:张贤亮的小说,有那么一些自恋的,男主人公总有那么多女人爱他。你写小说会有自恋吗?很多批评"美女作家"的论调,其实也逃不掉自恋这个词。

周洁茹:他确实优秀啊,女人都爱他。那样的男人现在也没有了。"美女作家"也没有了,现在是个女的就上来"美女作家","美女作家"也有标准的好吧。至少我写了两百万字,我对得起"作家"这个词。"美女"的话,见仁见智吧,我知道我不美,但去菜场买菜,一堆卖菜的都叫我美女。

戴瑶琴:对你有影响的作家,肯定也还是有的,影响是潜移默化,很难摆出来一一对应。那么外国文学呢?我知道你反复读了《静静的顿河》。"

周洁茹:不要说出来嘛。要说你就说我读了一百遍《战争与和平》多好。我现在来讲《静静的顿河》,也说不出来什么,很轻,很轻的那种情感,但是可以记好久。

戴瑶琴:电影呢?我们讨论过《异形》和《铁血战士》。"铁血战士"是被派来猎杀"异形"的。还有去年你反复看的《饥饿站台》《安娜》……酷烈的电影对你创作有触动吗? 你为什么喜欢看呢?

周洁茹:要讲电影那要另开一篇了。只讨论铁血战士与异形,铁血战士就是个外星猎人,但也有人提出来不是猎人是杀手,杀手只满足杀人欲望,不是光荣的狩猎,但铁血战士的社会阶层是以杀掉多少个异形(异形皇后)为界定的。要不是这个对谈是要谈我的写作,我得跟你辩三万字的异形大战铁血战士。

戴瑶琴:"铁血战士"战"异形"是他的成年礼。

周洁茹:"铁血战士"有时候过度愤怒,当他开始杀死任何生命,也包括他自己的物种,而且这种愤怒会互相传染,所以"铁血战士"会互相攻击。这个我算作"铁血战士"的优点,过度愤怒也是爆发力。"异形"就是学习能力。

戴瑶琴:"异形"最强的还不是学习能力,是无极限,无法限量的潜能。

周洁茹:我主要还是要讲"铁血战士"的杀戮欲望,光荣感,对猎物的态度。

戴瑶琴:未成年男性"铁血战士"被送到地球猎杀"异形",就是为了荣誉感。他们对敌人尊重,取决于是否英雄相惜,如果对方太弱,何来尊重。

周洁茹:要不是狩猎场正好在地球,其实都没人类什么事,不在一个级别,人家懒得理你,碰上了就顺手打一打,也可以不打,打人类不光荣。结语就是"异形"有无限学习能力,但需要宿主。"铁血战士"制造并训练进攻型生物,也就是"异形",用于自己狩猎,也就是晋级,"异形"越强大"铁血战士"的荣誉感也越强大。我说过作家和评论家的关系就是"铁血战士"与"异形"的关系。

戴瑶琴:你的这个说法非常特别,电影里是"铁血战士"打败"异形",按照这个逻辑,作家胜利了。文艺片呢?香港 TVB 电视剧看不看?

周洁茹:不看。但是经常半夜里想起"你肚子饿不饿,我煮碗面给你吃?"我会再多煎个蛋。

"住"在香港后,我很注重写人

戴瑶琴:2013 年的《到香港去》,是一个转变,和你之前的风格大不同。细读文本,感受到创作视野和心理成熟度都提高了。接下来《佐敦》《油麻地》,其实都这一路线。这是你的另一面。我个人是最喜欢你的散文,里面有生活,有感情。感情自然,行文自在,是因为真的爱。

周洁茹:我几乎不在对谈里谈散文,都是讲小说。少女时代出版的十本书里,只有一本是散文集——《天使有了欲望》。《到香港去》后的十五本书里,五本是散文集,复出第一本就是散文集——《请把我留在这时光里》。我去讲过一次香港公共图书馆的青年创作坊(散文),我说我对散文写作的认识有两点,一是真,二是自由。这个世界上,老人和小孩最天真。这个世界上,水瓶星座最爱自由。所以水瓶座老年人来写散文是最好的。我感觉坐在下面的青年都没感触到。后面我也不再讲任何工作坊了,我的方式方法就是自己写,不解释。

戴瑶琴:近年小说,你会越来越注重现实主义,虽然语言仍然跳跃,但是故事内核是扎实的现在时生活。无论你写"女朋友",还是写"新移民",人和环境的关系是很清晰的。我一再和你探讨,还可以继续《201》风格,你说随便就能写一个这样的,我可以理解成你很了解生活,也积累足够多的生活素材了吗?

周洁茹:你之前讲我写作的两个阶段,一是少女时代,一是《到香港去》后,实际上我还有一个阶段,在《回忆做一个问题少女的时代》和《到香港去》之间,时间上是 2008、2009 年,我从新港搬到香港,中间回常州住了一阵,去了一下北京,见到了张悦然,她那时候正在准备她的《鲤》,晚上跟她的朋友们一起去吃烤鱼,我记得周嘉宁,侧面很酷。回常州后我写了小说《四个》给《鲤》的创刊号《鲤·孤独》,后面我又写了七八篇小说,《幸福》(《山花》2008 年第 5 期)、《201》(《人民文学》2008年第 8 期)、《你们》(《钟山》2008 年第 6 期)和《花园》(《天涯》2009 年第 1 期）……我应该最喜欢《幸福》，小说里的女人们反复地追问幸福是什么，总让我想起二十年前《你疼吗》里的女孩们，反复地追问，你疼吗。我后来在云南碰到李洱，他还提起《你疼吗》，李洱的记忆力太令人叹服了。这批小说中只有《201》，收入了一个选本，并且成为一道用时 15 分钟的语文阅读理解题。为什么其他小说都没有被看到，只有《201》？就是你讲的，现实主义。也就是说，2008 年，或者更早，我写《肉香》（《青年文学》1998 年第 7 期）的时候，我已经知道这么写，这种风格，"收益"更大。我确实也积累了素材。但我为什么没有再写，还是那个问题，我觉得没有挑战了，对我来说，太随便了，也太容易了。我永远都想去写更难的，让我写时"痛苦"的作品。

戴瑶琴：如何走进香港呢？我分析过你小说的港铁交通网。故事里的香港"新移民"，你是通过什么渠道去确立与观察呢？写进故事里，是悉数收纳，还是有选择性地把握特点？而你认为的这个特点又是什么？

周洁茹：如何走进香港？发现和观察？我有个三句"真言"：生活在香港，对香港有感情，写作香港。首先是生活在香港，生活久了就没有走来走去的问题了，就"在"这儿了，所有的发现和观察就不再是发现和观察，全都是日常生活。我们写日记的时候也不是把一日三餐都写下来的吧？除非那一餐特别不同，特别发人深思。我写作也只从自己记忆深处里发掘，很多事情，很多资料经过也就略过了，我将它们自动过滤了。人类的身体太有限了，容量也极其有限，有时候不得不覆盖一些记忆，腾出空间。

戴瑶琴：近年小说最亮点就是真切关注在香港的内地"新移民"。我不想用"底层"这样的字眼，本身就带有一种居高临下的俯视界定。阅读后，我发现里面是两类人，通俗点讲，一类是过得好的，一类是过得苦的。我感兴趣的是,你认为两者的特质分别是什么? 我还想追问,两者的共性是什么?

周洁茹:只要是人类,就没有过得不苦的。尤其是人类中的女人,这个女性研究者可以多谈一点儿。我只知道要脱离痛苦,先脱离女身,再来谈脱离人身。

戴瑶琴:如果被评价为创作关注女性命运,创作关注底层女性命运,你会如何回应?

周洁茹:我从来不回应评论家。我也不和评论家做朋友,讨论起文学来伤感情。"铁血战士"战"异形"也是直接来的,一交手知高下,不做任何理论准备。

戴瑶琴:你的创作一直很"新"。20世纪90年代就开始写网络小说,我做过资料,你是最早写网游小说的。去年发的《51区》,美国故事,但有科幻质素,我倒不是很满意最后的升华。讲讲你和网络小说的故事吧。

周洁茹:那肯定就是要讲到《小妖的网》,不过我都有点忘记那本书了。书出来后我就没怎么管了,我现在还是这样,对自己写的书还没有书的编辑热爱。我甚至没有全部自己的书,我前几天还在想这个问题,我是不是不够爱自己呢? 对自己的书也不太爱,还是我对自己太失望了,一直没能写出真正伟大的作品。我的常州老乡邵栋特别关注这本书,可能是陪伴他整个中学时代的一本书,他也问过我这个问题:和其他尝到了甜头一条道走到黑的小说家不同,你后来为什么再也没有尝试网络小说? 我说我写的时候并没有任何意图,如果被归入网络小说什么的跟我也没有什么关系。我以前写什么,以后写什么,都不会被任何归类和评论影响。那篇网游小说,1997年发表的《看我,在看我,还在看我》，一篇向游戏《沙丘》致敬的作品，二十多年后以后才被"学界"找到，这个证据也许是将国内"同人小说"的起点推前了。可是这一切跟我也没有什么关系。说起来确实不可思议，我开始写的时候并不知道我会写出一个什么，很多时候小说的发展和结局都不是我自己能够控制的。

戴瑶琴：我读到《看我》的时候，非常震惊，立刻发动学生去找"沙丘"这款游戏。记得还一再催你确认记忆中的公主打扮，我就可以与残留的照片进行对比。还联系了少君老师，他是网络文学最早一批的创作者，请他回忆中国内地网络同人小说的起点。《看我》创作于1997年。我还是要强调这部作品，具有很大价值。以后研究你的网络小说，不能只有《小妖的网》，还要有《看我》。你还会继续写科幻题材吗？

周洁茹：我尝试一切不同的写作的方法，但永远不改变内核，也就是说，我永远坚持这一点：我要写什么，以及我不要写什么。关于《51区》，地球与逃离。《51区》谈的就是这个问题，逃离来逃离去，只要还在地球，就永远是身体的囚徒，什么时候意识到了这一点，就会想要去找一条彻底离开的路，找不找得到？有没有人找到了？我写到第一万三千个字的时候主动放弃了，也许你可以讲，这个小说是我为数不多的主动讨论人物处境的小说，实际上任何形式的小说表达都不够容纳我们的心了。

戴瑶琴：你的作品，最强烈的情感力量是亲情，二十年就没有变过。香港时期的散文和小说里，更加深厚，也更加感伤。父母对你的影响是什么？你的写作对父母的影响是什么？

周洁茹：我父母对我的影响就是我成了一个作家。我的写作对我父母的影响就是他们希望我不要成为一个作家。他们希望我好好生活。任何一个作家的父母如果能够看到一个作家到底是怎么生活的，就不会希望子女成为一个作家。

戴瑶琴：父母的爱，对于我们独生子女来说，有点承受不住，最核心的问题是父母逐渐老去，我不知道该如何回馈他们的爱。害怕，怕他们老，怕世界上只剩下我自己。你的小说和散文里，有很独特，又很有力量的主题，就是呈现孩子和父母的关系。有一系列散文谈到家乡美食，其实是妈妈做的一道道菜。我可以明白你对父母的感情，那你对家乡呢？作家作品论，一个常规论题是研究地域和人的关系，常州对你的创作有没有介入？

周洁茹：我是我父母唯一的孩子，是第一代独生子女。你上次谈《来回》(《钟山》2017 年第 1 期) 的时候把《熄灯作伴》(《作家》1997 年第 10 期) 中的这一句找了出来，"我们这个时代，我们不知道兄弟和姐妹是什么，那会是怎样的一种感情，我不知道，我们从小到大都是孤身一人，我们冷漠，但那不是我们的错，我们无法亲身体味到那种姐妹般的情感，我们不知道什么才是像姐妹那样亲密无间地去爱别人，每个人都不相干，我们彼此都是皮肉隔离的个体，我们互相漠视，在必要的时候才互相需要和互相仇视，但是那样的接触也是异常短暂的。"我看到都挺惊讶的，因为我自己都忘了我还写过这么一段。我很少回望我过去的作品，就如同我早已不再意识到我是一个"独生子女"。茨威格说"她那时还太年轻，不知道所有命运赠送的礼物，早已暗中标好了价格。"独生子女承担所有爱也承担所有责任。我和我父母的关系，有人问过我，第一次出国离家，与父母在机场分别，那是什么感受？我说我没哭，我也没有回头，就是在飞机上我都没哭。我母亲后来写信给我说，她和我父亲从上海回常州，一路都没有说话，回到家一看到我的房间,空了的一个房间,两个人一起哭了起来。后来我父母来美国探亲后又回中国,我送他们去了机场,回来看到父亲留在家门口的一双拖鞋,我痛哭起来。刚回来的时候也一直有人问我为什么要回来,已经在美国住了那么多年,我说原因很多,一个很主要的原因是我是独生子女,父母年老,我必须回来,至少在距离上更近一些。我父母现在住在一个养老院里,生活上他们有人照顾,情感上还是缺乏的,我能做到的也不过是近一点点。中国人讲的,父母在,不远游,如果去到远方,要有一个明确的方向。我被我的中国情感折磨,不安和愧疚都很深,即使是一百年的国外生活都不会改变这一点。我现在在香港,我父母在常州的养老院,我睡觉都不会将电话关机的,很多子女都是这样,我们很害怕夜晚接到父母的电话,怕父母出什么事,我们的电话永远都不会关机,我半夜醒来都会再看一下电话,如果没有任何消息,才能安心睡着,到了早上,听到父母传来一句早安,这一天才算是真正的开始。我父亲建了一个群,里面有他以前带的一些徒弟,他每天都要在群里说早安和晚安的,但也没有人应答。我在群里,我也从来不应答。有一次我回去看他,他自己跟我讲,他在群里讲早安和晚安,不用大家回应的,只是告诉大家他一切安好的意思。

戴瑶琴:我也不敢关机。我无比恐惧在半夜和清晨听到电话响。电话一响我的第一反应都会是:爸妈出事了? 十年,你主要精力在照顾孩子。诚然家庭对写作会有一定消耗,那么多事情就横在那里、排在那里,没有时间去写,没有心情去写。但它也会有一些馈赠的。你从个人家庭中,获得的创作补给是什么? 我们不想听怨言,谁说都是血泪史,我想知道喜悦。

周洁茹:就在刚才,我跟我女儿讲,如果没有你、你哥哥、你外公和

264

外婆,我也不知道我活着的意义是什么。她说那你就去享受生活啊,做名作家,说别人的坏话。她就是这么说的。挺喜感的是吧。

戴瑶琴:你做了三年编辑了。我知道约稿超级难。在这个过程中,是否反思过你作家时代的投稿? 你对主编刊物的定位是什么?

周洁茹:约稿真的比告白还难,我第一次被拒绝失眠了一夜,我后来想想,告白被拒也没有这么残忍的。我开始编《香港文学》就先去反思了自己的作家时代,写了一篇《做个好编辑》,前些天又找出来看了一遍,"……只有到了自己做编辑,才真正意识到做编辑的不易。做过专业作家,再来做专职编辑,这种体会,真是珍贵……"那个时候我还去问了我二十年前的编辑程永新,你看我做编辑行不行啊?他说你行的,你一定行的。我说我过了三年再来找你啊。前些天我找他去了,我说我做了三年的编辑啦,三年前我还问过你我行不行的。他说你肯定行的呀,写小说的人是有艺术感觉的人,办刊物没感觉就到沟里去了。

戴瑶琴:作家和文学创作爱好者之间是有很大区别的。对于爱好者的创作,你有什么经验分享呢? 或者简单点,你是否可以提供一些你对文学及文学创作的个人看法?

周洁茹:文学爱好者的创作多珍贵啊,那就不功利、不世俗、不抱大腿,纯粹就是为了爱好而写,也可以不写,写了也可以不发。我还有什么好说的。给予最大的祝福。坚持写,保持写,保持纯洁。

戴瑶琴:坚持写,保持写,保持纯洁。

原载于《粤海风》2021 年第 5 期

与魏煜格对谈:玻璃城中的
原生态写作

她们就是我们

魏煜格:我看你的故事,有个比较深的感受,就是写作对于你来说,不是工作,而是日常,所谓"我写,故我在"的感觉。而你写香港的生活时笔下的住在香港的人,是很少在文学或媒体中能发出自己的声音的。比如在《美丽阁》里面有一群似乎无所事事的女人,在家庭以外似乎完全没有社会地位、文化身份可言,尤其那些非正常婚姻状态中的被称为"小三""小四"的女性,你写出了她们的痛苦。我作为读者的感觉,是你似乎遇到过她们。如果你真的和她们认识,交往的时候很难不暴露自己是作家吧?

周洁茹:你问这个问题挺奇怪的。那群女人不都在我们的周围吗?不就是我们吗? 首先我没有意识到这些女人是"她们",我认为就是"我们",就在我们的日常生活之中。我也是这样,看起来有个工作,在这儿坐班,其实从某种意义上来说,我也是无所事事的女人中间的一个。我想我并没有表现出来的那种充实,还是有无所事事的片刻。

魏煜格:我觉得某种程度上,我或许可以代表"工作狂"女性,除了看电影基本没有别的消遣,而且电影还是我的专业;就算疫情之前经常旅行,也都是拍片、放片这样的工作,不是度假。你写到的一些事情,比如大家在群里面约一起去什么茶餐会,还立刻有很多人响应,在我看来简直是有闲阶层的生活。你的散文《女作家不配做瑜伽》里面不是写"连做瑜伽的时间和心情都没有"吗,那么你有混进过有闲阶级的群体中吗?

周洁茹:我不属于任何群,也许偶尔混进去,都会被踢出来。我不知道我以什么样的状态进去的,但我觉得就像拍摄素材一样,一次也就够了。我一次就可以从头到脚观察到很细致的(东西),也就够了。再进去都是浪费,不需要再去回望、记录了。

魏煜格:你的对白给我印象很深。它们完全没有在显示学养和机智,看似平常,偶尔用个江浙人的语气助词,让我听到某种腔调。《美丽阁》里面闺密之间也是车轱辘话,一句接一句,接的很密,没有思考和停顿,似乎压力和烦闷唯一的出口就是这样说话。你写的对话,多大程度上以真实对话为原型?我这样问是因为你的对话节奏很接近真实对话,不像很多文学和电影对白那么快、那么刻意。

周洁茹:真实场景并没有文学的表现力。真实的人生和生活都是相对很苍白、很单薄的,没有那么丰富的、很多层次的对话。那些对白全是想象,全是我后来的加工、剪辑。我会去一个非常无聊的聚会,会在那里耗上毫无意义的几个小时,就是为了捕捉一个瞬间、一个点、一个金句。我觉得(得)到了,就可以离开或者被踢走了。我也不属于那里。

魏煜格:你刚才说"她们就是我们",突然让我觉得我是否太"精英主义"了,现在我可以确定你也很难融入她们中间吧?

周洁茹：至少也得做一个融入的姿态。

魏煜格：那天咱们看完林导演的片子，你和几个女友在走道上聊天，她们和我说："洁茹很替她老公讲话的！""她这位水瓶座很难伺候的。"我就联想到你小说里，那些叫葛蕾丝、雷贝卡的人物，和"我"单独聊天的时候，两个人之间常常有梗住了的感觉。不过这个"梗住"的状态里面，似乎暗藏机锋，有评论家称为"讽喻"。在生活之中这样聊天会不好受吗？

周洁茹：但我很享受跟她们相处，就算是被她们反驳，或者被无情嘲笑。那些句子都很珍贵，不是每次都说得出来的，我都全部接受，但我完全是用我的方式接纳那些，你看起来在非常态的那种语境、环境，说话的那种情形，在我看起来很现成。我没往心里去，其实。首先认同她们是我的朋友，她们可以随便说，在我这有无限的发挥的自由，说我什么都行。我是这样的。但是说我老公就不行，只有我自己可以批判我自己的老公，别人批判他时我要维护的。

魏煜格：我觉得《美丽阁》里面的很多故事，呈现了一些不被人看见的女人的面貌与生活。她们的生活那么空洞无物，有些地方虽然我知道是你的想象，比如说有个女人差一点儿就要有艳遇，却又拒绝了那个男人，似乎觉得这个艳遇不仅不能填充空洞，还会带来另一个空洞。这个细节蛮厉害的，其实她已经深深地觉得整个人生都很没有意思，这样的改变也是没有意思的。

周洁茹：就是这样。没意思。

魏煜格：你写完这篇东西，自己的情绪会受影响吗？

周洁茹：写多了吧，也没什么影响。我自认为自己是一个职业作家，这也是我有时候很厌倦的一点。就是我知道它的一个方向，我能够

268

自己控制住它的节奏、它的走向。我开始写的时候就知道我要写一个没劲的故事,但是我又是职业的、专业的,写这么一个故事,不带有什么个人情绪。

魏煜格:但我感受到满满的情绪。情绪不就是你作为一个作家最大的武器吗?

周洁茹:任何一部小说开始的时候,我都是无意识的,没有意图的,但我也很习惯了,这样也很好,我觉得这样往往能够写出一些不是很故意的那种小说,每一个作品都相对自然、天然,就是我原生态的表现,每一个都是。

日常情节自成逻辑

魏煜格:有不少人,包括你先生,说你都四十岁了,应该写出更有深度的东西。这种说法里面有个预设,就是描写日常的文字没有深度。但是女作家的长项之一就是描写日常,不论外面发生什么,日常生活都在持续着,萧红、张爱玲都是描写日常的高手。你觉得所谓深度,或者形而上的那些东西,是否根本不是你的追求?

周洁茹:他是这么说的:你一个有情节的东西都没有,全是意识流。那就意识流呗,意识流也挺好的。我不知道意识流是什么。如果说我是意识流,我就意识流。随便,你爱怎么说就怎么说,现实主义、现代主义、后现代主义,随便。

魏煜格:所以你文学理论都没看过,但是看到很多人用理论概念评论你的小说。

周洁茹:实际上我看着看着就出戏了,经常得很努力才能够进入,也不知道为什么要这么理解、这么解释,好像跟我自己想的不太一样。所以你是做这个(纪录片)的,逻辑很清楚,你看我就经常偏掉。

魏煜格:"偏"是正常的和自然的。我刚到加拿大的时候,上过一门课叫"女性主义理论和女作家写作",接触到一个重要的观点,就是女性写作根本就不能跟从所谓"逻辑",因为"逻辑"本身是训练出来的,在哲学的范畴里面达到完美。但同时,生活本身是没有"逻辑"的无序状态,因此作家可以从自己的感受出发,对抗"逻辑"带来的桎梏。我从你七年前恢复写作开始关注你的新作,读到《美丽阁》这一组最近的作品,体会到你的观察和感受就在你的血液里面,你文字的节奏也是与生俱来。

周洁茹:对,天生的。

魏煜格:我对你的创作的理解,部分来自我自己的纪录片创作。比如说,我曾经想过,虽然《金门银光梦》是个纪录片,我找到的内容材料完全做不到严丝合缝的常规叙事,但如果用好莱坞剧情片的节奏来剪接,让大家能够看下去不觉得闷,我就成功了。这种方法需要逻辑和计算的,从技术上让有限的内容达到所需的情感效果。而你作为创作者是非常自由的、直觉的,因此你的作品有种随性的魅力。

周洁茹:我觉得我在这方面加强一下可能就好一点儿。

魏煜格:可是你不是拒绝逻辑吗?等到某个时候,你跟它合上拍子,可能觉得突然就可以接受它。

周洁茹:还是能力不足的问题,不是说我不想接受。没有学习能力,就没有逻辑能力。但我觉得我现在这样好像也可以。

魏煜格:被你写到小说里的人有没有看到过你的小说?

周洁茹:还挺多的,因为我的小说可以对应到很多人,因为每个人都是那样,就一种人类。

魏煜格:我觉得你到香港以后写的小说,特别是《美丽阁》这样"成组"的小说,和英国作家奈保尔的《米格尔大街》有些地方是类似的,每个短篇故事之间,有重合的人物,每个故事有不同的主角,但是其他角色也会出现,他们生活在同一条街上,这条街就是一个小世界。你的小说,也是通过你的人物和第一人称"我"的脚步所到之处,重组出一个"小香港",而这个"小香港"不仅仅是一个地域、空间的概念,而是一种飘浮的状态和呼吸的节奏,必须由一个像你这样"港漂"的作家才能写得贴切。香港作家之中,至少有一半不是完全土生土长,而是四处漂流漂到香港的,可能有人写作超过半个世纪"落地生根",但我觉得"无根"是香港作家最重要的特点之一。

第一代独生子女

魏煜格:你写你父母挺多的,而且写得让很多人认同。疫情期间我母亲也独居两年了,你写和父母打长途电话、不在同一个城市的焦虑,在香港和朋友互相照顾对方父母,我都十分认同。

周洁茹:我父母很重要,我是他们唯一的孩子,独生子女。为什么有的东西特别做作,无法打动人心,因为写的人都不是在用人的心在写嘛,我也说过有的写作太多意图,太多动机了。反正我的写不为了什么,我没有目的,我个想十吗,我就自己写。我也写到那种程度了。

魏煜格:你的特别之处就在于有两点你比大部分作家早。一是还没有完全开始独生子女政策的时候,你就独生了,是第一代独生子女。因为你周围大部分人都不是独生子女,这种感觉更加强烈。再接下来就是,到二十世纪九十年代末互联网刚刚开始出现的时候,你作为一个十分年轻的作家,已经是使用者,当时几乎全部作家对网络无感的时候,你已经开始写网络文学了。

周洁茹:太早了也没什么好的,提前都过完了,还挺没劲的接下来。所以我就空了十五年。

魏煜格:你空的十五年,这个就不是你的生活的日常一部分了吗?你有想去写吗?

周洁茹:我也没想到我会空十五年,要早知道我就不这样了,但这不是我控制的,我不想这样啊,我当年离开的时候就想着我离开一下,我积累一下,休息一下,哪知道是这么多年。回来什么都没有了,读者没有了,市场没有了,就是你的编辑也没有了,你一无所有,一切从头开始。但是你要问我再选择一次的话,我还会这么选,那就再来一次,我也不怕。

魏煜格:我是想问那个时候如果自己不写了的话,在做什么?你有读书吗?

周洁茹:我就结婚生孩子带孩子。到了年龄就结婚,该生孩子就生孩子,我生孩子都有点晚了,再晚的话带起来就有点累了。都不是我安排的,就好像都不是归我管,不是我计划好的,它就发生了,结婚生孩子带孩子,然后第二个孩子。我都特别茫然,不知道发生了啥。发生在别人身上,特别正常,发生在我自己身上,就好像不是我了。

魏煜格:孩子不都是你自己带大的吗?

周洁茹:是啊我自己带的,也不知道怎么带大的,跟我写作一样,都是别人给我的一个概念,给我一个理论。很多人赞扬我的孩子,我接受所有的好评语,我自己没有那些判断。我就不知道应该怎么来涵盖我自己的写作,因为它太天生了,它太天然了,它基本上是我自己都不知道的所有的一切。在我身上发生的一切都是匪夷所思的,我开始写作,以及我不能写了,以及我突然又开始写了。我觉得就没有办法解释,我不可以追求。我也可以解释了,现在,但是我不想解释,我说我不知道,其实我有点知道,现在有点知道了。就是人会有一段时间是混沌的,但是你不会一直混沌,有些事情在你后面回忆回想的时候你会有一个解答的,但是我当时是真的茫然。

魏煜格:对,我也觉得你过后是有的,你后来的作品中已经显示了这种自省。

没有书桌的香港作家

在场学生:我想问问你的书房是什么样的?

周洁茹:哪有书房?!咱这是在香港啊,你在开玩笑,连书桌都没有还书房。就是一个笔记本电脑,搁餐桌上面。但餐桌也不是一直空着的是吧,就趁它空的时候,你赶紧写完一个,马上撤。所以就是,我不需要书桌,真的不需要,不是要抱怨什么。

魏煜格:跟萧红一样,有一块地儿就行了。

周洁茹:对,就放膝盖上也行,只要有电脑就行了,真的。

魏煜格:脖子不会很累吗?

周洁茹:这身体已经不是自己的了,无所谓了。你还说脖子,什么是你自己的?腰、颈、脊椎、手腕……没有一样是自己的,都不要了。写的时候顾得上?顾不上。因为你只有那点时间,赶紧写,还有什么姿势。写完了之后才发现是一个姿势,就是这样,自己都不能够还原回去,就

273

永远是一个很紧张的状态,因为写的时候非常紧张,但是你自己不知道。所以我就很久都无法从一个状态里面出来,让自己放松下来。

魏煜格:你怎么知道一个作品就写完了呢?就可以了呢?

周洁茹:我自己就是知道。不就跟爱情一样吗?看到一个人,别人都说一无是处,但你就是觉得就他了这种感觉。这种比喻不好。但就是我自己知道的意思。很难解释得清楚。由于我的忍耐力的问题,还有自己的一些天生的……可以讲是一个缺陷吧,我写不长。但我也觉得够了,我往往在一个短篇小说(的篇幅)写出了一个长篇小说的内涵。

魏煜格:对,有些长篇小说太长了。

周洁茹:我都很惊讶,也很佩服,跑马拉松的体力,我没有,我的耐性跟专注力就够短篇小说。

魏煜格:你写一篇短篇小说,专注的时间是多久?如果一气呵成的话会写多少?

周洁茹:7000 字。7000 字就到极限了。中间不停不改。而且我有意识的经过写作训练的话,我能够这么写一个月,我能写三十篇,不重复的。

魏煜格:你来了香港以后,也差不多在用这个速度在写。

周洁茹:我可以,我能,但我不经常这么干。我知道我可以,我也不要卖弄,因为到了我这个阶段,写什么或者发什么,我已经不需要表达和表态了,我不需要证明我了。我来(香港)以后是写了 60 篇小说。但我是这样的,我在一个固定的季节或者时间集中地写一些,然后其他时间像你刚才说的实际上你挺忙的,怎么那么多事?实际上我没什么事,我经常发呆。可惜了哈,如果有点约束的话,有点制约,或者有个计划的话,我会比现在好。成就方面很多专业作家他都是有一个规划的,他是每天必须坐在那里写的,写不出来硬逼着自己写一些。

魏煜格:我看过十几部关于华语作家的纪录片,知道有的作家,每天同一时间坐到电脑前面,写不出来就上网、等灵感。但你要是一直都是写短篇小说的节奏,你不会觉得长篇小说很做作吗?

周洁茹:如果这样约束我的话,我可能就能写长篇,长篇小说就能出来了。没人管我,我自己也不管我。我其实还挺看不起长篇小说的。因为我这个人就不是那么有规划的、有计划的,今天写多少字,或者明天写一个什么样的内容,或者今天写个提纲,明天一定完成部分章节,完全没有的。我都是想一出是一出。经常性的,想说列好了长篇小说的大纲,状态也行,然后写了一天,写了个短篇,然后就觉得可以结束了、可以是一个交代了。这一天的写作完全没有回到开始的初衷,没有一次能够按照我的"计划"来。

魏煜格:你觉得写作一直跟你的成长并存,就是一个行为?

周洁茹:对,我写得太早了,我已经没有故意的意识,都是后面别人给我的概念和标签,我自己相当的茫然,就没有一个理论体系可以来套,我自己也不知道,它可以套女性主义,套现代主义极端现代主义各种主义,我不知道,我没有受过这个体系训练,我不知道他们都在说什么,经常不知道别人在说什么。

魏煜格:我们女性主义课和写作课上讲到伍尔夫的时候,除了《自己的一间屋》,我们还读了《达洛维夫人》。前者比较多地总结女性写作是一件多么奢侈的事,后者则把一位旁人看来岁月静好的主妇,写得透不过气来。我们还读了吉尔曼1892年出版短篇小说《黄色壁纸》,这也是北美文学课程中必读的名篇,虽然短,但是给我的印象深刻。这两位女作家的共同之处就是用写作来对抗抑郁,而这种抑郁是环境造成的。我在你的写作中也看到类似的抑郁,以及女友之间通过看似"无意义"的对话,对"抑郁"的化解和拆解。从这个意义上说,我觉得你延续了女性写作最重要的特质和功用。

自家故事很难写

魏煜格:你有没有写过你的小孩?

周洁茹:散文里面写过一点点,不太多,不太好写。太丰富了,太高级了。(小说方面)你这么一说还真没写过,我的小说也不是我的,跟自己的关联不是那么大,其实真的,我特别茫然,你一说我的那些,都是我都没有想过考虑过的问题。这是真的,我真的不知道在我身上发生了啥。从我开始写,然后写到今天,一切都好像不是我一样,我看着都很神奇,我自己看我自己的经历,这女的太神了,我是相当的敬佩啊,怎么能够写这么多,而且还写得相当的好(笑),就那种。

魏煜格:这不是你先生也知道吗? 他不知道你写这么多吗?

周洁茹:他不关心。你访问一下他,我觉得他也是一个神奇的存在。

魏煜格:访谈标题"如何做一个女作家的丈夫"吗? 他不是说你年纪大了写的东西就应该更有深度吗? 他不是说你没有情节? 他那天的表达。

周洁茹:可能是为我好吧,他总不能想着你不好吧。但是我好像还接受不到,我觉得他想的那种对我的好,是能够马上见到效果的,这个作品"成熟度"高,就比较好归类,比较好套理论,然后比较好拿奖,比较得到更多的认同,这样你就"成功"了,你就不会不开心了,你就开心了。我不知道他怎么想的。我自己觉得我的写作就算不那么"成功",但我对得起我自己,从现在开始不写也行了。

魏煜格:我觉得你说得对,你总结的挺对的。

周洁茹:但我这不是不上进嘛,就不"要好",故意的,对啊我就不是特别想好,不想自己那么好。我自己开心就行,我就这么写我可以不拿奖。但不拿奖我还真的有点不开心。但是我写的时候管它拿不拿奖,我就自己开心。但因为写作的条件也不算好,体力精力,真的是写着写着会睡过去的那种,醒来发现自己僵硬的一个在电脑前的姿势,相当的寒酸,是心酸的,自己也很心酸。写成这样,别人也不认为你是一个作家,就你自己坚定地问自己,我是一个作家吗? 然后自问自答一下,是的,我是的。就靠那么一点点的意志力撑住自己写下去。因为还是会有人来告诉你,醒醒吧! 你就是个家庭主妇。经常的。然后我就会醒一下——对哦,我是个家庭主妇,赶紧把碗洗了,那种。还能再回来写一点儿,是奇迹,是意志力,我用强意志写,所以我觉得我的写作环境就是那么挫,可能也就成就你。

魏煜格:我觉得你发在朋友圈的写你女儿,一小段一小段都写得很好看。

周洁茹:是啊,她的老师出过一个作文题《记一个无意中伤害的人》,我就跟她讲不用写,人要伤害人都是有意的,类似那种的。

魏煜格:作业都不用写吗?

周洁茹:对,作业也不用写,我的方式就是这样。但她自己太"上进",她一定要写,有时候写到凌晨三四点。她还教育我:你长篇小说一直写不出来,你知道为什么吗? 我说为什么。她说因为你懒。真的,很正式地跟你讨论。十三四岁来跟我讲道理。她还很痛心,她说你应该成功的,结果没有,你写长篇小说早就应该写三五部出来了,没写出来,你自己想想是为什么。我说我想了我不知道为什么。她说就是"懒",一个字涵盖了。我是觉得我就这样也行,好像也不是特别差。我要是特别想"要好",也不是完全没可能,但我就是不太愿意。

魏煜格:我的有目的的写作就只发生过一回。我爸去世了,周围的人都说我是老大,不能哭,所有人都说,如果你要哭了的话,你妈就会更伤心。我就把所有的注意力放在怎么缓解我妈的悲哀,于是想到写故事,让她每天早上一醒来就能看到 2000 字。然后就每天写一位中学同学,连写了 18 万字。

周洁茹:为什么我们总是能够笑着说最伤心的事?我也是受到很大的伤害还能笑出来,巨大挫折的时候也还能吃得下饭,一边哭一边吃,还吃得下去。你写了 18 万字啊,也是一种疗愈。我觉得可以,你可以这样。

魏煜格:我妈跟我说,有个女作家叫陈端生,她写《再生缘》,就是写给她妈妈看的,还没有写完妈妈去世了,《再生缘》也写不下去了,就没写完。这个故事,让我印象很深刻。

周洁茹:我只知道张洁,《世界上最疼爱我的那个人去了》。

魏煜格:我看过,哭得稀里哗啦的,后来去看改编的电影,然后从第 5 分钟开始一直一直哭到电影结束。她那个还可以,还挺能认同的觉得。

周洁茹:女作家太痛苦了,有时候不仅背负自己的痛苦,还得背负他人的痛苦,但也得认,这就是你的命运。我想过我要停顿一下中断一下,我没想到我还能回来,我事实上是回来了,但是太难了,比出道还难。(我老公不让我用"出道"这个词,他让我端正态度,他说你又不是艺人,你出什么道?)开始写很难,但是回来更难,也就是说你从下往上走不是最难的,最难的是从高处往低处走,我也走下来了。我也能够再走上去。

魏煜格:那不是挺好的,你现在不是挺有自信的。

周洁茹:越挫越勇。无奈之举,谁都是希望有个天梯直接就上去了,不下来了,因为最苦的就是下来。

魏煜格:你也承认他是在用他的方法在爱你的,不是吗?你刚才讲的别人要说他不好,你会维护,说他是为你好。但是我觉得很奇怪,也不能说他不了解你,但是他就是要用他自己的那种方式来表达,在他那里对错很简单。

周洁茹:我都不知道什么是对的什么是错的了,被他表达的。我不需要鼓励与赞扬,这些东西都能从别的地方得到,但偏偏从他那里没有。

魏煜格:你将要回美国陪女儿上学。怕不怕去了以后又写不出东西?

周洁茹:不用怕,这是个事实,我肯定写不出来东西。这是一个必然,这两年肯定是没的写。我是非常不合适在美国的,我在美国很不开心嘛,但我还是要做这个选择。我女儿很不适应现在的学习模式,跟她的个性也有关系。我家的两个孩子,一样的家庭环境,一样的教育背景,但是两个人很不一样,对环境的接受能力、适应能力都不太一样。所以我尊重她的选择,回美国上学。而且早一点儿、晚一点儿,终究是要做这个选择。我觉得任何父母都会权衡的,会做一个取舍。

魏煜格:你会把你写的书的版权全部都给你女儿吗?

周洁茹:我这些书还有版权?笑死人了,我是一个不成功的作家。

我真的跟你说,你们说我成功我都很惊诧,你知道吗,混得像我这么惨的,我都不好意思接受这个访问。

魏煜格:书卖得没有以前好,是因为整体上书这种东西卖得少了。这不一本一本都出了吗?你有读者。

周洁茹:谢谢你这么说,我能够出就不容易了。其实有好的,或者拿奖,又卖得好,我的书卖得不好,我两边都不靠。你刚说到有什么可以给孩子,但我肯定是没有版权留给孩子,我真是一无所有,哎哟又焦虑了。

魏煜格:不成功的作家就已经不是作家了,还在写作的作家就是成功的。香港和纽约一样是石矢森林,但因为它发展得比纽约晚,所以又是"玻璃之城"。从摩天大楼的外观,到购物中心的内部,都有无数的玻璃和镜子,很多城市"景象"其实是"镜像"折射。《美丽阁》中的每一个人物都是一面镜子,折射出周围的人,让我们也看到自己。中国的城市化进程,很多城市都有了类似香港的中心地带,相信《美丽阁》也因此能够获得更多读者。

原载于《世界华文文学论坛》2022 年第 1 期

与李昌鹏对谈:未来每个城市都在
地球自由漂移

李昌鹏:周老师,我读初中那三年,每天中午从学校回家,吃过午饭后会通过莺歌牌黑白电视机看一部香港的"单本剧"。可以说,我对香港的了解,是从看这些"单本剧"开始的。此外,我对香港的了解,还来自香港的歌曲,许多香港金曲占据着我的少年时期。我当时有一种强烈的愿望,我希望自己未来的生活很"香港"。今天遇见家在香港的您,能请您谈谈您眼中的香港吗?

周洁茹:多谢昌鹏。香港我谈得太多太多了,毕竟我在中国香港生活了十二年,连续的十二年,在美国是十年,加上请辞《香港文学》后回洛杉矶陪读的一年,十一年。但要按照年数来计算,还是家乡常州的时间最久,二十四年。而且我也再次回到了故乡常州,在过完我的四十八(虚)岁生日以后。比较神奇的是,我今年来到浙江传媒学院文学院驻校,文学院的校区在桐乡,我到了学校才知道,桐乡是在嘉兴,而嘉兴是我的祖籍。我记得我小时候我父亲还专门回过一次嘉兴,寻找家族的祠堂,但我就从来没有去过嘉兴,一直没有机会,所以现在我来到祖籍地的学校驻校,这真的太奇妙了。我看过你与张怡微的那个对谈,她提到的我们在"光的空间"常州店的那个活动——《独在异乡为异客——她们如何在他乡写作》，我也很有印象，因为那也是我第一次知道张怡微的祖籍是常州武进，但我也不觉得她是一个"武进籍"的作家。主办方《小说界》让我们在现场描述一下心中他乡与故乡的区别，然后用一句话来总结。那一次回常州我是飞机从香港到上海，然后再搭火车到常州。飞机降落在上海虹桥机场，我看了一眼窗外，那种感觉，好陌生，又好熟悉，就好像我一直一直都在，从来都没有离开过。那些年我都是从南京或者无锡往来香港，这是十年来的第一次，到上海。我就在朋友圈发了一条：十年没见的虹桥机场，一点儿没变。到机场里面，还是变了，一切都好陌生，一切都不是原来的样子了。虹桥机场对于我有特殊的意义，二十多年前，我第一次离开家去美国，就是在虹桥机场，父母送我去的机场。我没哭，我也没有回头，就是在飞机上我都没哭。我母亲后来写信给我说，她和我父亲从上海回常州，一路都没有说话，回到家看到女儿空空荡荡的房间，两个人都流了眼泪。后来我父母来美国探亲后再回中国，我先生送他们去机场了，我看到父亲留在家门口的一双拖鞋，这才放声痛哭了起来。我的知觉似乎总要慢上几拍，有时候甚至是好几年。我心中他乡与故乡的区别，要用一句话来总结，我突然就想到了这句，"于熟悉与陌生中打转"，这句话出自我自己的一篇纪念《香港文学》创刊总编辑刘以鬯先生的文章。"导演王家卫说过，刘以鬯的离去象征了战后南来作家在香港遍地开花之时代的终结。这样的评述站在历史的角度是合适的，但是文学的角度，这样的遍地开花才是最璀璨的花。每一个写作的人都在陌生与熟悉中打转，刘以鬯先生的一生，在其中找到了优美的平衡。"你说香港金曲占据了你的少年时期，让你有一种强烈的愿望，希望自己未来的生活很"香港"，而对我来说，香港很"奇妙"。我一直都是非常感谢香港的，因为我是在香港重新开始写作的,而我之前的中断是十五年,整整十五年,我能够回来,我无法解释其中的缘由。我解释过无数次终止写作的原因,无法解释回来,能够回来,我归结于命运的安排,以及香港。我眼中的香港,就是一个"奇妙之都"吧。希望我以后回望我在香港的生活与写作,也能够达得到这一句,"优美的平衡"。

李昌鹏:说到您的写作,您的作品从《到香港去》到《在香港》,就体现了一种身份认同的转变,是什么让您产生了这种对城市的认同的转变?

周洁茹:《到香港去》是回归写作的第一篇小说,真实时间与地理上的回归,客观上的,心态上还没有,我这个人总有点后知后觉。《在香港》肯定了"在",是我对我自己的提醒。很多时候我都需要"我"来告诉我,我在哪里,我要做什么,我最准确的方向。

李昌鹏:有一种说法是:"乡土文学在中国有着相对稳固而深厚的传统,而城市文学在百年中国新文学史上并没有形成规模性文本和创作上的有序传承,导致作家们对城市的书写缺乏必要的先天准备,也相对缺少可资参考和借鉴的范式。"那么请问您书写城市的方法是什么?

周洁茹:我的写作确实是无意识的、没有企图的,更不用说什么准备。近乎本能地写,写日常生活,写有人的、有温度的作品,用你最虔诚的态度。如果一定要讲方法,这就是我的方法。

李昌鹏:那么在写作过程中,您如何面对不同语言切换的问题?

周洁茹:我的英语和粤语都有点常州口音,我自己也知道,当然了我的常州话就完全没有口音,离家几十年还是一口标准的小东门发音。纯正的常州话还是非常优美的,并不是传说中的那么凶猛,主要看怎么用词。不同语言(方言)的问题完全没有干扰到我的写作,我一直都是在用常州话写小说,因为我也是用常州话思考的,从开始写作,直到现在,我从未变换过我的语言模式,所以也没有切换这一说。我始终坚持我的写作语言的独特性,这一点很重要。

李昌鹏:您有好几年没回家乡了,这次回到故乡常州有何感想?

周洁茹:这一次的感想太大了,太不同了。当年到了美国我都是要一年回一次家的,或者我父母过来美国,我从来没有与父母真正地分开过。这次是三年,三年还不止,前两年我还抱有希望,一直在看机票、看船票,因为去澳门隔离也是一个办法,第三年我直接回了美国,因为如果一直不通关的话,我在洛杉矶跟在香港是一样的。我父母也不要我回去,往来的风险之大,远远超出了思念,我们后来都习惯了视频,习惯了克服。这次回到家乡,我发现到处都印着歌词"教我如何不想她",刘半农作的词,赵元任谱的曲,常州人都熟悉,我还用常州话念了一遍,发现并不十分通畅,因为"如何"得念成"镶格老"才对,但也不十分对,我一时还找不到更对的对"如何"的表达。我在想家乡的文旅部门为什么选用了这一句"教我如何不想她",就没有别的句子了?大概就是因为这个"她"字,因为之前的汉字中是没有"她"的,男女共用"他",这首歌广为流传之后,中国的女性们拥有了专属于自己的"她"字,就是这字,这个意义,而这个意义是非常大的。还有就是我的文学工作室在我青果巷的外婆家开幕了,在今年的 6 月 12 日,这一点对我个人的意义非常大。青果巷是常州最为神奇的一条巷子,许多文学艺术家而不仅仅是企业家,都与这个地方产生了关联,如果未来有人会来定义这种"青果巷文学"的话,我认为这也是最早的最有迹可循的常州城市文学。

李昌鹏:挺有意思,您提出的这个常州城市文学的概念,那您自己认为,您的写作可以分为若干个阶段吗? 常州、纽约以及中国香港,是否曾让您的写作发生某种变化?

周洁茹:我的写作的阶段,其实特别好分,按照时间分:2000 年前,2015 年后;或者按照年纪:少女阶段和中年阶段,未来可能还会有一个老年阶段;评论家戴瑶琴老师是按照作品分的:《回忆做一个问题少女的时代》阶段,以及《到香港去》后的阶段。生活地区的变化,一定让我的写作发生了变化,有一种变化就是完全不写作了,指的就是我在美国的十年,以及回到香港的头五年。如果按照职业变化来分,就会更戏剧一些:常州文联专业作家阶段、美国家庭主妇阶段、《香港文学》主编阶段、浙江传媒学院驻校阶段……作品的数量及表现力上看,主妇阶段是完全没有出文学作品的,可见这一份职业的艰苦以及吃力之处。

李昌鹏:周老师在美国的那十年,从现实中捕获的写作素材多吗? 当然,我可能问得太早了,或许许多年后,您在美国的生活以及在美国捕获的素材才会完成它在心灵中的孕育,您对此如何看待? 素材的酝酿过程,可能从某些感性认知开始,然后发酵。过去您应该遇到过类似的情况,然后从一个感性认知,慢慢变成一部作品的起点或者某个写作局部的生长点。

周洁茹:确实,那十年很重要,虽然说是一个家庭主妇的阶段,但也是我最重要的一个阶段,是一个养的阶段,积蓄的阶段,对于写作来说。当然生活方面更为重要,那十年我就是很普通地、很自然地度过,结婚,建立家庭,养育孩子……看到一个朋友说女性运势走低的时候就应该停掉事业,去结婚,去生孩子,我是不同意的,运势走高才应该去结婚、生孩子,婚姻的质量才会高,养育孩子的质量也会很高,当然了这是朋友间的说笑。但我肯定是在我最好的时间去完成我的家庭的这个部分的，所以我一直很感恩命运。包括在做了四年主编以后，我又一次离了职，回到加州陪孩子上学，也许别人很难理解，在一个谁看来都是意气风发、正可以做点事情的大运年，又决然离开了？但我人生中最大的获取其实是来自我的家庭的，我的家人。今年年初由于照顾父母的考虑，我又从加州回到常州，选择了离家最近，也最给我创作自由的浙江传媒学院文学院驻校。这是最好的安排，最合适的安排，也是我最想要的安排。还是要感恩命运。

李昌鹏：其实说到驻校作家，我很好奇，也是要讲课的吗？好像内地特别少见。可以谈一谈吗？

周洁茹：驻校作家制在国外就特别常见。我最早知道驻校作家是从张爱玲，她在写作营认识了她后来的丈夫赖雅，整个人生就此发生了变化。我一直在想，如果她没有去写作营，没有认识赖雅，没有相爱以及之后的拖累……她这一生会不会更幸福一些？直到我看到一张她与赖雅的合影，两个人的侧面，她的那种自在，我第一次看到，很被触动。我后来在美国生活，了解到很多大学都有驻校作家制，中国作家最为熟悉的就是聂华苓在艾奥瓦大学主持的"国际写作计划"，很多中国作家都参加过这个计划。但我在美国没有申请任何一个驻校计划，我回到中国，成为浙江传媒学院文学院的第一个驻校作家，这对于中国内地的院校来说是挺有开创性的。首先这是一个双向选择，对我来说很重要的一点是学校给到我一个创作空间，让我可以没有顾虑地写作，完成自己的一些写作项目。另外我也很愿意去与更年轻的写作者们沟通与交流，把我的写作经验再来做一个传播与扩展，要是能够促进并且实实在在看到同学们在写作方面的成长，那会是一种比自己写更欣喜的欣喜。而学校方面,很明确的一点就是希望驻校作家能够丰富学校的文学教育,在网络文学、创意写作以及编剧等方向,为学校建设、培养人才队伍,提升创作水平。非常清晰。驻校作家制本身就是一种很常见的文学与教育沟通互补的方式。人大文学院孙郁院长在一个访问中说过,我们对驻校作家没有规定动作,也没有什么具体要求,主要是因他们的存在而使学生感受到创造性写作的价值。这一句很好,浙江传媒学院也给予了我同样的感受。

李昌鹏:我们的都市文学,未来还可以怎么写,它或许会变成什么样子?

周洁茹:到了未来,每个城市都可以在地球自由漂移。我也问过水利土木工程师了,这是真实可信的。事实上我们的城市一直在移动,而且移动的速度越来越快。今天城市的位置一定不是未来城市的位置,就如同我一直相信今天的一天 24 小时要比遥远过去的 24 小时要少一点儿,时间也被缩减了,一切的变化都如此缓慢,不被察觉。于是我们的未来,都市与都市之间再无边界,我们的文学也会到达一个更为自由自在的状态。这是我的梦想,也是我的理想。

李昌鹏:最后请周老师给我们的青年作家一些阅读以及书写城市文学的建议。

周洁茹:老师不敢当,我给比我年轻的阅读者和写作者的唯一建议就是坚持,坚持写作的信念。

原载于《都市》2023 年第 8 期

附:周洁茹小说年表(2013—2023 年)

《到香港去》《上海文学》2013 年第 9 期

《结婚》《北京文学》2014 年第 2 期

《生病》《小说界》2014 年第 6 期

《邻居》《长江文艺》2015 年第 3 期

《贝斯》《钟山》2015 年第 2 期

《旺角》《大家》2015 年第 2 期

《离婚》《上海文学》2015 年第 5 期

《我们都爱短故事 1》《山花》2015 年第 5 期

《我们都爱短故事 3》《南方文学》2015 年第 6 期

《流沙河》《萌芽》2016 年第 1 期

《格蕾丝》《香港文学》2016 年第 3 期

《一九九六年的自行车》《小说界》2016 年第 2 期

《旺角东》《芙蓉》2016 年第 2 期

《佐敦》《十月》2016 年第 2 期

《抱抱》《莽原》2016 年第 5 期

《野餐会》《青年文学》2016 年第 12 期

《我们都爱短故事 2》《北京文学》2017 年第 1 期

《相信》《江南》2017 年第 1 期

《来回》《钟山》2017 年第 1 期

《吃相》《作品》2017 年第 2 期

《星期天去九龙公园散步是正经事》《作家》2017.2

《40》《山花》2017 年第 3 期

《香港公园》《创作与评论》2017 年第 3 期

《林先生和房子》《红岩》2017 年第 3 期

《记没有意义的一天》《野草》2017 年第 3 期

《记有意义的一天》《西湖》2017 年第 6 期

《到直岛去(南瓜对我笑)》《上海文学》2017 年第 6 期

《到深圳去》《青年文学》2017 年第 7 期

《到尖沙咀去》《青年文学》2017 年第 7 期

《吕贝卡与葛蕾丝》《青年作家》2017 年第 8 期

《罗拉的自行车》《广州文艺》2017 年第 8 期

《如果蘑菇过了夜》《小说界》2017 年第 5 期

《到广州去》《当代》2017 年第 6 期

《抽烟的时候买一颗药》《香港文学》2017 年第 11 期

《失败小说》《南方文学》2018 年第 1 期

《读书会》《上海文学》2018 年第 3 期

《华特餐厅》《小说界》2018 年第 4 期

《伤心水煮鱼》《特区文学》2018 年第 5 期

《仓鼠球球的旅行》《少年文艺》2018 年第 11 期

《九龙公园游泳池下面》《小说界》2019 年第 2 期

《油麻地》《花城》2019 年第 5 期(粤港澳大湾区文学特刊)

《小豆小豆的岛》《上海文学》2019 年第 11 期

《同乡会》《作家》2019 年第 11 期

《圆梦歌舞厅》《广西文学》2020 年第 8 期

《51 区》《上海文学》2020 年第 8 期

《拉古纳》《小说界》2020 年第 4 期

《682》《大家》2020 年第 4 期

《黄蜂爬在手臂上》《江南》2020 年第 5 期

《生日会》《上海文学》2021 年第 1 期

《婚飞》《十月》2021 年第 1 期

《巴布甘餐厅》《中国作家》2021 年第 2 期

《洛芙特》《青年作家》2021 年第 2 期

《三打一》《雨花》2021 年第 4 期

《布鲁克林动物园》《作家》2021 年第 4 期

《剩下的盛夏》《青年文学》2021 年第 5 期

《美丽阁》《收获》2021 年第 3 期

《幸福的青菜》《广州文艺》2021 年第 7 期

《和维维安一起爬山》《山花》2021 年第 7 期

《去了一趟盐田梓》《滇池》2021 年第 7 期

《断眉》《滇池》2021 年第 7 期

《帮维维安搬家》《滇池》2021 年第 7 期

《星星》《清明》2021 年第 4 期

《咖啡旅行》《小说界》2021 年第 5 期

《一次出游》《上海文学》2022 年第 1 期

《游艇会》《上海文学》2022 年第 9 期

《一次来回》《作家》2022 年第 10 期

《一次仰望》《小说界》2022 年第 5 期

《小意大利》《西湖》2022 年第 11 期

《车库房》《小说月报原创版》2023 年第 3 期

《炸两》《江南》2023 年第 2 期

《一次游荡》《小说界》2023 年第 2 期

《北站》《湖南文学》2023 年第 4 期

《宝马与吉普》《作品》2023 年第 5 期

《一次别离》《上海文学》2023 年第 7 期

《同屋》《江南》2023 年第 5 期

《素食馆》《时代文学》2023 年第 5 期

《植物园》《山花》2023 年第 9 期